A.N.G.E.

Du même auteur

Les Chevaliers d'Émeraude, tomes I à XII

Les Ailes d'Alexanne, tomes I à III

Les Héritiers d'Enkidiev, tomes I à IV

A.N.G.E. 1
Antichristus

A.N.G.E. 2
Reptilis

A.N.G.E. 3
Perfidia

A.N.G.E. 4
Sicarius

A.N.G.E. 5
Codex Angelicus

À paraître

Terra Wilder

Les Ailes d'Alexanne 4

A.N.G.E. 7
Absinthium

Les Héritiers d'Enkidiev 5
Abussos

ANNE ROBILLARD

A.N.G.E.

6. Tribulare

Michel LAFON

7-13, boulevard Paul-Émile Victor – Île de la Jatte
92521 Neuilly-sur-Seine Cedex

www.michel-lafon.com

...001

Depuis plusieurs jours, les gouvernements des pays membres de l'OTAN cherchaient à savoir qui avait lancé l'attaque sur Jérusalem, car personne ne l'avait encore revendiquée. Pire encore, les journalistes avançaient des hypothèses à tort et à travers, sans vérifier leurs sources. Ces accusations non fondées enflammaient évidemment les pays visés qui, à leur tour, pointaient leurs voisins. Au lieu de travailler ensemble à découvrir le véritable coupable, ils envenimaient énormément la situation.

Comme la plupart des agences de protection internationale, l'ANGE menait sa propre enquête sur cet événement troublant. Utilisant toutes les ressources de ses experts, Mithri Zachariah tentait d'établir la trajectoire exacte des missiles à partir du moment où ils avaient été détectés sur les radars. Les premiers résultats l'ayant laissée perplexe, elle avait tout de suite exigé une nouvelle analyse par d'autres savants. Ils lui avaient finalement fourni la même explication : les projectiles meurtriers étaient tout simplement tombés du ciel !

Mithri avait donc convoqué tous les directeurs continentaux à une vidéoconférence, afin d'écouter leurs hypothèses, aussi farfelues soient-elles. De prime abord, ils semblaient d'accord pour dire que les bombes avaient sans doute été larguées d'un avion. Le problème, c'était qu'aucun radar n'avait enregistré la présence d'un aéronef à des kilomètres à la ronde. Le directeur de l'Asie avait alors mentionné la possibilité d'une attaque extraterrestre. « Mais pourquoi sur Jérusalem et pas ailleurs ? » s'était demandé la grande dame de l'Agence. Les missiles avaient éclaté dans les airs sans faire de dommages. Était-ce uniquement un avertissement de la part d'une puissance galactique ?

Mithri écouta les derniers commentaires des directeurs et annonça qu'elle les prendrait en considération avant d'adopter une position finale. Elle arpenta ensuite son bureau de la base de Genève, située sous le bâtiment des Nations unies, envisageant tous les scénarios. Un visage apparut alors à son esprit et elle retourna aussitôt s'asseoir à sa table de travail.

– Ordinateur, mettez-moi en rapport avec Cédric Orléans, je vous prie.

– IL EST TROIS HEURES DU MATIN AU QUÉBEC, MADAME ZACHARIAH.

– Je suis sûre qu'il n'est pas couché.

– TRÈS BIEN, MADAME.

Mithri n'eut pas à attendre longtemps.

– LA COMMUNICATION AVEC LA BASE DE MONTRÉAL EST MAINTENANT ÉTABLIE. VOUS POUVEZ PARLER.

– Bonsoir, Mithri, ou devrais-je dire bonjour ?

– Dis-moi ce qui te retient à la base, Cédric.

– La même chose que vous, je crois.

– Es-tu arrivé à t'expliquer l'origine de cette agression contre Jérusalem ?

– M'appelez-vous à cette heure uniquement pour savoir ce que j'en pense ?

– C'est une folle idée que je viens d'avoir, en effet.

– Pourquoi sollicitez-vous mon opinion alors que je n'ai accès, en tant que directeur régional, à aucun des rapports scientifiques qui se trouvent probablement devant vous ?

– Parce que tu n'as pas besoin de tous ces papiers pour voir clair dans une situation. Tu ne penses pas comme mes autres directeurs.

« Évidemment, puisque je ne suis pas humain comme eux », s'amusa silencieusement Cédric.

– Les reptiliens pourraient-ils être responsables de ce bombardement ? poursuivit Mithri.

– Si on considère qu'au moins la moitié de la population qui reste sur Terre est d'origine reptilienne, alors oui, c'est une forte probabilité.

– Un de nos directeurs croit que l'attaque pourrait aussi être de nature extraterrestre.

– Ce serait facile à établir en examinant les débris des projectiles.

– Malheureusement, nous n'en avons retrouvé aucun. Ou bien ils ont été pulvérisés à haute altitude, ou bien ils ont été ramassés par des chercheurs de trésors. Tous nos informateurs sont à leur recherche depuis des jours.

– Nous ne possédons pas la technologie requise pour microniser des bombes de cette façon, que je sache.

– Nos instruments n'ont détecté la présence d'aucun appareil volant dans la région avant, pendant ou après l'agression.

– Avez-vous analysé les données du satellite ?

– Il n'y avait rien non plus dans l'espace.

– Peut-être les missiles se sont-ils autodétruits, songea tout haut Cédric. La nation qui les a lancés aura eu des remords et appuyé sur le bouton panique avant de déclencher une autre guerre mondiale.

– Sans preuve concrète, toutes les hypothèses sont possibles en ce moment, même celle du miracle. Il demeure toutefois important que nous découvrions le coupable pour calmer cette tempête internationale dont nous n'avons nul besoin.

– Vous êtes-vous adressée à Vincent McLeod ? s'enquit Cédric. Lorsqu'il travaillait pour moi, il arrivait à percer tous les mystères.

– Kevin Lucas y a pensé, lui aussi, sauf que Vincent consacre tous ses efforts à l'étude de la Bible et ne fait plus d'informatique.

– Il ne vous reste donc qu'à attendre que la base de Jérusalem découvre des fragments de ces bombes.

– Comme tu le sais peut-être déjà, le nouveau président de l'Union eurasiatique fait arrêter tous ceux qui sont soupçonnés d'espionnage. Nous avons suffisamment perdu d'agents lors du Ravissement. Nous ne pouvons pas nous permettre d'exposer à ce danger les quelques bons atouts que nous possédons au Moyen-Orient.

– Adielle est suffisamment habile pour ne pas se faire prendre.

Mithri se mit à triturer la petite breloque sphérique qui pendait à la chaînette qu'elle portait au cou, en se rappelant que Cédric et Adielle s'étaient connus à Alert Bay, jadis.

– Tu as accès toi aussi à de l'information privilégiée, poursuivit-elle. Informe-toi auprès de tes sources reptiliennes. Je veux savoir ce qui s'est passé là-bas.

– Est-ce un ordre ?

– Oui, Cédric. Si surprenant que cela puisse paraître, c'en est un. Surtout, ne tarde pas à l'exécuter, sinon nous aurons bientôt une catastrophe mondiale sur les bras.

– Je ferai ce que je pourrai.

– Je sais que je peux compter sur toi. Joins-moi dès que tu sauras quelque chose.

– Je n'y manquerai pas.

– Communication terminée.

Le visage de Mithri disparut de l'écran mural du bureau de Cédric et fut tout de suite remplacé par le logo de l'ANGE.

– Comment vais-je m'y prendre pour me procurer ces informations sans attirer l'attention des Dracos ? se demanda à voix haute le directeur découragé.

– Puis-je vous faire une suggestion, monsieur Orléans ?

La voix de Cassiopée fit sursauter l'Anantas, car cette dernière ne s'était pas encore manifestée depuis le début de la soirée.

– Oui, bien sûr, soupira Cédric, car il savait qu'il n'arriverait pas à la faire taire de toute façon.

– Le mieux serait d'utiliser les services d'un informateur parmi les reptiliens.

– Madame Zachariah veut obtenir ce rapport dans les prochains jours, pas l'année prochaine. Et contrairement à ce que vous semblez croire, il est très difficile de trouver quelqu'un prêt à trahir ses semblables, même pour une grosse somme d'argent.

– Il pourrait aussi s'agir d'une personne insatisfaite de son sort dans cette communauté et qui n'éprouverait aucun remords à vous renseigner.

– Ce genre d'individus ne passe malheureusement pas d'annonce dans les journaux.

– Vincent McLeod prétend que les reptiliens ont des canaux particuliers pour échanger des messages. Un texte ajouté à sa base de données à Toronto déclare même que leur langue passe complètement inaperçue dans le tumulte quotidien des grandes villes.

Cédric avait déjà utilisé ce mode de communication à la base de Montréal, peu de temps avant sa destruction. Même s'il avait tenté toute sa vie d'oublier qu'il n'était pas humain, il ne pouvait plus renier sa véritable nature. Perfidia l'avait forcé à se métamorphoser une première fois, mais le reste, il le faisait instinctivement.

– Vous n'avez qu'à faire circuler en ville la rumeur que vous avez besoin d'un informateur.

– Autant me suicider tout de suite, dans ce cas, car tous les reptiliens découvriront qui je suis et où se trouve ma base.

– J'allais justement vous conseiller de revêtir une fausse identité et d'utiliser l'adresse d'un restaurant ou d'un bar.

Il n'était pas facile de mentir pour un homme qui avait toujours mis l'honnêteté et la probité au sommet de sa liste de valeurs.

– J'y réfléchirai.

Cédric se leva en bâillant.

– Je comprends. Les humains ont du mal à organiser leurs pensées lorsque leur corps a besoin de repos.

« Même mon ordinateur oublie que je suis en réalité un Anantas », se dit Cédric. Les portes du bureau glissèrent devant lui. Il ne restait que Sigtryg dans la salle des Renseignements stratégiques. Pascalina le remplacerait au matin. Jadis, il ne se produisait jamais grand-chose la nuit sur le territoire du directeur, mais depuis la disparition des meilleurs éléments de la société, les rapaces étaient tout aussi actifs après le coucher du soleil que le jour. Cédric n'importuna pas le technicien concentré sur son travail. Il traversa la vaste salle aussi silencieusement qu'un fantôme et poursuivit sa route jusqu'à la section médicale.

Le docteur Lawson était rentrée chez elle depuis déjà quelques heures. Son patient reposait dans un état satisfaisant, dans une chambre chaude et aseptisée, branché à une multitude d'appareils de contrôle. Jordan Martell, mieux connu sous son pseudonyme de Damalis, avait subi de toute urgence de nombreuses opérations chirurgicales, destinées à le maintenir en vie. À présent que son état était stable, Athénaïs Lawson avait commencé à réparer les parties de son squelette qui avaient été endommagées lors de l'explosion de la grotte de Perfidia.

Presque entièrement recouvert de plâtre immaculé, Damalis dormait paisiblement grâce au soluté analgésique qui coulait au goutte à goutte dans ses veines. Tous les soirs, avant de retourner dans son appartement, Cédric s'arrêtait à l'infirmerie pour le voir. Les progrès du mercenaire américain étonnaient beaucoup sa chirurgienne, qui ignorait que les reptiliens ne se laissaient pas facilement abattre.

Les cheveux du Spartiate, qui avaient été rasés à son arrivée à la base, recommençaient à pousser. Ils n'étaient plus noirs comme avant, mais aussi blonds que ceux de Thierry Morin. Damalis était le deuxième Naga que Cédric rencontrait. Ces hybrides nés d'un croisement de Dracos et de Pléiadiennes ne cessaient d'émerveiller le directeur montréalais. Ils possédaient un courage et une détermination qu'il leur enviait beaucoup. Une fois qu'un Naga connaissait sa cible, rien ni personne ne l'empêchait de l'abattre. Toutefois, Cédric ne pouvait pas se comparer à eux, car il ignorait encore beaucoup de choses au sujet de sa propre race. Il regrettait souvent que Thierry Morin ait si rapidement quitté le pays, car il avait été sa principale source d'informations sur le sujet.

Sans se presser, Cédric se rendit à l'ascenseur, qui le déposa dans son immeuble résidentiel, de l'autre côté de la rue. Il procéda à son rituel hygiénique du soir et s'allongea sur son lit en regardant les étoiles par la large fenêtre qui bordait sa chambre. Elles étaient bien plus faciles à observer depuis l'imposition du couvre-feu. Les autorités exigeaient non seulement de la population qu'elle reste chez elle lorsque l'obscurité commençait à envahir la ville, mais elles lui demandaient aussi d'utiliser le moins d'électricité possible. Une fois les lampadaires de la rue éteints, la voûte céleste devenait magique.

Cédric se remit à penser à la requête de Mithri. Il aurait vraiment apprécié qu'elle ne lui impose pas la tâche supplémentaire de dénicher un informateur. Il en avait déjà plein les bras avec les rassemblements des disciples de Cael Madden à Montréal. Ceux qui désiraient être sauvés avant la fin du monde arrivaient par milliers de tous les coins du pays et même d'ailleurs, pour la plupart en voiture, en autobus ou en train. Les voyages en avion étaient quant à eux hors de prix. Ces pauvres gens devenaient très rapidement des proies faciles pour les malfaiteurs. Si ces derniers s'étaient contentés de leur voler leur portefeuille ou leur voiture, les forces de l'ordre auraient eu moins de fil à retordre. Les canailles enlevaient également des dizaines de personnes en ville toutes les semaines. Puisque les corps des victimes n'étaient jamais retrouvés, les illuminés croyaient au miracle. Mais Cédric savait bien qu'ils avaient servi de repas à une bande de Dracos ou qu'ils avaient été offerts en sacrifice à un prince.

Le directeur montréalais analysait la situation depuis quelque temps, se demandant ce que l'ANGE pouvait faire pour réduire le nombre de rapts et porter un solide coup à ses ennemis jurés. Mithri avait récemment retiré des règlements de l'Agence la directive de non-intervention de ses agents. Ils devaient maintenant être armés en tout temps et ils avaient le droit de procéder à des arrestations, au besoin. Toutefois, les nouvelles recrues de Cédric étaient inexpérimentées. Seul Aodhan possédait suffisamment de jugement sur le terrain pour y être d'une réelle utilité, mais l'Amérindien ne pouvait à lui seul patrouiller dans toute la ville. « Mes jeunes ont besoin d'apprendre à se débrouiller à l'extérieur de la base. Cependant, s'ils se font tuer, Alert Bay ne m'en enverra pas d'autres de sitôt », pensa le directeur, déprimé.

Cédric n'était pas encore fixé non plus quant à la sincérité de Cael Madden. Cet homme était-il réellement ce sauveur que tout le monde attendait ? Affronterait-il éventuellement l'Antéchrist à Jérusalem comme le prétendait la Bible ? Cédric avait écouté tous les discours de Madden sur Internet. Cet homme paraissait aussi innocent que Cindy

Bloom qui, d'ailleurs, ne le lâchait plus d'une semelle. Ils faisaient un beau couple, tout le monde en convenait. Ce qui étonnait par contre le directeur, c'était la béatitude qui s'affichait sur le visage de son ancienne agente lorsque le prophète ouvrait la bouche pour parler à ses disciples. « Les Dracos hypnotisent eux aussi leurs proies », se rappela-t-il.

L'Anantas s'endormit finalement au milieu de ses tracas, pour se réveiller à peine quelques heures plus tard, tout aussi tourmenté. Il fila sous la douche, s'habilla et retourna à la base, où Pascalina venait de remplacer Sigtryg.

– Bonjour, monsieur Orléans, lança joyeusement la technicienne.

– Bon matin, Pascalina. Quelque chose à signaler ?

– Sur la scène mondiale, c'est toujours la même cacophonie au sujet des missiles. La Russie accuse maintenant la Chine, qui accuse la Corée et ainsi de suite.

– Et par chez nous ?

– Un jeune couple a disparu quelques minutes avant le couvre-feu, tandis qu'il marchait sur le mont Royal. Des témoins auraient vu plusieurs individus vêtus de pulls à capuchon s'emparer d'eux et les emmener vers une camionnette. La police a tout de suite été appelée, mais il était déjà trop tard.

– Transmettez-moi ces détails sur mon système personnel, je vous prie.

– Tout de suite.

Le directeur se réfugia dans son bureau, où l'attendait une tasse de café fumante. Cédric releva les yeux sur la sphère métallique qui pendait du plafond, au bout de son unique bras mécanique.

– Depuis quand les ordinateurs préparent-ils du café ?

– CELA NE FAIT PAS PARTIE DE MA PROGRAMMATION POUR L'INSTANT. LA SEULE CHOSE QUE JE PUISSE FAIRE, C'EST VOUS DIRE S'IL EST OU NON EMPOISONNÉ. MONSIEUR LOUP BLANC M'A

DEMANDÉ S'IL POUVAIT LE DÉPOSER SUR VOTRE TABLE DE TRAVAIL. ÉTANT DONNÉ VOTRE IRRÉPRESSIBLE BESOIN DE CAFÉINE À VOTRE RÉVEIL, JE LUI AI ACCORDÉ CETTE PERMISSION.

– Merci de me laisser satisfaire ce vice, Cassiopée.

Cédric prit place sur la chaise capitonnée et savoura sa première gorgée les yeux fermés. Puis il sortit de la poche intérieure de son veston une petite fiole remplie de poudre. Il en saupoudra un peu dans la tasse et remit la bouteille à sa place.

– POURQUOI VERSEZ-VOUS DE L'OR DANS TOUT CE QUE VOUS BUVEZ ?

– Cela me permet de conserver plus longtemps mon apparence humaine. D'ailleurs, cette information devrait faire partie de la base de données de l'agent McLeod.

– VÉRIFICATION EN COURS.

Le directeur se cala dans le dossier du fauteuil pour savourer la boisson chaude.

– ELLE APPARAÎT EN EFFET DANS CERTAINS ARTICLES.

– Donc, les ordinateurs ne savent pas tout instantanément.

– NOTRE MÉMOIRE CONTIENT ESSENTIELLEMENT CE QUE NOTRE PROGRAMMEUR Y A INSTALLÉ, MAIS NOTRE CAPACITÉ À ALLER CHERCHER TOUTE INFORMATION DONT NOUS AVONS BESOIN EST NETTEMENT SUPÉRIEURE À CELLE DES HUMAINS.

– Et à celle des reptiliens ?

– JE NE POSSÈDE PAS SUFFISAMMENT D'ENTRÉES À CE SUJET. JE SAIS SEULEMENT QUE LES PLUS INTELLIGENTS D'ENTRE EUX SONT LES DRACOS, LES ANANTAS ET LES NAGAS.

– Parfois…

– MONSIEUR LOUP BLANC DEMANDE À VOUS VOIR.

– Faites-le entrer.

Depuis son arrivée à Montréal, Aodhan avait progressivement abandonné ses complets d'homme d'affaires pour une tenue plus décontractée. Il portait toujours des pantalons propres et des souliers de qualité, mais il préférait désormais se vêtir de pulls à encolure au ras du cou. Cédric ne lui avait pas fait de reproche sur son allure plus rebelle. Il s'attardait davantage sur les actions de ses agents plutôt que sur leur apparence. Mais il aurait sans doute mal réagi si l'un d'eux s'était présenté à la base avec un tee-shirt arborant une tête de squelette et un jean troué...

– Est-ce que je vous dérange ? demanda l'Amérindien.

– Non. Je reprendrai plus tard ma conversation avec Cassiopée sur le quotient intellectuel des reptiliens.

Aodhan haussa les sourcils.

– Merci pour le café, poursuivit Cédric. J'espère que ce n'était pas un geste destiné à m'amadouer avant de m'annoncer une terrible nouvelle.

– Si telle avait été mon intention, j'aurais apporté une pomme. C'est Mélissa qui a préparé le café ce matin, et il sentait particulièrement bon, alors j'ai pensé que tu voudrais y goûter.

L'agent prit place devant son patron.

– En parlant de nos jeunes matamores, je dois te signaler qu'ils en ont assez de faire de la recherche aux Laboratoires.

– J'ai eu la même réflexion hier soir, avoua Cédric.

– Tu te décides donc enfin à leur confier une mission sur le terrain ?

– Seulement si tu la supervises.

– Je n'ai jamais fait cela, mais je crois que je pourrais y arriver.

– Ils sont trois et ils sont loin d'avoir ta discipline.

– Je n'ai pas toujours été l'homme docile que tu connais aujourd'hui. Nous faisons tous des erreurs stupides à nos débuts.

« Pas les reptiliens, sinon ils sont rapidement éliminés », ne put s'empêcher de songer Cédric. Son père l'avait d'ailleurs élevé d'une main de fer, lui répétant sans cesse qu'il serait tué par les Dracos s'il n'apprenait pas à obéir sans rechigner et à accomplir toutes ses tâches avec la plus grande efficacité. Le pauvre homme avait-il su avant sa mort que son fils unique n'était pas né pour être un esclave Neterou comme lui ? Ou l'avait-il maté à un tout jeune âge parce qu'il craignait justement de le voir un jour développer toute sa puissance d'Anantas ?

– Cédric ? appela Aodhan, inquiet.

Le directeur sortit brusquement de sa rêverie.

– Sur quelle planète étais-tu ?

– Sur la nôtre, malheureusement, soupira Cédric.

– Ai-je sans le vouloir réveillé de vieux souvenirs ?

– Ce n'est pas important. Emmène nos trois amateurs de science-fiction avec toi et donne-leur la leçon de terrain qu'ils n'ont pas eu le temps de recevoir en Colombie-Britannique.

– Quel sera notre objectif ?

– Dépister parmi les disciples de Cael Madden les fausses brebis et les rapaces. Apprends à nos agents à ouvrir l'œil et à utiliser leur intuition d'espion.

– Madden ? Je croyais que tu ne t'intéressais pas à ses prédications. Aurais-tu changé d'idée à son sujet ?

– Mes convictions personnelles n'ont rien à voir là-dedans.

– Mais tu veux que nous assurions en quelque sorte sa protection en épurant son entourage.

– Si cet exercice sert aussi à cela, alors tant mieux.

– Aux dernières nouvelles, deux cent mille personnes sont arrivées à Montréal au cours des derniers jours en espérant qu'il leur parle. Il me faudrait tout un bataillon pour être vraiment efficace.

– Eh bien, nous n'en avons pas.

– Dans ce cas, je ferai ce que je pourrai.

Cédric ne s'attendait pas à moins de la part de son agent.

– J'ai une dernière question avant de te laisser travailler en paix, dit l'Amérindien en se levant. Que comptes-tu faire de Damalis ?

– Tout dépendra de son état lorsque le docteur Lawson en aura fini avec lui. Il est vigoureux et il se bat pour rester en vie, mais rien ne prouve qu'il pourra de nouveau avoir une vie normale.

– Si jamais il se remettait complètement de ses blessures, pourrions-nous le garder dans nos rangs ?

– Il existe une procédure obligatoire pour se joindre à l'ANGE, Aodhan. Tu le sais, pourtant.

– J'ai aussi appris à Alert Bay qu'il y avait eu des exceptions, au cours de notre histoire.

– Tu lis trop.

– Quand pourrai-je commencer ma nouvelle mission ? demanda l'Amérindien pour changer de sujet.

– Tout de suite, si tu veux. D'autres personnes ont été enlevées hier soir. Si jamais tu apprenais quelque chose pendant tes rondes avec les jeunes…

– Compris.

Aodhan salua son patron et quitta le bureau. Cédric demeura enfoncé dans son fauteuil, à savourer tranquillement les premiers instants de sa journée.

– PUIS-JE AUSSI PARTICIPER À CETTE ENQUÊTE ? demanda alors Cassiopée.

– De quelle façon ?

– EN ANALYSANT TOUTES LES INFORMATIONS RAPPORTÉES DANS LES MÉDIAS.

– Pascalina fait déjà ce travail.

– A-T-ELLE RETROUVÉ CES GENS QUI ONT DISPARU ?

– Est-ce une critique ?

– CE N'EST QU'UNE CONSTATATION.

– Bon, d'accord. Je ne m'oppose pas à cette enquête virtuelle, à condition qu'elle s'inscrive dans les limites de la légalité. Les ordinateurs les connaissent, n'est-ce pas ?

– Vincent McLeod les a en effet intégrées dans ma mémoire. Je les respecterai comme un véritable agent.

Cédric réprima un sourire. Il n'allait certainement pas lui raconter qu'il n'avait jamais été capable d'inculquer cette importante notion à Yannick et à Océane…

...002

Assis en tailleur sur un pouf au milieu du salon de sa chambre d'hôtel, à Montréal, Cael Madden méditait depuis plusieurs heures. Chaque fois qu'il ressentait l'appel de Dieu, il arrêtait ce qu'il était en train de faire et s'isolait pour l'écouter. Cindy avait déjà pris place devant lui, espérant qu'une goutte de sagesse l'éclabousserait elle aussi, mais lasse d'attendre ce merveilleux moment, elle abandonna finalement le prophète à ses affaires et s'occupa des siennes. Tandis que Cael se recueillait, Cindy s'examina attentivement dans le miroir de la salle de bains, à la recherche d'une possible imperfection sur son beau visage.

Cael avait déjà prononcé un premier discours à Montréal, et ses paroles avaient eu l'effet d'une détonation. Tous les journaux les avaient rapportées à travers le pays et au-delà. Comme ils souhaitaient l'entendre à nouveau, ses disciples de plus en plus nombreux avaient commencé à se rassembler à Montréal. Cael avait eu du mal à choisir un endroit suffisamment grand pour tous les contenir. Les plus vastes centres sportifs ne pouvaient pas accueillir deux cent mille personnes. Il leur faudrait penser à installer un système d'écrans géants dans les parcs de la ville pour ceux qui ne pourraient pas entrer dans le vaste immeuble. Aodhan fut soulagé d'apprendre que le prophète n'avait pas l'intention de donner son sermon sur la montagne, où il n'aurait pas pu assurer sa sécurité. Mais Cael était imprévisible.

Quelques coups feutrés furent frappés à la porte de la suite. Sachant que rien ne pouvait tirer Cael de ses contemplations, Cindy s'empressa d'aller ouvrir. Elle fut surprise de découvrir qu'il s'agissait de Harrod, l'un des disciples préférés du prophète, puisque ce dernier savait mieux que quiconque qu'il ne fallait pas le déranger lorsqu'il s'entretenait avec Dieu.

– Si c'est à Cael que tu veux parler, il faudra que tu reviennes plus tard, chuchota la jeune femme.

– Non, je pense que tu peux m'aider à régler ce problème sans le déranger, assura-t-il avec la même discrétion.

Harrod avait le physique d'un géant, mais la gentillesse d'un enfant. Ses longs cheveux blonds tombaient dans son dos et sur ses bras, masquant en partie les centaines de tatouages qu'il s'était fait faire lorsqu'il appartenait à une bande de motards. Il fit signe à Cindy de sortir dans le corridor, et elle s'exécuta sur-le-champ.

– Il y a un type qui vient tous les jours pour vous voir, expliqua Harrod. Je lui répète chaque fois que le maître est occupé et qu'il doit se préparer à parler à la foule. Mais il est encore là aujourd'hui, alors je voulais vous en parler avant de le lancer la tête la première dans le fleuve.

– Est-ce un homme sain d'esprit ?

– Il a l'air bien, même s'il me chante toujours le même refrain.

– Je ne veux pour rien au monde mettre fin à la méditation de Cael, alors je vais m'occuper moi-même de ce gêneur.

– Je l'ai laissé sous bonne garde à l'entrée de l'hôtel.

Cindy suivit Harrod dans l'ascenseur, puis dans le hall de l'établissement. Le disciple lui désigna alors la petite salle où on avait demandé à l'inconnu d'attendre. De toute façon, il n'aurait pas pu en sortir avec les deux colosses qui en bloquaient l'accès. Cindy se faufila entre ces derniers et pénétra dans la pièce.

– Puis-je vous être utile à quelque chose ? fit-elle en s'efforçant d'adopter un ton aimable. L'homme se retourna et elle le reconnut tout de suite.

– David ?

– Je suis content de voir que tu te souviens au moins de mon nom, répliqua-t-il sur un ton de reproche.

– Pourquoi ne leur as-tu pas dit qui tu étais ?

– Parce que tu es censée être morte !

David Bloom était si fâché que son visage devenait de plus en plus écarlate.

– Ton nom était parmi ceux des victimes de l'explosion de Montréal, Cindy ! J'ai assisté à tes funérailles ! J'ai vu papa et maman dépérir jusqu'à ce qu'ils disparaissent mystérieusement en même temps que des millions de personnes.

– Ce mystère s'appelle le Ravissement...

– Si tu n'as pas péri ce jour-là, pourquoi ne nous as-tu pas appelés pour nous dire que tu étais vivante ?

– Je ne pouvais pas.

– À cause de ton gourou ?

– Non. C'est arrivé bien avant que je fasse sa connaissance.

– Alors, pourquoi ?

Lorsqu'elle travaillait pour l'ANGE, Cindy n'avait pas le droit de parler de cette organisation à ceux qui n'en faisaient pas partie. Mais en décidant de suivre Cael Madden dans sa mission de rédemption, elle avait définitivement quitté l'Agence.

– Mes patrons me l'ont défendu, laissa-t-elle finalement tomber.

– La compagnie aérienne ?

– Non. Je n'ai jamais travaillé pour Air Éole.

Frappé de stupeur, David recula en titubant et se laissa tomber en position assise sur une chaise de la salle de conférence.

– Est-ce que tu es vraiment ma sœur ?

– Évidemment, que je suis ta sœur, David Anthony Bloom. Mais je suis aussi une espionne. Enfin, je l'étais.

– Toi ?

– Cette société secrète sélectionne ses agents de bien des façons, mais les choisit surtout parmi les universitaires qui ont de très bonnes notes ou des aptitudes particulières. Un recruteur m'a accostée lors d'une fête à Ottawa et m'a parlé de cette agence, qui était à la recherche d'hommes et de femmes douées afin de défendre le pays et même le monde. Puisque j'avais toujours rêvé d'accomplir quelque chose d'important dans ma vie, je me suis laissé tenter.

– Toi ? répéta David, incrédule.

La grande sœur dont il se souvenait était égocentrique et frivole. Avant d'annoncer à sa famille qu'elle désirait travailler à l'aéroport de Montréal, elle avait certes eu de bonnes notes à l'école, mais elle s'était davantage souciée de son apparence et de sa vie sociale que de sa carrière. Les parents Bloom, de courageux commerçants juifs, avaient en vain tenté de l'intéresser à leurs affaires et de lui trouver un bon parti parmi les jeunes gens de leur confession. Cindy avait plutôt subi l'influence de ses amies et s'était entichée de cosmétiques coûteux et de vêtements à la mode.

– Tu ne t'es jamais occupée des autres !

– C'est faux ! se défendit la jeune femme. La preuve, c'est que j'essaie de sauver le monde avec Cael.

– Quel est son lien avec tes patrons espions ?

– Aucun.

David secoua la tête comme pour se réveiller d'un mauvais rêve.

– Je t'en prie, écoute-moi sans porter de jugement, le supplia sa sœur.

Elle prit place devant lui et voulut prendre ses mains, mais il les cacha dans ses poches.

– Lorsque j'ai quitté Ottawa, ce n'était pas pour aller étudier chez Air Éole à Vancouver. Je me suis plutôt enfermée dans la base école de l'Agence pour y recevoir ma formation.

– Mais tu as travaillé à l'aéroport à ton retour. Certains de mes amis t'y ont vue.

– C'était une couverture. Nous en avions tous une jusqu'à l'explosion. Mes patrons ont profité de cette catastrophe pour retirer de la circulation les agents qui vivaient à Montréal et les rendre disponibles au niveau international.

– Ont-ils caché la vérité à leurs familles, eux aussi ?

– Oui, pour les protéger.

– Je n'arrive pas à croire qu'ils vous obligent à mentir.

– Je ne vous ai rien dit sur mon véritable travail parce que je craignais que les assassins de l'organisation qui tente de déstabiliser le monde ne s'en prennent à vous.

– Pourquoi nous as-tu fait tout ce mal ? balbutia David, qui ne l'écoutait plus.

– Je ne vous ai rien fait ! J'ai choisi de servir mon pays ! C'était un besoin que je ressentais au fond de mes tripes. Toi, tu as décidé de soigner les malades, et moi, je les défends contre les démons.

– Les démons ? Il ne manquait plus que ça…

– Ils existent et ils sont très dangereux. Je les ai vus de mes propres yeux.

Le jeune médecin plissa alors le front en regardant sa sœur droit dans les yeux.

– Est-ce que tu accepterais de passer un examen médical complet à mon hôpital ?

– Je ne suis pas folle, si c'est ce que tu insinues.

– Quitte Madden et viens vivre avec moi.

– Tu me demandes l'impossible, David. Je crois en Cael et en sa mission. J'ai quitté mon agence pour le suivre.

– Je ne te reconnais plus.

– Parce que tu refuses de comprendre que j'ai changé. Je ne suis plus la petite fille superficielle qui passait ses soirées à vernir ses ongles de pieds. J'ai maintenant un but dans la vie. Je veux sauver ceux qui le méritent encore.

– Je ne sais pas qui tu es, mais tu n'es certainement pas ma sœur.

Des larmes montèrent aux yeux de la jeune femme.

– Ce que je fais, c'est pour le bien commun, hoqueta-t-elle. Tu n'as pas le droit de me juger. D'ailleurs, si tu ne crois pas à ce que nous entreprenons, Cael et moi, pourquoi t'ai-je vu parmi la foule lors de sa première conférence à Montréal ?

– J'y suis allé par pure curiosité. J'ai un esprit scientifique, moi. Je vis dans le vrai monde, pas dans un conte de fées. Je soigne quotidiennement des gens qui se font trouer la peau par des criminels, pas par des démons.

– Si tu savais...

– Les hommes sont tombés sur la tête. Ils tirent sur tout le monde pour une bouchée de pain.

– Mais c'est justement ces crimes que nous tentons d'arrêter.

Des mains se posèrent soudain sur les épaules de Cindy et la tirèrent légèrement vers l'arrière. Reconnaissant la douceur des gestes du prophète, la jeune femme ne l'envoya pas au plancher.

– Ce que Dieu nous demande, c'est de sauver ses enfants par tous les moyens possibles, ajouta Cael. Tu le fais par la médecine, et d'autres s'y prennent autrement. Cindy a pris sa décision, respecte-la.

– Je dirais plutôt qu'on lui a planté dans la tête des idées qui ne viennent pas d'elle, répliqua David, agressif.

– Retourne en haut, murmura le prophète à l'oreille de son amie.

– Mais... s'opposa Cindy.

– Fais ce que je te demande.

Elle baissa les yeux et le contourna pour atteindre la porte.

– Qu'est-ce que vous lui avez fait ? se fâcha David. Êtes-vous un magnétiseur ?

– Elle m'obéit parce qu'elle a confiance en moi. Pourquoi n'acceptes-tu pas qu'elle soit différente de toi ?

– Ce que je n'accepte pas, ce sont ses mensonges.

– Même s'ils ont été nécessaires pour la maintenir en vie ? De quelle façon aimes-tu Cindy ?

– Je suis son frère !

Cael fit un pas vers le médecin.

– Ne vous approchez pas de moi ou je ne réponds plus de mes gestes, l'avertit David en se levant.

– Dieu est content de ton travail auprès de ses enfants.

– N'avancez plus !

– Jusqu'à ce que je puisse faire disparaître toutes les armes, il a besoin qu'on soigne ceux qui ont été blessés.

David voulut lui assener un coup de poing, mais son bras refusa de bouger.

– Qu'êtes-vous en train de me faire ? s'alarma-t-il.

– Continue à me regarder dans les yeux.

– Ils ne sont pas humains...

Cindy se mit en boule sur le sofa et continua à pleurer sur ses genoux en se remémorant son enfance à Ottawa : les interminables parties de cache-cache avec son frère, les repas du dimanche, les prières avec leurs parents, le bar-mitsva de David...

– Tu gagnerais à méditer avec moi, dit alors Cael.

Cindy bondit vers lui et se jeta dans ses bras. Il la pressa contre sa poitrine et embrassa ses cheveux.

– David est parti, dit-il pour la rassurer.

– Que lui as-tu dit ?

– Je lui ai rappelé que le Père a besoin, d'une part, de guérisseurs pour sauver ceux qui ont encore un travail à accomplir en ce monde et, d'autre part, de brebis pures et innocentes qui montrent le chemin aux autres.

– Comme moi ?

– Oui, comme toi. Tu n'as plus besoin de t'en faire avec David. Il ne représentera plus jamais un obstacle à la réalisation de ton rêve le plus cher.

Cindy ferma les yeux et se laissa bercer par la sérénité du prophète. Elle était loin de se douter que Cael avait utilisé ses dons de suggestion sur son frère, semant dans l'esprit de ce dernier un besoin irrépressible de quitter la ville et d'aller pratiquer la médecine ailleurs.

...003

Parmi tous les membres de l'ANGE, celui qui avait été le plus transformé par les premiers événements précédant la fin du monde était Vincent McLeod. Il avait évidemment suivi le même entraînement que tous les autres agents à Alert Bay, mais avait vite compris qu'il ne serait jamais à l'aise avec un revolver dans les mains. Heureusement, ses professeurs avaient tout de suite pressenti son potentiel scientifique et lui avaient permis de terminer sa formation. Vincent avait été affecté à la base de Montréal au même titre que Yannick Jeffrey et Océane Chevalier, mais Cédric ne l'avait jamais envoyé sur le terrain comme ses autres agents. Désirant plutôt exploiter son remarquable talent pour l'informatique, il avait fait de lui le roi des Laboratoires.

Vincent avait été parfaitement heureux sous la direction de Cédric, jusqu'à son enlèvement par le Faux Prophète et les tourments que ce dernier lui avait fait subir. Il avait aussi apprécié sa retraite à Alert Bay après l'explosion du centre-ville de Montréal. Mais encore une fois, un démon était venu lui empoisonner la vie. Cédric l'avait immédiatement rapatrié à Toronto, mais Vincent ne s'était plus senti en sécurité où que ce soit... jusqu'à ce qu'il décode la Bible.

L'ange Haaiah, qui lui avait divulgué la véritable essence des livres sacrés, avait aussi installé dans son cœur une paix qui semblait vouloir durer. Depuis qu'il déchiffrait l'avenir du monde dans les pages d'une très vieille Bible,

Vincent n'avait plus peur de son ombre. Au contraire, il marchait maintenant la tête haute, persuadé qu'il ne serait plus jamais la proie des ombres.

Malgré les appréhensions de Cédric, le déménagement du jeune savant à Ottawa s'était effectué sans heurts. Vincent, qui s'était jadis enraciné comme un chêne à son quartier de Montréal, n'avait même pas sourcillé lorsqu'on lui avait annoncé qu'il serait désormais sous la supervision du directeur de la division canadienne. N'emportant avec lui que son sac à dos et le vieux livre, il était monté dans le jet privé de l'ANGE sans dire un mot.

Il n'avait jamais mis les pieds dans la capitale canadienne avant d'être obligé d'y travailler. Dans la grosse limousine qui l'avait conduit jusqu'à son nouvel appartement, il avait distraitement regardé par la fenêtre, mais n'avait posé aucune question aux membres de la sécurité qui l'escortaient. Il s'était rendu dans son appartement, en avait fait le tour avec Kevin Lucas, puis avait localisé son point d'entrée à la base d'Ottawa, dans le sous-sol de son immeuble.

Au lieu de prendre quelques jours pour s'installer et visiter sa nouvelle ville, Vincent s'était confiné dans les Laboratoires canadiens, où sa nouvelle équipe, entièrement composée de femmes, faisait tout en son pouvoir pour lui faciliter la vie. Le jeune informaticien se contentait de peu. Son salaire était déposé dans son compte en banque privé de l'ANGE, mais il n'y touchait jamais, ce que Kevin Lucas avait beaucoup de mal à comprendre. En le surveillant de plus près, le directeur découvrit bientôt qu'il se nourrissait uniquement de sandwichs, de barres de chocolat et du café offerts par la base. Il y prenait même sa douche tous les matins. Ses assistantes lavaient ses vêtements sales à tour de rôle, car il les oubliait régulièrement sur le plancher de la salle de bains de la section de Formation.

Complètement détaché du monde extérieur, Vincent vivait dans sa tête, assis devant la Bible. Puisqu'il oubliait le plus souvent de mettre en marche le petit magnétophone que Kevin lui avait fourni, le directeur avait installé un dispositif électronique dans le mur qui enregistrait automatiquement le moindre mot qui sortait de sa bouche. Ces phrases étaient alors retranscrites par ses assistantes dans une base de données qui prenait de plus en plus d'ampleur. Toutefois, depuis quelques jours, Vincent gardait un silence inquiétant.

Un matin, Kevin commença à l'observer sur l'écran de son bureau et s'étonna de le voir demeurer immobile pendant de longues heures. Était-il en transe ? Ou dormait-il, assis face à sa table de travail ? En effet, l'agent passait souvent dix-huit heures par jour à cet endroit. Son corps était peut-être en train de lui rappeler qu'il était d'abord et avant tout un être humain qui avait besoin de repos comme les autres.

Au bout d'un moment, le directeur canadien décela sur le visage de son nouvel agent le découragement le plus total. Il décida donc de le rejoindre aux Laboratoires. Vincent ne bougea même pas lorsque Kevin prit place sur une chaise près de lui.

– Qu'as-tu appris, aujourd'hui ?

– Uniquement que l'avenir est toujours en mouvement, soupira Vincent.

– Tu ne dis rien depuis des jours.

– Parce qu'il n'y a rien à dire. Vous m'avez demandé de lire toutes les modifications que l'auteur de la Bible y apporte, mais il semble s'être absenté.

– Y aurait-il des choses que tu ne voudrais pas que nous sachions ?

– Êtes-vous en train de m'accuser de retenir des informations ?

– J'essaie simplement de m'expliquer ton silence.

– Ce n'est tout de même pas ma faute s'il ne se passe rien.

– Le sort de tes anciens collègues est donc toujours le même.

– Je ne peux pas changer leur destin. C'est un pouvoir qui n'appartient qu'à eux. Pire encore, je ne peux même pas les mettre en garde contre les dangers qui les guettent.

– Ce n'est pas ce que nous attendons de toi, Vincent.

– Je n'aime pas qu'on me prête de fausses intentions.

– C'est mon travail de m'assurer que tout ce qui se fait dans ma base respecte les règlements de l'ANGE. J'ai reçu des directives, moi aussi.

– Dans ce cas, dites à vos supérieurs que je fais mon possible et que si ce n'est pas suffisant pour eux, ils n'ont qu'à trouver un autre homme pour communiquer avec le Ciel.

Kevin n'était pas sans savoir que Vincent McLeod était le seul être humain sur Terre à posséder ce don.

– Je ne suis pas venu ici pour te mettre en colère.

– Vous insinuez que je ne vous dis pas tout, et je suis censé accepter cette accusation avec un sourire ?

– Ta réaction m'indique plutôt que tu as besoin de repos.

– Suis-je vraiment obligé de m'acquitter de ce travail de moine à Ottawa ?

– Madame Zachariah m'a confié la mission de te protéger pendant que tu déchiffres les textes sacrés.

– Pour être efficace, j'ai besoin que vous me fassiez confiance, comme Cédric Orléans et Christopher Shanks l'ont fait.

– Je ne suis ni l'un ni l'autre.

– Alors ne vous attendez pas à des résultats fulgurants si vous continuez à regarder constamment par-dessus mon épaule.

Voyant qu'il exacerbait plus la colère de l'informaticien qu'il ne gagnait sa confiance, Kevin Lucas se mit debout.

– Tu n'as qu'à me faire signe si tu as besoin de moi, indiqua-t-il sur un ton glacial.

Vincent ne leva même pas les yeux vers son directeur, tandis qu'il quittait les Laboratoires. « Cette conversation a-t-elle été retranscrite par mes zélées assistantes ? » se demanda-t-il.

Secrètement, il espéra que oui. Puisqu'il n'apparaissait toujours pas de nouveaux textes sur les pages flétries du vieil ouvrage, le jeune savant se perdit dans ses pensées. Il était honoré de servir de canal entre les anges et les hommes, mais se mit à souhaiter de le faire dans des conditions plus humaines. Il délaissa donc son travail pendant un moment et fit rouler sa chaise jusqu'au clavier de l'ordinateur, posé sur la table voisine. Il rentra tout d'abord son code confidentiel, qui empêcherait l'ordinateur central d'avoir accès à cette station, puis écrivit une demande officielle à la grande dame de la division internationale en lui expliquant l'importance de ses activités pour le futur de l'humanité et la nécessité de lui fournir un environnement favorable au maintien de ses liens avec les anges.

Il venait à peine de l'envoyer que les feuilles de la Bible se mirent à tourner en faisant un bruissement léger.

– Enfin ! s'exclama-t-il, soulagé.

Vincent retourna se poster devant le livre saint, plus attentif que jamais. Il n'eut pas à attendre longtemps. Les mots commencèrent à se réorganiser sur les deux pages ouvertes, puis s'immobilisèrent.

– Le messager du Père quittera la terre nouvelle et retournera à celle de ses ancêtres, lut-il à voix haute. Il bravera tous les démons pour sauver la ville qu'il a tant aimée. Un grand nombre de ses disciples le suivront, et il en convertira d'autres sur son passage, comme jadis.

Ce ne pouvait pas être Yannick, puisqu'il était déjà sur place. La Bible faisait-elle référence à Madden ? Malheureusement, il ne pouvait pas interroger l'auteur de ces mots, qui lui faisait à son gré ces révélations, parfois bien obscures.

– Le monde sombrera dans le désespoir lorsque la nourriture sera contaminée par les serviteurs du Mal. Tous s'accuseront du méfait sans jamais découvrir le véritable malfaiteur. La Terre cherchera elle-même à se débarrasser de ces sombres énergies.

Pendant quelques minutes, aucun nouveau mot n'apparut sur le papier. Vincent retenait son souffle, espérant y voir enfin apparaître des nouvelles plus agréables. « Je vous en supplie, parlez-moi de mes amis », implora-t-il silencieusement. En réponse à sa prière, un autre paragraphe s'inscrivit sous le premier.

– Cindy suivra le prophète à Jérusalem. Elle découvrira alors sa véritable nature, tandis que tout basculera autour d'elle.

« Elle ne meurt plus, au moins ! » se réjouit l'informaticien. La fine écriture lui rappela ensuite Yannick.

– Les Témoins inspireront les douze tribus d'Israël, qui s'uniront pour s'opposer à Satan. Océane perdra son âme et sa volonté de vivre lorsque le complot ourdi par les dirigeants invisibles se retournera contre elle.

« Doux Jésus ! Je dois lui dire de sortir de là avant qu'il ne soit trop tard. »

– Les Brasskins, qui ne désirent que la paix, commettront de regrettables erreurs qui donneront davantage de pouvoirs à leurs ennemis.

« Les Brasskins ? » s'étonna Vincent. Puisque plus rien ne semblait vouloir apparaître dans la Bible, il fit une recherche rapide sur ce mot, qui pouvait aussi bien se rapporter à un groupe politique qu'à un peuple du Moyen-

Orient dont il n'avait jamais entendu parler. Ne trouvant rien au moyen des canaux habituels, il fouilla plus profondément dans les entrailles de l'ANGE, là où les techniciens n'avaient pas le droit de mettre le nez. À son grand étonnement, il retrouva une entrée toute simple au niveau international qui parlait de l'attaque d'un Brasskins sur la personne de Cédric Orléans !

Vincent retint de justesse un commentaire dans sa bouche, car tout ce qu'il disait était retranscrit. Il effaça ses traces et pianota un code connu de lui seul. Le logiciel qu'il avait mis au point, lorsqu'il avait créé Mariamné et Cassiopée, apparut aussitôt à l'écran sous la forme d'une large feuille d'arbre, dans les nervures de laquelle circulait de la sève. En réalité, il s'agissait de systèmes binaires encryptés qui étaient pratiquement impossibles à déchiffrer, puisqu'ils étaient constamment en mouvement.

Il pianota une commande et l'envoya à la base de Montréal, sans qu'aucun système de l'ANGE ne la détecte. Il reçut presque instantanément à l'écran la réponse de Cassiopée, qui lui révéla le code sécurisé de son nouveau patron. Vincent le prit en note mentalement, fit disparaître le programme et quitta les Laboratoires, emportant la Bible sous son bras.

– Où allez-vous, monsieur McLeod ? demanda la voix de Kevin Lucas dans les haut-parleurs du long corridor.

– Je vais me reposer, comme vous me l'avez suggéré.

– Vous étiez pourtant en train de recevoir de nouvelles informations de votre livre.

– Il n'y en a pas eu d'autres ou bien c'est moi qui ne vois plus rien.

Au lieu de rentrer chez lui, Vincent pénétra dans la salle de Formation et se dirigea vers les petites chambres où les agents pouvaient aller se reposer quand bon leur semblait. Il verrouilla la porte derrière lui et déposa la Bible sur la petite table de chevet qui bordait le lit. Normalement, ces pièces, qui ne contenaient qu'un lit, une table et un fauteuil, n'étaient pas sous surveillance. Cependant, Vincent avait appris à connaître Kevin Lucas. Puisque ce dernier désirait tout contrôler dans sa base, il n'était pas impossible qu'il ait fait installer dans les chambres des micros ou des caméras. L'informaticien sortit donc de sa poche une pince à épiler et un petit dispositif en forme de dé à jouer, qu'il activa en pressant sur les points noirs avec l'un des bouts de la pince.

Convaincu que plus personne ne pouvait l'entendre, Vincent plaça son petit écouteur dans son oreille, détacha sa montre et retira d'une fente de son bracelet en cuir un microprocesseur de la grosseur d'un confetti. Il ouvrit le cadran de sa montre, installa la puce à l'aide de la pince à épiler, puis referma le tout. Il appuya sur la vitre jusqu'à ce que les trois chiffres voulus s'allument tour à tour : sept / neuf / deux.

O

Cédric écoutait les actualités sur l'écran mural de son bureau depuis presque une heure lorsque lui parvint l'étrange appel de son ancien agent.

– VOTRE CODE D'ACCÈS SÉCURISÉ A ÉTÉ SOLLICITÉ, annonça Cassiopée.

Cédric se redressa comme si une mouche l'avait piqué. Personne ne devait utiliser ce mode de communication, à moins d'une extrême urgence.

– Qui veut me parler ?

– L'AGENT MCLEOD.

Étant donné que Vincent recevait régulièrement des prédictions sur le sort du monde, Cédric se demanda si la fin était proche.

– Si vous ne désirez pas utiliser votre téléphone, je peux rediriger vos voix à travers mes circuits. Ce que vous direz ne sera évidemment pas intégré aux archives de l'Agence.

– Procédez.

– Bonjour, Cédric.

– Vincent, pourquoi utilises-tu ce canal ?

– Pour te parler en privé, bien sûr.

– S'agit-il d'une mauvaise nouvelle ?

– C'est à toi de me le dire. La Bible vient de me parler des Brasskins. Je n'ai trouvé qu'une seule entrée dans nos ordinateurs, et ton nom y est associé.

– Parle-moi d'abord de ce que tu as trouvé dans ton livre magique.

– Ces Brasskins sont apparemment sur le point de commettre de regrettables erreurs qui vont donner l'avantage à leurs ennemis. Qui sont-ils ?

– Une vieille race de reptiliens, ancêtre des Dracos.

– Tiens, on ne les connaissait pas, ceux-là. Sont-ils dangereux ?

– On ne sait pas encore grand-chose à leur sujet, mais je peux t'assurer qu'ils possèdent des pouvoirs dont ne jouissent pas leurs descendants. Ils passent à travers la matière solide comme les Nagas et ils sont capables d'altérer nos modes de communication et même nos ordinateurs.

– Fais confiance à Cassiopée. Le temps qu'ils arrivent à déchiffrer mes codes, elle les aura déjà changés. Dans deux ans, ils en seront toujours au même point.

– Il ne restera peut-être plus rien de notre monde, à ce moment-là.

– Je n'ai encore rien vu de tel dans la Bible, si cela peut te rassurer. Mais pour ce qui en est des Brasskins, crois-tu que Thierry Morin pourrait me renseigner à leur sujet ?

– C'est possible, mais j'ai perdu sa trace.

– Je le retrouverai.

– Tu tiens le coup à Ottawa ?

– Oui et non. Ce n'est pas facile de conserver sa concentration avec Kevin Lucas sur les talons.

– Il n'est pas méchant, juste un peu trop consciencieux.

– Je dirais plutôt envahissant.

– Si tu as envie de revenir à Montréal, ne te gêne surtout pas.

– C'est noté. Bon, je me mets sur le cas des nouveaux serpents. Si je réussis à apprendre quelque chose, je te rappelle.

Lorsque la communication prit fin, Cédric comprit que seul un bon informateur au sein de la communauté reptilienne pourrait répondre aux questions de Vincent et de Mithri, quelqu'un qui, contrairement à lui, connaissait ses origines. Il se mit alors à penser à ses parents. Son père lui avait parlé des Dracos et des Neterou, mais sa mère n'avais jamais mentionné les reptiliens. Il fit un effort pour se rappeler son visage. Elle avait de longs cheveux noirs et des yeux sombres comme lui…

– Cassiopée, j'ai perdu ma mère de vue lorsque je me suis enrôlé dans l'ANGE. Vous serait-il possible de m'obtenir son adresse et son numéro de téléphone si elle est encore en vie, bien sûr.

– VOUS NE VOULEZ PAS QUE JE LA CONTACTE POUR VOUS ?

– Non. C'est quelque chose que je dois faire moi-même.

– QUEL EST SON NOM ?

– Caritas Albira Orléans.

– QUELLE EST SA DATE DE NAISSANCE ?

– Je dois honteusement avouer que je n'en sais rien. Elle vit peut-être encore à Montréal ou elle est peut-être retournée en Espagne après la mort de mon père.

– JE LA RETROUVERAI POUR VOUS.

– Je vais aller respirer un peu d'air frais, décida Cédric en se levant. Je ne devrais pas être parti plus de deux heures.

– NE VOUS ÉLOIGNEZ PAS TROP DE LA BASE. LA VILLE N'EST PLUS CE QU'ELLE ÉTAIT.

– J'en suis conscient.

En fait, il se demandait comment un ordinateur qui avait passé sa courte vie accroché à un plafond pouvait porter un tel jugement.

Le meilleur moyen de transmettre un message à une bonne partie de la population à écailles était d'utiliser la tuyauterie ou les égouts d'une ville. Heureusement, la nouvelle base de Montréal se situait à deux minutes de la station de métro de Longueuil. Mieux encore, elle avait sa propre entrée dans les tunnels où se déplaçaient les wagons. Pour ne pas être suivi, Cédric s'arrêta au bureau de Glenn Hudson en se rendant au garage, afin de l'avertir qu'il sortait pour aller marcher autour des immeubles à la surface et qu'il voulait être seul. Le chef de la sécurité lui rappela de déclencher l'alerte rouge au moindre signe de danger. Cédric le lui promit et se faufila dans le corridor qui menait au métro.

Il aboutit sur une étroite plate-forme, à une centaine de mètres du débarcadère. Le train venait tout juste de passer, créant un effet de succion qui obligea le directeur à s'accrocher aux poignées en métal vissées de chaque côté de la porte. Il ne devait pas perdre de temps, car les wagons, une fois remplis, se dirigeraient vers les nouvelles stations de métro construites après l'explosion du centre-ville de Montréal, et le sifflement du train étoufferait tous les autres bruits souterrains.

Cédric approcha sa bouche des tuyaux qui couraient le long du mur et s'empressa de lancer son message en utilisant des sons métalliques discordants, qui se traduisaient par : *Je me nomme Cristobal. Je serai au Quai 19 du Vieux Port dans une heure. Je dois savoir qui sont les Brasskins.* Il revint ensuite sur ses pas et utilisa l'ascenseur de l'ANGE, qui le déposa à l'un des nombreux points de sortie mis à la disposition des agents, soit celui du hangar le plus rapproché du quai où il venait de donner rendez-vous à un informateur potentiel.

En s'efforçant d'adopter une attitude décontractée, le directeur marcha sur le belvédère aménagé le long du fleuve Saint-Laurent. L'eau avait envahi le centre-ville après l'explosion de l'ancienne base, ce qui avait eu pour résultat de créer un grand lac devant le Vieux Port. Les quais et les entrepôts avaient tous dû être reconstruits, et la ville en avait profité pour rendre ce secteur commercial plus attrayant en y intégrant des parcs et des sentiers de promenade.

Cédric s'appuya sur ses avant-bras sur une énorme chaîne de sécurité tendue entre des lampadaires. Il observa tranquillement la surface de l'eau, sous laquelle se trouvait l'ancien secteur des affaires de Montréal. Pour éviter une autre tragédie du même ordre, le maire avait fait reconstruire ce dernier sur l'un des versants du Mont-Royal.

– Je cherche Cristobal, fit alors une voix féminine derrière lui.

Le directeur se retourna et aperçut une femme rousse dans la trentaine aux yeux mordorés. Elle portait un tailleur griffé et des talons hauts. Avant qu'il n'ait pu ouvrir la bouche pour répondre, elle posa sa main sur un anneau en métal, à quelques centimètres de celle de Cédric. Pendant l'espace d'une seconde, sa peau se couvrit de petites écailles dorées. Le premier réflexe de Cédric fut de reculer, car il ne pouvait pas imaginer qu'un Brasskins soit intéressé à devenir informateur pour l'ANGE.

– Je sais ce que vous pensez, mais vous n'avez rien à craindre, le rassura-t-elle aussitôt. Êtes-vous Cristobal ? Cédric hocha vivement la tête.

– Avez-vous lancé vous-même cet appel ?

– Oui, articula enfin le directeur.

– Vous êtes donc reptilien, vous aussi. Pourquoi vous intéressez-vous aux Brasskins ?

– Parce qu'ils s'attaquent à des gens qui veulent pourtant la même chose qu'eux.

– Marchons, si vous le voulez bien.

Elle enroula son bras autour du sien comme s'il avait été un vieil ami et l'entraîna sur le trottoir en ciment.

– Je ne pourrai vous aider que si vous m'en dites davantage à votre sujet, l'avertit-elle.

– Je vous laisse d'abord ce plaisir.

– Je m'appelle Alexa Mackenzie et je travaille au ministère de l'Environnement.

– Avec d'autres représentants de votre race ?

– Contrairement à ce que vous semblez croire, nous ne sommes pas très nombreux, alors nous ne pouvons pas nous permettre d'affecter plus qu'un seul d'entre nous à divers niveaux du gouvernement.

– Et les Dracos ne vous en chassent pas ?

– Nous sommes heureusement indétectables.

– C'est un atout important.

– Et aussi un handicap, puisque nous avons aussi de la difficulté à flairer d'autres reptiliens.

– Qui sont les Brasskins ? Que veulent-ils, au juste ?

– Vous ne m'avez pas encore dit qui vous êtes, lui rappela Alexa.

– Je m'appelle Cristobal Orléans et je travaille pour la police secrète.

– Je comprends mieux votre intérêt, maintenant. Êtes-vous un Dracos ?

– Non, je suis un Anantas.

Alexa s'immobilisa, stupéfaite.

– Non, je ne suis pas l'Antéchrist, se sentit-il obligé de préciser.

– Comment pouvez-vous être un Anantas et être encore en vie dans cette ville infestée de Dracos ?

– Pourquoi une Brasskins répond-elle à l'appel d'un reptilien qui a besoin d'un informateur ?

Un sourire s'esquissa sur les lèvres de la jeune femme.

– Nous sommes donc tous deux des anomalies parmi les nôtres, conclut-elle. Je trouve cela très rassurant.

– Je ne le suis pas autant que vous.

– Qui pourrait vous blâmer ? acquiesça-t-elle en recommençant à marcher. Il y a encore moins d'Anantas que de Brasskins.

– Pour être tout à fait honnête avec vous, j'ai passé ma vie à refuser d'être ce que j'étais. Je ne me suis donc pas renseigné comme j'aurais dû et je me trouve aujourd'hui bien désemparé dans mon travail.

– La police secrète n'est-elle pas censée tout savoir ?

– Il y a à peine plus d'un an qu'elle reconnaît officiellement l'existence des reptiliens.

– Et c'est un vaste monde clandestin.

– Nous avons recueilli nos premières informations en épluchant tous les sites Internet à leur sujet, puis nous avons reçu l'aide inespérée d'un Naga de passage au Canada.

– Un Naga ? Vraiment, vous n'avez pas fini de me surprendre. A-t-il essayé de vous tuer avant de vous renseigner ?

– Croyez-le ou non, c'est un ami.

– Alors, les temps ont changé. Ce qu'on m'a appris au sujet des Nagas, c'est qu'ils sont génétiquement programmés pour éliminer les rois et les princes Dracos et

Anantas, dans le but de les empêcher de dominer la planète. Pour éviter qu'ils ne les éliminent complètement, car ce sont de redoutables machines à tuer, on ne crée que quelques Nagas par génération. Il ne doit pas y en avoir plus de cent à la fois sur la planète.

– Et les Brasskins ?

– Ils ne sont pas issus d'un croisement comme les Nagas. Bien au contraire, c'est la race la plus pure de reptiliens qui soit, mais aussi la plus pacifiste. Normalement, nous devrions tous être sur notre planète natale en train de mener une vie tranquille, mais un de nos politiciens, il y a environ deux cents ans, a eu vent du règne de terreur que certains de nos descendants faisaient subir à d'autres systèmes solaires. Il a tout de suite dépêché des éclaireurs qui devaient l'informer de la gravité de la situation. Je ne sais pas comment ça s'est passé sur les autres planètes, mais le vaisseau qui transportait mon grand-père s'est lamentablement écrasé en Russie. Incapables de communiquer avec leur monde, les survivants ont dû s'adapter à la vie sur Terre.

– Combien d'éclaireurs ce vaisseau contenait-il ?

– Une trentaine, qui se sont reproduits entre eux depuis.

– Pourquoi menacent-ils nos dirigeants ?

– Ils ont tout tenté pour empêcher les guerres d'éclater sur cette planète, avec les piètres résultats que vous connaissez. La dernière génération à naître ici, dont je fais partie, a décidé de s'y prendre autrement. Peut-être mes semblables sont-ils devenus plus agressifs au contact des humains.

– Pas vous ?

– Non. La majorité des Brasskins vivent de l'autre côté de l'Atlantique. Lorsqu'elle était enceinte de moi, ma mère a décidé d'aller vivre ailleurs, pour que je ne sois pas recrutée par cette nouvelle milice qui tente d'imposer sa loi.

– J'ai été attaqué à Toronto par un Brasskins.

– Il y en a une dizaine en Amérique, dont la plupart vivent aux États-Unis. Il a dû traverser la frontière uniquement pour vous intimider.

– Peut-il m'avoir suivi jusqu'ici ?

– Ce n'est pas impossible, surtout si vous n'avez pas réagi à ses menaces.

– Je n'avais pas et je n'ai toujours pas l'autorité de faire ce qu'il m'a demandé.

– Nous sommes pacifistes, mais pas toujours très sagaces. Pour ma part, par exemple, je suis en train d'accorder ma confiance à un homme sans être bien certaine qu'il me dit la vérité au sujet de ses intentions.

– Je n'ai aucun intérêt à vous mentir.

– Pire encore, vous pourriez me tuer à cet instant même sans que personne ne puisse me venir en aide.

– Le Brasskins qui m'a agressé était pourtant d'une force hors du commun.

– Mais ils ne sont pas aussi rapides que les Anantas ou les Nagas. S'il ne vous avait pas pris par surprise, je suis certaine que les choses se seraient passées autrement.

– Cet homme a menacé de faire tuer ma fille au Moyen-Orient. En a-t-il vraiment la capacité ?

– Ce ne peut être qu'Iarek, se troubla-t-elle.

– C'est une mauvaise nouvelle ?

Elle hocha vivement la tête en baissant les yeux sur ses pieds.

– Je suis en retard à mon travail, s'excusa-t-elle.

Alexa voulut tourner les talons, mais Cédric la retint en lui saisissant le bras.

– Vous reverrai-je ?

– Je n'en sais rien...

Elle se dégagea de son emprise et s'éloigna rapidement. « A-t-elle peur pour sa vie ou pour la mienne ? » se demanda le directeur de l'ANGE. Il n'avait malheureusement jamais appris à écouter ses sens reptiliens comme Thierry Morin, alors il était incapable de déterminer si ce Iarek se trouvait dans les parages. Au lieu de se diriger directement à son point d'entrée, il décida plutôt de marcher jusqu'aux petites boutiques qui se dressaient au milieu d'un parc et acheta un cornet de crème glacée. Il n'en avait pas mangé depuis au moins cinquante ans !

Il poursuivit ensuite sa route vers le hangar en prenant des dizaines de détours et ne s'engouffra dans l'ascenseur que lorsqu'il fut bien certain de ne pas avoir été suivi.

...004

À Jérusalem, rien n'allait plus. Sous l'influence diabolique d'Ahriman, Asgad Ben-Adnah avait ouvert une véritable boîte de Pandore en ordonnant au peuple de dénoncer les espions dont il connaissait l'existence. Au lieu de faire preuve de discernement dans leurs accusations, les gens se mirent à livrer n'importe qui aux autorités. Incapables de prouver qu'ils faisaient partie d'une société secrète, les policiers et les soldats recouraient bien souvent à la torture pour obtenir des aveux. Bientôt, on assista à une reprise des horreurs de l'Inquisition et de la chasse aux sorcières de Boston.

La peur s'empara du peuple, et même les étrangers cessèrent d'affluer en Israël. Les pèlerinages en Terre sainte commençaient à être beaucoup trop dangereux pour ceux qui tentaient de sauver leur foi. Les rues devinrent de plus en plus désertes dans tous les pays membres de l'Union eurasiatique, surtout à Jérusalem.

Képhas et Yahuda virent diminuer les foules qui assistaient à leurs sermons dès les premières semaines de l'application de la loi anti-espionnage, et lorsque les soldats commencèrent à tirer sur les suspects qui prenaient la fuite, ils se retrouvèrent seuls sur les places publiques.

– Personne n'est venu, encore une fois, se désola Yahuda.

– Peut-on vraiment les blâmer ? Les criminels en profitent pour se débarrasser de la concurrence, et les maîtresses font emprisonner les femmes des hommes qu'elles convoitent.

– On se croirait à Babylone.

– C'est justement à ça que je pensais. Mais comment pourrait-on reprocher à ces pauvres gens d'avoir peur ?

– Avec toutes les calamités qui sont sur le point de s'abattre sur ce monde, que leur arrivera-t-il si nous ne pouvons pas sauver leurs âmes ?

– Ce n'est finalement pas une guerre mondiale qui achèvera les hommes, mais toutes ces petites luttes intestines…

– Comment parviendrons-nous à accomplir notre mission, Képhas ?

– Le Père ne nous a jamais demandé de rester sur place. Il nous a ordonné de sauver le plus grand nombre possible de ses enfants à Jérusalem. Il n'en revient donc qu'à nous de choisir de nouveaux moyens d'atteindre ce résultat.

Képhas passa doucement la main de haut en bas, entre lui et son frère apôtre. En l'espace d'un instant, leurs longues tuniques beiges furent remplacées par des vêtements modernes.

– Mais que fais-tu là ? s'étonna Yahuda.

– Si nous voulons soutirer des âmes à Satan, il faut aller les chercher là où elles se trouvent, mon frère. À Montréal, on appelait cette technique le porte-à-porte. Jeshua n'est pas resté planté à Jérusalem, lui non plus. Il a parcouru la Judée et ses pays voisins à pied pour prêcher.

– Comme nous tous, après sa mort.

– À moins que tu n'aies une méthode différente à me suggérer, je ne vois pas d'autre solution.

– Par où veux-tu commencer ?

– Remontons cette rue et voyons où elle nous mènera.

Ils marchèrent côte à côte sans se presser. Lorsqu'ils portaient leurs vêtements bibliques, il était facile pour les forces de l'ordre de les distinguer des habitants de la ville, mais même habillés ainsi, ils commencèrent à attirer l'attention des petits groupes de soldats qui parcouraient tous les quartiers.

Les gens ne sortaient maintenant de leurs demeures que pour aller travailler ou pour faire des courses, puis ils retournaient à la maison sans regarder qui que ce soit. Mais même s'ils y demeuraient enfermés, ils risquaient tout autant de voir débarquer les policiers chez eux, en raison d'une accusation de leurs voisins. Les deux Témoins ne croisèrent donc que quelques étudiants qui s'empressaient de rentrer en tremblant de peur.

– Comment pourrions-nous chasser cette sombre énergie ? se découragea Yahuda au bout de quelques heures.

– Nous pourrions aller expliquer à celui qui a mis cette loi en vigueur qu'il est en train de préparer le terrain pour Satan.

– Tu crois qu'il nous écoutera ?

– Non.

– Qu'aurait fait Jeshua dans la même situation ?

– Il aurait trouvé le plus haut point de la ville et il aurait tenté de rassurer les opprimés.

– S'ils ne viennent pas sur la place publique, ils ne se rendront pas non plus sur la montagne.

– Comme je te le disais tout à l'heure, atteignons-les là où ils se trouvent.

Contrairement à Yahuda, Képhas avait choisi de vivre son immortalité sur Terre plutôt que dans l'Éther. Il entrevoyait donc des solutions qui n'effleuraient même pas l'esprit de son compagnon.

– Il nous faut un poste de radio, ajouta-t-il.

Yahuda le suivit sans vraiment comprendre ce qu'il pourrait bien en faire. Ils venaient d'entrer dans la nouvelle cité, lorsqu'une jeune femme vint à leur rencontre en courant.

– Chantal, que fais-tu encore ici ? se fâcha Képhas en la reconnaissant.

– Il me reste encore un tout petit chapitre à terminer.

Elle l'étreignit, mais il l'éloigna doucement de lui.

– Puisque tu as noté tout ce qui se passe à Jérusalem depuis la montée au pouvoir de Ben-Adnah, poursuivit-il, alors tu sais aussi bien que moi ce qui est sur le point d'arriver.

La jeune femme, qu'il avait rencontrée tandis qu'il travaillait pour la base d'Adielle Tobias, avait mis fin à sa carrière de comptable au Québec pour écrire un livre sur les prédications des deux Témoins de la fin du monde.

– Comment pourrais-je décrire ces événements si je ne les vois pas de mes propres yeux ? répliqua-t-elle.

– Tu ne pourras rien décrire du tout si tu es morte.

– Je n'en ai que pour quelques jours !

– L'apparition des missiles au-dessus de ta tête n'a-t-elle donc pas suffi à te faire comprendre que cette ville était dangereuse ?

– Dieu nous en a préservé, et c'est justement cela que je veux raconter à ceux qui n'y ont pas assisté en direct.

– Cette fois-ci, tu vas m'écouter.

Il saisit la jeune femme par le bras. Une fraction de seconde plus tard, elle se retrouva debout au milieu de son salon, dans son appartement de Montréal !

– Mais mes affaires sont…

Ses valises et ses chemises pleines de papier apparurent à ses pieds.

– Yannick, tu n'as pas le droit de me faire ça !

Le Témoin jugea plus prudent de ne pas répondre à son appel. Il poursuivit plutôt son chemin aux côtés de Yahuda.

– Elle ne doit pas être très contente, devina ce dernier.

– Je sais mieux que quiconque qu'il n'est pas toujours possible d'empêcher ceux que nous aimons de se casser la figure, mais quand on peut y faire quelque chose, pourquoi pas ? J'espère seulement qu'elle ne reprendra pas le premier avion pour Israël.

Ils marchèrent en silence pendant quelques minutes.

– Pourquoi la radio ? demanda soudain Yahuda.

– Parce que c'est la seule façon de nous faire entendre dans tous les foyers, évidemment.

Képhas, qui était souvent revenu dans cette ville au cours de ses deux mille ans d'existence, retrouva finalement l'immeuble à deux étages où était installé le poste de radio local. Ils entrèrent dans le hall et se heurtèrent aussitôt au gardien de sécurité.

– Si vous n'avez pas de rendez-vous, sortez immédiatement d'ici, les avertit-il.

– Je m'appelle Képhas et voici mon compagnon Yahuda. Nous sommes les apôtres qui tentent de sauver les méritants de l'emprise du Mal.

L'homme fronça les sourcils en observant attentivement leur visage. Il souleva ensuite un journal qui se trouvait sur la console de l'entrée et examina la photo figurant au-dessus d'un article qui traitait de leurs prédications.

– Vous n'êtes pas habillés de la même façon.

Le gardien reporta son regard sur eux et sursauta en voyant qu'ils portaient de nouveau leurs grandes tuniques de couleur sable.

– Mais comment...

– Rien n'est impossible à un messager de Dieu, mon brave, tenta de le rassurer Yahuda.

– Que voulez-vous ?

– Nous aimerions adresser un mot à la population par le truchement de la radio, expliqua Képhas.

– Ce n'est pas moi qui prends ce genre de décision.

Il décrocha le téléphone et répéta la demande des Témoins à son interlocuteur.

– Quelqu'un va venir vous chercher, annonça-t-il finalement.

– Merci, firent en chœur les deux apôtres.

Ils n'eurent pas le temps de s'asseoir qu'un jeune homme faisait déjà éruption dans le hall en leur tendant une main amicale. Il n'avait certainement pas trente ans. Des boucles noires encadraient son visage souriant, et ses yeux gris pétillaient derrière des lunettes rondes.

– Je m'appelle Lahav Cohen, se présenta-t-il.

Képhas venait juste de lire sur une affiche suspendue au-dessus des chaises de la salle d'attente qu'il était l'animateur le plus en vue du monde de la radio à Jérusalem.

– Nous sommes… commença l'ancien agent de l'ANGE.

– Képhas et Yahuda ! fit Cohen, surexcité. Je n'arrive pas à croire que vous êtes ici, dans ma station ! Je vous en prie, suivez-moi.

Il les emmena dans une petite cabine, où il y avait à peine suffisamment d'espace pour trois adultes, puis les invita à s'asseoir autour d'une table équipée d'un ordinateur et de plusieurs micros.

– De quelle façon puis-je vous être utile ?

– Puisque les gens ne viennent plus à notre rencontre, nous avons décidé de leur parler là où ils se sentent en sécurité, en ce moment, expliqua Képhas.

– Ma station n'est pas la seule en ville. Rien ne prouve qu'ils seront tous à l'écoute.

Yahuda décocha un regard complice à son compagnon. Il ne lui serait pas difficile de brouiller les ondes de tous les autres postes.

– Dieu nous a demandé de parler à ses enfants, expliqua Képhas. Il fera le reste.

Dès que la chanson qui jouait depuis l'arrivée des saints hommes fut terminée, Cohen annonça avec un enthousiasme non feint qu'il avait le grand honneur de recevoir dans son émission les Témoins annoncés par les prophètes, puis leur céda la parole. Pendant près de trois heures, Képhas et Yahuda, à tour de rôle, informèrent le peuple de ce qui l'attendait lorsque le Prince des Ténèbres s'emparerait de Jérusalem, puis de tous les pays sur lesquels il pourrait mettre la main. Ils insistèrent surtout sur l'importance de ne pas accepter la marque de la Bête, qui leur serait sans doute imposée sous la forme d'une puce électronique.

– Ne sombrez pas dans le désespoir, les encouragea Yahuda. Si vous ne pouvez pas vous réfugier dans les montagnes, fuyez vers l'Amérique, car elle deviendra la terre d'accueil des fidèles qui refuseront de se soumettre à Satan.

– Pourquoi fuir ? s'étonna Cohen. Moi, je préférerais me battre pour protéger mon pays.

– Le Père vous rendra Israël lorsqu'il aura jeté l'Antéchrist et son Faux Prophète dans le lac de feu, affirma Képhas. Si vous vous faites tous tuer, qui instruira les générations futures ? Ceux d'entre vous qui iront chercher asile ailleurs ne seront pas des lâches, mais des réceptacles d'un savoir qui ne doit pas se perdre.

– Nous accompagnerez-vous en Amérique ?

– Notre destin est différent du vôtre, avoua Yahuda. Nous resterons ici pour soutenir ceux qui ne seront pas encore partis lorsque Satan profanera le temple.

– Êtes-vous en train de dire que monsieur Ben-Adnah le fait construire pour rien ?

– Pas s'il vous permet de confirmer l'identité de votre bourreau.

Une petite ampoule rouge se mit à clignoter furieusement sur la console de l'animateur.

– Nous allons faire une petite pause et vous retrouver tout de suite après, indiqua-t-il aux Témoins.

Il choisit une chanson au hasard sur l'écran de son ordinateur et la fit jouer tandis qu'il répondait à l'appel pressant.

– Les policiers veulent voir les deux hommes qui sont avec vous, l'informa le gardien de sécurité.

– J'arrive.

Cohen raccrocha et leva un regard inquiet sur ses invités.

– Restez ici, lui ordonna Yahuda en se levant.

– Merci de nous avoir permis de nous exprimer, ajouta Képhas en suivant son ami.

Les Témoins retrouvèrent leur chemin jusqu'au hall de l'immeuble, où une dizaine de policiers les attendaient, armes au poing.

– Est-ce nous que vous cherchez ? leur demanda Képhas, d'une voix douce.

– Veuillez nous suivre, je vous prie, indiqua le chef du peloton.

– Où désirez-vous nous emmener ?

– Au poste de police.

– De quoi nous accuse-t-on ?

– D'avoir saboté tous les postes de radio du pays.

– Quelles preuves avez-vous ?

– Aucune pour l'instant. Il s'agit uniquement d'un interrogatoire.

– Je ne vois aucun mal à écouter ce qu'ils ont à dire, fit Képhas à son compatriote.

Ils suivirent docilement les représentants de loi, même s'ils avaient pu facilement leur filer entre les doigts en utilisant leurs pouvoirs divins. Toutefois, les deux hommes ne voulaient pas que Cohen soit arrêté en même temps qu'eux. Ils sortirent donc sans attendre dans la rue, mais n'allèrent pas plus loin, car une formidable explosion se produisit, démolissant la camionnette des policiers et tuant tous ceux qui se trouvaient dans le secteur. Instinctivement, Yahuda avait protégé son ami en formant un écran de protection autour d'eux. Une fois tous les morceaux de tôle retombés sur le sol, ils étaient les seuls à être encore debout. Les façades des maisons et les véhicules stationnés tout autour brûlaient en sifflant comme des serpents.

– Qui ose me résister ? fit une voix d'homme dans le tumulte.

Les apôtres ne pouvaient pas encore le voir à travers la fumée noire qui envahissait la rue, mais ils reconnaissaient sa sombre énergie.

– Qui ose s'en prendre à des innocents ? rétorqua Képhas, furieux.

D'un geste de la main, Yahuda chassa la fumée. Les Témoins s'attendaient à voir surgir d'autres démons comme ceux qui terrorisaient Jérusalem lors de ses fêtes les plus importantes. Ils furent bien surpris de découvrir qu'un seul homme était responsable de toute cette destruction. Apparemment dans la trentaine, celui-ci portait des vêtements en cuir noir où pendaient d'innombrables chaînes métalliques, ainsi que des bottes rappelant celles des soldats. Sous son blouson, on pouvait apercevoir un crâne imprimé sur son tee-shirt. Ses cheveux brun sombre se dressaient sur sa tête et formaient une crête. Un anneau ornait son oreille droite. Mais ce qui retint surtout l'attention des apôtres, ce fut le bazooka qui reposait sur son épaule gauche.

Sans avertissement aucun, le bandit fit partir un autre missile. D'un geste de la main, Képhas le détourna vers le ciel et le fit exploser bien au-dessus de la ville.

– C'est donc toi qui m'as privé de ma vengeance sur Ahriman ! tonna l'inconnu.

– Il y a de la dissension en enfer, on dirait, fit remarquer Yahuda à son compagnon.

– Qui es-tu ? demanda Képhas.

– Je suis Asmodeus, le roi des démons !

– Quitte cette ville ou tu subiras les conséquences de ton arrogance.

– Voyez-vous ça ? Deux insignifiants prédicateurs osent faire des menaces au plus dangereux de leurs adversaires ? Je vais vous arracher vos pouvoirs !

Asmodeus laissa tomber l'arme sur le sol et marcha à la rencontre des saints hommes.

– Je pense qu'on ne lui a pas tout dit à notre sujet, chuchota Yahuda.

– Il ne sait certainement pas que nous sommes immortels, ajouta Képhas.

– En plus d'avoir été dotés par Dieu de la faculté de nous défendre.

Si ses rivaux en enfer avaient été faciles à détruire malgré leur terrible puissance, Asmodeus ignorait à qui il s'attaquait maintenant. Que ces casse-pieds puissent être des anges du Seigneur ne l'impressionnait pas. Satan l'avait été, lui aussi, avant sa tentative de réformer la hiérarchie céleste. Toutefois, le nouvel aspirant au trône du maître n'avait pas non plus l'intention d'être anéanti avant d'avoir savouré sa victoire. Par mesure de prudence, il appela donc ses lieutenants. Une dizaine de Sheshas apparurent autour de lui.

Yahuda n'attendit pas que ses adversaires se soient davantage rapprochés avant de demander l'intervention du Ciel. Un aveuglant rayon de lumière s'abattit sur les démons qui marchaient en tête, les pulvérisant en un instant.

– Je veux posséder cette énergie ! ragea Asmodeus. Emparez-vous d'eux !

Le second faisceau incandescent balaya alors le reste de la troupe, mais manqua leur chef d'un cheveu, car vif comme un chat, ce dernier avait sauté sur la toiture du petit établissement commercial devant lequel il marchait.

– Ce n'est que partie remise, Témoins ! cria-t-il avant de s'enfuir.

– Qui est Asmodeus ? demanda alors Yahuda à son ami.

– C'est un redoutable démon, comme il le prétend. Mais il ne s'en tirera pas, car le Bien triomphe toujours du Mal.

Yahuda tourna sur lui-même. La créature maléfique assoiffée de pouvoir avait ravagé la rue tout entière.

– Nous ne pouvons plus rien faire pour ces pauvres gens, déplora l'apôtre en posant son regard sur les dizaines de cadavres mutilés ou calcinés par l'explosion des voitures.

Des pas précipités lui firent faire volte-face. Cohen venait d'émerger de ce qui restait de la façade de la station de radio et courait vers eux.

– J'ai tout vu de la fenêtre ! s'exclama-t-il. Celui qui vous a échappé est parti vers les quartiers riches.

– Nous ne le poursuivrons pas, l'informa Képhas.

– Vous ne pouvez pas le laisser s'échapper après ce qu'il a fait !

– Il est le moindre de nos soucis, en ce moment.

– Dieu ne nous a pas donné des pouvoirs pour agresser les démons, mais uniquement pour nous protéger de nos ennemis, ajouta Yahuda.

– Mais vous êtes ses Témoins. Ce criminel ne serait jamais arrivé à vous tuer.

– Théoriquement, nous sommes immortels, précisa Képhas. Toutefois, nous ne sommes pas à l'abri de la souffrance.

« Aussi bien physique que morale », songea l'apôtre. Il ne crut cependant pas utile de s'étendre sur le sujet. Tout le monde sur Terre était aux prises avec ses propres démons.

– Merci encore une fois de nous avoir permis de faire notre travail, conclut-il.

Attristé par le terrible spectacle qu'il avait sous les yeux, Képhas poursuivit sa route dans la direction opposée à celle qu'avait prise Asmodeus. Yahuda le suivit d'abord sans rien dire, mais plusieurs questions le tourmentaient.

– Je ne sais pas qui a donné l'ordre à la police de nous arrêter, laissa finalement tomber Képhas, qui ressentait l'angoisse de son compagnon. Je ne sais pas non plus pourquoi Asmodeus se trouvait précisément dans la même rue que nous.

– Peut-être a-t-il suivi les policiers, raisonna Yahuda. À moins qu'il n'ait vraiment été à notre recherche. Pourrait-il nous ravir nos pouvoirs ?

– Ils émanent du Père, mon ami. Je ne vois donc pas comment Asmodeus s'y serait pris. Nous avons vaincu beaucoup de démons comme lui en deux mille ans. Si leur but était de voler notre immortalité, je n'en ai jamais rien su.

L'heure du couvre-feu approchait, et les gens se hâtaient de rentrer chez eux. Leur peur était presque tangible dans la ville. Un passage de la base de données de Vincent McLeod refit surface dans les pensées de Képhas. « Les reptiliens les plus dangereux vivent dans une autre dimension, où ils se nourrissent d'énergie négative, se rappela-t-il. Ils doivent être bien gras par les temps qui courent. » Seuls quelques-uns de ces rois Dracos parvenaient toutefois à se matérialiser dans le monde physique, grâce aux adeptes de rites sataniques…

Un coup de feu mit brutalement fin aux réflexions de l'apôtre. Au bout de la rue, un policier venait de tirer sur un homme. Les Témoins accoururent afin de rétablir tout de suite la paix dans ce quartier déjà suffisamment éprouvé.

– Aidez-moi, hoqueta le blessé, allongé sur le dos.

Képhas se pencha immédiatement sur lui et prit sa main. La vie commençait déjà à le quitter.

– Ôtez-vous de là ! ordonna le policier. C'est un espion !

– En avez-vous la preuve ? demanda Yahuda, sur un ton menaçant.

– Oui, le témoignage de son voisin, qui le voit partir tous les matins aux petites heures.

– Je vais chercher de la nourriture, se justifia le mourant.

– Vous devez cesser de faire feu sur des innocents, poursuivit Yahuda.

La gravité de son visage fit reculer le représentant de la loi.

– Je vous reconnais, se réjouit le blessé en tendant une main tremblante vers le visage de Képhas. J'allais vous écouter quand vous prêchiez au mur des Lamentations…

– Vous ne m'avez pas qu'écouté, vous m'avez compris, le félicita l'apôtre.

– Est-ce que j'irai en enfer ?

– Non. Le Père vous attend, les bras ouverts. Allez vers lui. Je m'occuperai de votre famille.

– Merci…

L'homme rendit l'âme, un sourire aux lèvres. Képhas referma ses paupières et se leva en lançant au policier un regard courroucé.

– Tu ne tueras point ! s'écria-t-il d'une voix suffisamment forte pour que tous ceux qui les observaient par les fenêtres l'entendent.

– Je n'ai fait que mon devoir.

– On vous a donné l'ordre d'arrêter ceux qui sont soupçonnés d'espionnage, pas de les éliminer à vue. Cet homme aurait dû être emmené au poste de police pour y être interrogé, pas assassiné à quelques pas de chez lui.

Croyant que les Témoins allaient venger ce meurtre, le policier porta la main à l'appareil de communication accroché à son épaule, avec l'intention de demander des renforts. Yahuda n'eut qu'à remuer le petit doigt pour en faire frire les circuits. Il ne voulait surtout pas qu'un second attroupement de représentants de l'ordre attire encore une fois Asmodeus.

– Viens, mon frère, le pressa Képhas. Nous avons une dernière mission à accomplir, aujourd'hui.

Yahuda ne savait pas ce dont il s'agissait, mais il le suivit sans la moindre hésitation. Dès qu'ils se furent éloignés, Képhas sortit de la poche de son blouson en cuir le porte-feuille de la victime.

– Tu le lui as pris ? se scandalisa son compagnon.

– J'avais besoin de son adresse.

Ils arrivèrent à l'humble demeure de cet homme quelques minutes avant que ne retentissent les sirènes annonçant aux citoyens qu'ils ne pouvaient plus sortir. L'épouse de la victime les accueillit, le visage livide, comme si elle savait déjà ce qu'ils allaient lui dire.

– Je m'appelle Képhas et voici mon frère Yahuda.

– Je vous ai reconnus en ouvrant la porte. Je vous en prie, entrez.

Elle ne voulait surtout pas que les soldats qui patrouilleraient bientôt dans les rues leur fassent un mauvais parti. En apprenant que son mari ne reviendrait plus jamais chez lui, elle éclata en sanglots. Comme la majorité des habitants de la Terre, le couple avait perdu ses plus jeunes enfants lors du Ravissement, mais il devait continuer à subvenir aux besoins des deux plus vieux qui venaient d'être admis à l'université, ainsi que de leurs parents trop âgés pour travailler. Or, même avec la meilleure volonté du monde, la pauvre femme ne gagnerait jamais assez d'argent pour faire vivre toutes ces personnes.

Les garçons arrivèrent en courant, refermant sèchement la porte derrière eux. Un peu plus et ils se retrouvaient en prison. Ils furent étonnés de trouver leur mère et leurs grands-parents en larmes, entassés dans le salon. Le plus vieux afficha un surprenant stoïcisme en apprenant ce qui s'était passé, tandis que son frère suffoquait de colère. Il menaça même de tuer celui qui avait porté les accusations mensongères qui avaient entraîné la mort de son père. Les autres membres de la famille parvinrent à le calmer au bout d'un moment et à le persuader que tout ce qu'ils pouvaient faire, maintenant, c'était de réclamer le corps du défunt et de lui offrir des funérailles décentes.

– Vous ne manquerez jamais d'argent ni de nourriture, leur promit alors Képhas.

– Mais comment ? s'étonna la veuve.

– Dieu nous a accordé le pouvoir de faire des miracles. Vos poches, votre réfrigérateur et votre garde-manger seront bien garnis, aussi longtemps que vous habiterez dans cette maison. Ceci devrait alléger votre charge financière.

La pauvre femme se jeta à genoux devant les apôtres en pleurant des remerciements, rejointe par ses aînés.

– Votre mari était un homme bon, ajouta Yahuda. Il a été reçu avec joie au paradis.

Craignant qu'ils ne soient transformés en passoires, la famille protesta lorsque les deux Témoins annoncèrent qu'ils devaient partir.

– N'ayez pas peur, les rassura Képhas. Ils ne nous verront même pas passer.

Sur ces mots, les saints hommes disparurent par enchantement sous leurs yeux.

...005

Dans le salon de sa villa, Asgad Ben-Adnah regardait les nouvelles à la télévision depuis quelques minutes. Océane n'était pas encore rentrée, mais le vendredi, il lui arrivait souvent d'être en retard, car elle s'arrêtait dans ses boutiques préférées. La plupart du temps, elle n'achetait rien, mais ce lèche-vitrine la rendait heureuse. Assis devant lui, sur le kilim, Antinous jouait avec un jeune chat que Sélèd, le chauffeur de la maison, avait trouvé dans la rue. Asgad baissa les yeux sur son protégé pendant un instant. Un rien le réjouissait. L'animal noir et blanc, qui courait après le bout de ficelle qu'il faisait glisser sur le tapis, le faisait parfois rire aux éclats.

Antinous profitait de chaque absence d'Océane pour se rapprocher d'Asgad, mais dès que la jeune femme revenait à la maison, il s'éclipsait pour ne pas devoir lui parler. Au moment des repas, l'adolescent s'asseyait là où on lui demandait de le faire et mangeait en conservant un silence de moine. Asgad ne savait plus quoi faire pour les réconcilier.

On annonça à la télévision que des hommes politiques avaient été assassinés en pleine rue en Syrie et au Liban par un groupe de terroristes voulant venger l'attentat perpétré contre Jérusalem. Les accusations portées contre diverses nations du Moyen-Orient continuaient à fuser, car personne n'avait encore revendiqué l'envoi des missiles.

– Je dois faire quelque chose, s'alarma Asgad.

– Vous en avez déjà suffisamment fait, lui rappela Ahriman en arrivant derrière lui.

– Vous voyez bien que non.

Le président de l'Union eurasiatique ne pouvait détacher son regard des images troublantes dévoilant des corps couverts de sang près de leurs voitures.

– Je vous conseille tout de même d'attendre qu'on découvre l'auteur de l'agression. Il ne vous servirait à rien de jeter de l'huile sur le feu.

En réalité, Ahriman était parfaitement conscient que cette zizanie servait à nourrir toutes les créatures du bas astral et surtout les armées de Satan, qui en avaient grand besoin.

– Les gens penseront que je suis un lâche si je ne m'en mêle pas, protesta Asgad.

– Vous ne pouvez pas vous jeter tête la première dans une situation aussi confuse, Excellence.

– Vos conseils m'ont toujours été précieux, mais cette fois-ci, je suis en désaccord avec vous.

Ahriman marcha jusqu'au bar et versa de l'alcool dans un verre, dans lequel il saupoudra un peu de poudre dorée. Lorsqu'il le présenta à l'entrepreneur, celui-ci hésita à l'accepter.

– C'est pour votre bien, insista le faux médecin.

– Vous ne réussirez pas à endormir mes craintes.

– Ce n'est pas mon but. Vous me payez pour vous maintenir en santé.

Ahriman déposa le verre dans sa main et s'éloigna de quelques pas en observant le jeune Grec qui jouait toujours avec le chat. En effaçant une partie de ses souvenirs, il avait altéré la personnalité de ce dernier à un point tel qu'il était presque redevenu un enfant. « Peut-être devrais-je me débarrasser de son âme et la remplacer par celle d'un de mes fidèles serviteurs… » songea le Faux Prophète. Il remarqua avec soulagement que l'empereur buvait l'alcool à petites gorgées. Cela l'empêcherait de se transformer inopinément en reptilien pendant un certain temps.

L'Orphis espérait que Satan gagne sa guerre au Ciel le plus rapidement possible, même si les stupides prophètes avaient prédit le contraire, pour que son règne de terreur puisse enfin commencer sur Terre.

– Je vais demander à Pallas de convoquer les journalistes, l'informa Asgad. La seule façon de savoir qui a bombardé Jérusalem, c'est d'offrir une importante récompense.

– Vous risquez d'obtenir plusieurs pistes contradictoires.

– Cet argent ne sera versé que lorsqu'une enquête nous indiquera que je tiens la bonne.

Si cela pouvait occuper l'empereur romain jusqu'à sa prise de possession par le Prince des Ténèbres, pourquoi pas ?

Ahriman lui tendit le récepteur du téléphone.

– Si vous n'avez plus besoin de moi, Excellence, j'aimerais prendre congé ce soir.

– Vous pouvez disposer.

– N'oubliez pas de boire tout le contenu du verre.

– Cessez de me traiter comme un enfant, docteur Wolff.

Ahriman se courba respectueusement et tourna les talons. Une fois dans l'entrée, il se demanda si ses sources maléfiques pourraient trouver pour lui le coupable de l'agression. La gratification ne l'intéressait pas. Il voulait tout simplement éviter qu'Asgad prenne parti dans cette affaire et qu'il devienne la cible des mêmes criminels. Il s'évapora et réapparut quelques secondes plus tard dans une immense caverne sous la Ville sainte. Le seul humain à s'en être échappé l'avait décrit aux autres comme un lieu de damnation, où brûlait un feu continuel. L'Église s'était tout de suite emparée de cette image pour contraindre ses fidèles à obéir à ses règles. L'enfer existait bel et bien, mais il se situait sous leurs pieds.

Le Faux Prophète avait choisi de se matérialiser au sommet d'une stalagmite tronquée qui dominait la grotte. Son retour ne passa pas inaperçu. Bientôt, tous les démons qui habitaient dans le monde souterrain se rassemblèrent à ses pieds.

– J'ai besoin d'un renseignement, commença le lieutenant de Satan.

Sa voix résonna dans tous les recoins de la caverne.

– Je veux savoir qui a lancé les missiles sur Jérusalem.

La réaction de panique des reptiliens signala aussitôt à Ahriman qu'il s'agissait d'un des leurs.

– Celui qui me fournira le nom du coupable sera à mes côtés lorsque le maître régnera sur Terre.

Cet honneur était convoité par un si grand nombre de démons que le Faux Prophète était certain de dénicher un délateur parmi eux. Un reptilien aux écailles vertes très sombres referma ses ailes noires sur son dos et escalada aussitôt une autre stalagmite, afin de se détacher des autres.

– Je connais le responsable ! déclara-t-il.

La foule démoniaque se dispersa d'un seul coup, comme une colonie de fourmis fuyant un incendie.

– Comment t'appelles-tu, jeune Naas ?

– Je suis Phénex.

– Dis-moi ce que je veux savoir, et je ferai de toi un homme très important, Phénex.

– Asmodeus a volé des bombes dans un pays qui s'appelle Russie et il les a lancées sur Jérusalem pour détruire celui que vous protégez.

– Encore lui ? rugit Ahriman.

– Il voulait que votre échec vous fasse perdre la faveur du maître.

– Où est-il ?

– Il est parti depuis plusieurs jours sans dire où il allait.

Habituellement, les Sheshas n'étaient pas difficiles à trouver à la surface, car ils semaient la destruction sur leur passage.

– Je reviendrai te chercher, Phénex.

Ahriman se volatilisa, au grand soulagement de la population endogée.

O

Lorsque le petit chat cessa de courir après la ficelle et se mit à chercher un petit coin pour faire ses besoins, Asgad exigea que son protégé l'emmène dans le jardin. Lors du retour de Pallas, il lui ferait installer une litière dans la salle de bains, mais pour l'instant, il n'était pas question qu'il souille les tapis d'Orient de sa maison. Antinous fit ce qu'il lui demandait et transporta le jeune animal dans la cour entourée d'une haute muraille. Il le déposa par terre et ne le gronda pas lorsqu'il se mit à creuser dans la terre entre les magnifiques fleurs de la plate-bande.

Antinous marcha jusqu'au pied de la statue qui lui ressemblait et l'observa pendant un moment. Des souvenirs enfouis au plus profond de sa mémoire tentaient en vain de refaire surface. Il baissa les yeux sur le bassin au bas du monument et ressentit aussitôt de la peur sans savoir pourquoi. Lentement, il se pencha sur l'eau, où dansait son image. Le chat sauta alors sur son dos, toutes griffes dehors, lui arrachant un cri de terreur.

– Petit polisson !

L'animal décolla en direction du mur, qu'il escalada à toute vitesse.

– Non ! s'écria Antinous en le pourchassant.

Le chat sauta dans la rue. Puisqu'il ne possédait pas de griffes, l'adolescent s'élança vers la grille qui donnait accès au jardin. Il dégagea le verrou, poussa la porte et fonça dans la poitrine de l'homme qui se tenait devant l'entrée.

– Tout doux ! s'exclama celui-ci.

Antinous recula, ébranlé. L'inconnu ne ressemblait pas du tout aux invités de son protecteur. Il portait des vêtements en cuir, et ses cheveux noirs étaient hérissés sur sa tête.

– Qui êtes-vous ? demanda le jeune Grec.

– Je m'appelle Asmodeus. Je suis un ami de la famille. Es-tu en train de t'enfuir ?

– Non. Mon chat a franchi le mur et je dois le retrouver.

– Laisse-moi te donner un coup de main, dans ce cas.

– Je ne suis pas censé parler aux étrangers…

– Mais je viens de te dire que je suis un ami. Je connais même ton nom.

Le Shesha tourna la tête vers la rue.

– Si j'étais toi, je me hâterais, parce que ton chat se dirige vers le boulevard.

– Oh non…

Antinous s'élança dans la rue sans réfléchir. Asmodeus referma la grille d'un coup sec en souriant de toutes ses dents et suivit sa proie.

...006

Athenaïs Lawson n'était pas une femme facile à impressionner. Fille d'un riche homme d'affaires et d'une actrice qui avait sacrifié sa carrière pour élever ses enfants, elle avait bénéficié d'une vie pleine d'expériences culturelles. Ses parents voyageaient beaucoup, afin de faire découvrir le monde à leurs deux garçons et à leur fille, pour qu'ils puissent faire des choix éclairés plus tard. Ils leur avaient aussi offert un beau cadeau, celui d'avoir la liberté d'être eux-mêmes et de développer leurs propres talents.

Les frères d'Athenaïs avaient respectivement choisi le droit et l'architecture. Leur petite sœur, elle, avait plutôt penché pour la médecine, désirant plus que tout au monde venir en aide à l'humanité. Il n'était pas question non plus qu'elle s'installe dans la clinique d'un quartier cossu pour exiger des honoraires exorbitants. La jeune femme était plutôt partie pour l'Afrique, afin de soigner les plus démunis. Après quelques années passées à se promener d'un village à l'autre et à menacer sans cesse les autorités, qui mettaient trop de temps à laisser entrer dans leur pays les médicaments et les appareils dont elle avait besoin, elle était partie pour l'Angleterre. Athenaïs n'était pas faite pour la politique, car on ne pouvait pas y régler ses problèmes à coups de sabre.

Elle s'était par conséquent enrôlée dans l'armée et s'était tout de suite portée volontaire pour s'occuper des blessés sur le front en Irak. Son audace, sa bravoure et son dévouement n'étaient pas passés inaperçus. Les recruteurs de l'ANGE, qui s'infiltraient dans tous les domaines d'activités pour y trouver des perles rares, en avaient eu vent. Ils lui avaient alors fait une offre bien difficile à refuser. Au lieu de venir en aide aux forces militaires d'un seul pays, elle aurait la chance de sauver le monde entier. Athenaïs avait donc suivi sa formation à Alert Bay comme tous les autres agents, émerveillant chacun de ses professeurs, car elle excellait en tout.

En plus d'être de grande stature et de posséder de beaux traits, Athenaïs était d'une intelligence exceptionnelle. Elle n'avait aucune difficulté à résoudre en peu de temps les casse-tête et les énigmes les plus complexes. Il lui importait également de garder son corps et son esprit toujours en forme.

L'ANGE l'avait d'abord employée en Angleterre, puis dans ses bases où les agents se faisaient le plus massacrer, comme celle de Jérusalem. Puis, après le Ravissement, elle avait été rapatriée au Canada. Puisqu'elle avait demandé un poste un peu plus calme avant de repartir sur le front, Mithri lui avait proposé la base de Cédric. Toutefois, Athenaïs n'avait pas vraiment eu le temps de se reposer depuis qu'elle était arrivée à Longueuil, car on lui avait confié le cas le plus bizarre de toute sa carrière.

L'homme qui reposait sur le lit devant elle aurait dû succomber à ses innombrables blessures, mais il s'accrochait obstinément à la vie même s'il ne pouvait pas bouger la plupart de ses articulations. Habituellement, l'ANGE lui fournissait le dossier complet de ses patients. Celui de ce survivant ne contenait presque rien. Elle ne connaissait que son nom et les circonstances étranges de son accident. Or, son historique médical lui aurait été beaucoup plus utile.

Après un examen approfondi de la victime et l'administration de soins d'urgence, Athenaïs avait dressé un tableau chronologique des chirurgies requises pour remettre ce pauvre diable en une seule pièce. Toutefois, elle ne lui prédisait pas un bel avenir. En fait, elle ne s'attendait même pas à ce qu'il survive, car son cœur allait être fortement mis à l'épreuve par les anesthésies.

Ce matin-là, après avoir reconstruit avec succès l'ossature des bras de son patient, la femme médecin analysa ses radiographies les plus récentes. Les rivets semblaient bien en place, et les signes vitaux de l'homme étaient satisfaisants. Debout devant le mur lumineux, Athenaïs se mit à songer à l'agent Loup Blanc, qui n'avait plus osé remettre les pieds à la section médicale, mais qui venait tout de même observer les progrès du survivant du mont Hoodoo à travers la baie vitrée.

Son esprit scientifique refusait d'admettre qu'un être humain puisse en guérir un autre en passant ses mains au-dessus de ses blessures. Le corps n'était pour elle qu'une machine dotée d'un puissant ordinateur central. Pour le maintenir en bon état de marche, il suffisait de le préserver de la maladie grâce à une alimentation saine et des exercices physiques. Lorsque le corps était atteint d'une pathologie quelconque, il fallait avoir recours aux médicaments ou à la chirurgie pour l'en débarrasser.

Aodhan semblait être un homme sensé. Pourquoi croyait-il en ces traitements hétérodoxes ? Cédric avait pourtant une bonne opinion de cet Amérindien du Nouveau-Brunswick. Il disait même qu'il était le meilleur agent qu'il ait jamais eu sous ses ordres. « Peut-être devrais-je inviter monsieur Loup Blanc à dîner pour lui remettre les deux pieds sur terre », songea-t-elle.

Un léger bruit lui fit tourner la tête vers le lit de son patient. En voyant qu'il tentait de se débarrasser de son respirateur, elle se précipita pour l'en empêcher.

– Arrêtez ! ordonna-t-elle, alarmée.

Les yeux intensément bleus de Damalis lui firent comprendre que si elle n'enlevait pas ce tube dans les secondes suivantes, il le ferait lui-même. Athenaïs ne voulait pour rien au monde qu'il abîme sa trachée, alors elle obtempéra tout en se promettant de le rebrancher à la machine au premier signe de détresse de ses poumons.

– Merci, fit-il d'une voix rauque.

– Vous venez de subir une grave opération, monsieur Martell. Vous ne devriez même pas être conscient.

– Est-ce la dernière ?

– J'ai bien peur que non. J'ai traité vos fractures, mais il me reste encore beaucoup de travail à faire sur vos organes internes.

Damalis demeura un moment silencieux. Athenaïs se contenta de l'observer, étonnée par sa résistance aux sédatifs. Contrairement à ce qu'elle pressentait, son patient ne paniqua pas en constatant sa condition.

– Quand mon corps humain sera-t-il en mesure de fonctionner normalement ? demanda-t-il plutôt.

– Pas avant plusieurs semaines, peut-être même des mois. Ensuite, il vous faudra réapprendre à marcher et à faire les petits gestes de la vie quotidienne.

Elle prit son pouls en appuyant ses doigts sur le poignet du patient.

– Pourquoi me parlez-vous de votre corps humain ? En avez-vous un autre que vous m'auriez caché ? se moqua-t-elle.

– Me soignez-vous depuis longtemps ?

– Depuis votre arrivée ici, il y a environ un mois.

– Ne vous a-t-on pas dit qui j'étais ?

– Votre dossier indique que vous vous appelez Jordan Martell, que vous êtes employé par le gouvernement américain et que vous avez été blessé par des explosifs.

– C'est tout ?

– Je n'ai pas vraiment besoin d'en savoir plus pour soigner mes patients, mais j'avoue que votre historique médical m'aurait été fort utile.

– Vous n'en trouverez pas, car je faisais partie d'une unité plutôt obscure de l'armée.

– Je vois.

Le Naga promena son regard dans la pièce.

– Où suis-je ?

– Dans une installation secrète du Canada.

– Militaire ?

– Non. Maintenant, dites-moi pourquoi vous avez fait référence à votre corps humain.

– J'ai deux corps différents.

– Si c'était vrai, pourquoi ne l'ai-je pas découvert lors de mes dizaines d'examens ?

– Parce que vos tranquillisants m'ont empêché de me métamorphoser.

« L'accident a affecté son cerveau », s'attrista la jeune femme. Ce n'était pas la première fois qu'elle constatait ce type de traumatismes. Un grand nombre de soldats qu'elle avait traités par le passé étaient restés marqués par la guerre.

– Vous devriez vous reposer, maintenant.

– Vous ne me croyez pas ?

– Il arrive parfois que les sédatifs provoquent des hallucinations, mais c'est temporaire.

– Je vous dis la vérité.

Athenaïs jugea préférable de ne pas le contrarier, compte tenu de son état précaire.

– Devrai-je aussi soigner cet autre corps que vous possédez ? demanda-t-elle en jouant le jeu.

– Vous n'y arriveriez pas.

– Mettez-vous en doute mes compétences ?

– Non, puisque je suis toujours en vie. Mais je ne crois pas que vous possédiez les connaissances requises pour traiter mon autre corps, à moins d'être comme moi.

– Si vous connaissiez mon parcours médical, monsieur Martell, vous ne m'insulteriez pas de la sorte.

– Et si vous appreniez mon secret, vous n'auriez sans doute plus envie de vous occuper de moi.

– J'ai déjà tout vu depuis que je pratique la médecine.

– C'est ce que vous croyez ?

Un léger sourire se dessina sur les lèvres du mercenaire, tandis que sa peau se recouvrait progressivement de petites écailles vert pâle. Effrayée, Athenaïs recula de quelques pas. « C'est moi qui suis en train d'halluciner... » s'alarma-t-elle. Elle commença à croire qu'elle avait passé trop de temps à soigner cet homme et qu'elle avait dû inhaler sans le vouloir ses anesthésiques. Le plâtre sur les jambes de Damalis se mit à craquer. « Heureusement que je n'en ai pas encore appliqué sur ses bras », songea la femme médecin en reprenant son sang-froid.

– Et moi qui croyais que c'était l'agent Loup Blanc qui les avait cassés la première fois, laissa-t-elle tomber, penaude.

Sa curiosité l'emporta et elle approcha de son patient inhabituel. À son grand étonnement, les blessures qui apparaissaient sur son corps de lézard n'étaient pas les mêmes que sur son corps humain.

– Mais où avez-vous appris à faire cela ? fit-elle, avide d'en apprendre davantage sur ce phénomène.

– C'est ma véritable apparence.

– Vous n'êtes donc pas de ce monde...

– Je suis né sur cette planète tout comme vous, si c'est ce que vous voulez savoir, mais je suis d'une autre race.

– Mais aucune créature sur Terre ne vous ressemble, voyons.

– Vous avez tort. Il y a des dizaines d'espèces de reptiliens qui vivent parmi vous et sous vos pieds.

Cédant à sa soif de connaissances, Athenaïs toucha du bout des doigts les squames sur la main de Damalis. Elles étaient beaucoup moins rugueuses qu'elle ne l'avait imaginé. En fait, elles étaient d'une surprenante douceur.

– Donc, vous vous transformez en humain et non le contraire, comprit-elle.

– C'est exact. Je suis un Naga ou, si vous préférez, le résultat du croisement d'un père Dracos et d'une mère Pléiadienne.

Encouragé par l'amabilité de son patient, la femme médecin se mit à examiner les plaies sur son corps de serpent.

– Vous n'avez pas peur ? s'étonna Damalis.

– Si, un peu, mais j'ai fait le serment de protéger la vie de toutes les façons possibles.

Les yeux bleus aux pupilles verticales de son patient ne perdaient aucun de ses mouvements.

– Si je dois traiter vos deux corps, vous passerez sûrement les prochains mois ici, se découragea la jeune femme.

– Guérissez mon corps humain, et je m'occuperai de l'autre.

– Vous possédez la faculté de guérir vous-même vos blessures ?

– Oui, comme la plupart des reptiliens.

L'image d'un lézard faisant repousser sa queue traversa l'esprit d'Athénaïs.

– Ce serait un grand pas pour la science si vous me laissiez étudier votre fonctionnement interne.

– Comme un rat de laboratoire ?

– Comme une espèce nouvelle dont on ne sait encore rien. J'aimerais savoir si votre cœur, vos poumons, votre foie et votre estomac sont au même endroit que les nôtres.

Je voudrais analyser votre sang, obtenir la tomodensitométrie de votre cerveau…

– La quoi ?

– Une image en trois dimensions.

– Ah…

– Je pourrais même me spécialiser dans le traitement des maladies reptiliennes.

– Vous n'auriez pas beaucoup de clients, puisqu'ils ont surtout tendance à s'entretuer. Mais si cela peut vous amuser de m'étudier, pourquoi pas ? Je n'ai rien de mieux à faire, de toute façon.

– Votre nom est-il vraiment Jordan Martell ?

– C'est celui choisi par mes parents adoptifs. En général, les reptiliens sont élevés par leurs parents reptiliens sous leur forme humaine, mais pour les Nagas, c'est différent.

– Pourquoi ?

– Ils sont génétiquement modifiés dans l'utérus de leur mère Pléiadienne et bien souvent confiés à des familles normales qui ne se doutent même pas qu'ils sont reptiliens.

– Cela veut-il dire que les bébés sont incapables de changer leur physionomie ? en déduisit Athénaïs.

– La métamorphose survient pour la première fois lors de l'adolescence. En général, les Pléiadiens reprennent ces enfants avant qu'ils n'atteignent l'âge de dix ans. Les spécimens les plus prometteurs, eux, sont tout de suite expédiés à leur mentor.

– C'est ce qui vous est arrivé ?

– Non, affirma Damalis avec un rire amer. J'ai fait partie des rejets, car je n'avais pas le gène des traqueurs, tout comme mes cinq frères, d'ailleurs. Après six infructueux essais, ils ont cessé d'accoupler nos parents. Alors, nous avons été abandonnés à notre sort et élevés par des parents humains.

– Abandonnés à votre sort ? Je ne comprends pas…

– Les Dracos se nourrissent généralement d'êtres humains, mais lorsqu'ils peuvent mettre la main sur des Nagas, ils se délectent.

– Finalement, les prochaines semaines ne seront pas si monotones que je le croyais, ni pour vous ni pour moi, monsieur Martell.

– Je vous en prie, appelez-moi Damalis. Puisque je suis mercenaire, il est dangereux pour moi d'utiliser mon nom de naissance.

« Pourquoi l'ANGE a-t-elle repêché un mercenaire ? » se demanda la femme médecin, étonnée.

– Puis-je commencer à examiner vos blessures reptiliennes sans nuire au traitement que je prodigue à votre corps humain ? fit-elle en s'efforçant de ne pas afficher ses émotions.

– Les deux ne sont reliés d'aucune manière.

Athénaïs vit alors apparaître le visage inquiet de Cédric Orléans derrière la fenêtre d'observation de la section médicale. L'ordinateur de la base avait certainement dû le prévenir de l'étrange phénomène qui venait de s'y produire.

– Je reviens tout de suite, Damalis.

– Ne vous inquiétez pas, je serai ici à votre retour, plaisanta-t-il en lui arrachant un sourire.

La femme médecin sortit de l'infirmerie en refermant la porte derrière elle, pour ne pas y laisser entrer le directeur.

– Est-ce pour cette raison que vous teniez absolument à ce qu'il soit traité par l'ANGE ? s'enquit-elle avant qu'il ne puisse ouvrir la bouche.

– Entre autres…

– Saviez-vous qu'il n'était pas normal avant qu'il arrive ici ?

Cédric ne trouvait pas les mots pour s'expliquer.

– Je présume que ce sont des renseignements protégés, n'est-ce pas ?

– En quelque sorte... balbutia-t-il.

– En attendant que vous soyez prêt à me dire la vérité, je vais continuer à m'occuper de mon patient.

Elle tourna les talons et retourna à la section médicale. Déconcerté, Cédric resta coi.

– ELLE A DÉJÀ OUBLIÉ QUI DIRIGE CETTE BASE, ON DIRAIT, commenta l'ordinateur.

– Cassiopée, ce n'est vraiment pas le moment de me contrarier.

– CE N'EST PAS MON BUT, MONSIEUR ORLÉANS. NÉANMOINS, JE SUIS D'AVIS QUE SON MANQUE DE RESPECT DEVRAIT ÊTRE SANCTIONNÉ.

– Cette décision me revient, et je ne veux plus en entendre parler.

– TRÈS BIEN, MONSIEUR.

Cédric retourna à son bureau en se demandant comment se débrouillait Aodhan avec leurs recrues.

...007

Grâce aux bons soins de ses nouveaux apprentis, Thierry Morin avait repris des forces. La nourriture qu'ils lui procuraient ralentissait les effets du poison dans ses veines, mais ses jours étaient néanmoins comptés. Pour que les deux jeunes Nagas deviennent plus tard de redoutables traqueurs, Thierry devait accélérer leur formation. Toutefois, depuis qu'il avait avalé la glande reptilienne de son mentor, le *varan* était de plus en plus souvent perdu dans ses pensées. Non seulement elle contenait la mémoire et les connaissances de Silvère Morin, mais elle renfermait aussi celles des glandes des rois Dracos que ses élèves lui avaient rapportées depuis des centaines d'années. Sans préparation aucune, Thierry avait beaucoup de mal à les séparer les unes des autres.

– Maître Théo ? l'appela Darrell en prenant place devant lui.

Assis sur le plancher en pierre d'une des tours du Temple de Salomon, l'aîné sursauta.

– Je vous ai demandé de ne pas m'appeler ainsi.

– Mais tu es devenu notre maître.

– Par la force des choses, mais je ne mérite nullement ce titre.

Neil lui tendit un gobelet rempli de sang.

– Il n'est pas humain, précisa le jeune homme. Nous l'avons pris à un Dracos qui tentait de nous empêcher de nous procurer des vêtements propres.

– Nous y avons mélangé de la poudre, évidemment, ajouta Darrell.

Puisque le corps reptilien de Thierry le faisait beaucoup souffrir, ses apprentis s'assuraient qu'il ingurgite une bonne dose d'or tous les jours, de manière qu'il conserve son apparence humaine. L'aîné but lentement la boisson fortifiante en observant les visages innocents des jumeaux. Il était impossible de les différencier, sauf lorsqu'ils ouvraient la bouche, car ils avaient des accents très différents.

– As-tu découvert quelque chose d'intéressant, aujourd'hui ? voulut savoir Darrell.

– Les souvenirs de Silvère remontent très loin, mais ils sont captivants. J'ai vu le visage de mon père, car il l'a souvent rencontré. Je sais même où il habite. Mieux encore, j'ai appris qu'il était aussi le père d'une vingtaine de Nagas dont la plupart sont actifs dans le monde.

– Tu as dix-neuf frères ! s'exclama moqueusement Neil.

– Et les deux plus jeunes sont assis devant moi.

– C'est vrai ? s'égaya Darrell. Notre ressemblance n'est donc pas le fruit du hasard !

– Avons-nous la même mère ?

Thierry hocha doucement la tête à l'affirmative.

– Parle-nous de nos parents, insista Darrell.

– Si je vous en dis trop à leur sujet, ces informations seront gravées à tout jamais dans vos glandes mnémoniques, ce qui mettrait leur vie en danger si vous étiez capturés par des Dracos.

– Dans ce cas, sois le plus vague possible, suggéra Neil. Ne nous révèle aucun nom.

– Je vais satisfaire votre curiosité, mais ensuite, vous devrez vous entraîner.

Thierry leur parla tout d'abord de l'origine des Nagas. Devant la cupidité et la cruauté des Dracos, qui cherchaient à dominer leur monde d'adoption plutôt que de s'y intégrer, les Pléiadiens avaient décidé de créer une sorte de police reptilienne capable de limiter leurs ambitions. Pour ce faire, ils avaient mêlé leur sang à celui des Dracos, tout en altérant le code génétique des embryons obtenus par ce croisement. Ils avaient évidemment dû enlever les premiers rois et les garder prisonniers dans les montagnes qu'ils occupaient pour obtenir leur semence. Mais depuis une centaine d'années, certains dirigeants Dracos, dégoûtés par les guerres et la destruction de la planète engendrées par leurs semblables, s'étaient mis à participer volontairement à la procréation assistée des Nagas.

Ces rejetons, tous des mâles, car les œufs femelles étaient systématiquement éliminés, venaient au monde avec une haine profonde pour les rois et les princes Dracos. Cependant, ils ne possédaient pas à la naissance leur adresse légendaire au combat. Ils devaient être formés par des maîtres assassins.

– Quel âge ont nos parents ? s'impatienta Neil.

– Notre père n'a qu'une centaine d'années. Quant à notre mère, elle est juste un peu plus vieille.

– Donc, nous vivrons très vieux nous aussi, raisonna Darrell.

– À moins qu'un Dracos ne vous arrache la tête.

– Ça ne risque pas d'arriver, fanfaronna Neil.

– Un traqueur doit avoir confiance en lui, mais il ne doit pas plastronner pour la galerie, lui rappela Thierry. En fait, lorsque vous exécutez un roi, cela se passe bien souvent tard la nuit, et dans un endroit isolé. N'oubliez jamais que ce qui différencie le *varan* d'un vulgaire meurtrier, c'est son développement mental. Nous ne tuons pas pour le plaisir ni par vengeance. Nous débarrassons le monde d'une grave menace et nous sommes les seuls à pouvoir le faire proprement. Vous rappelez-vous les conseils de maître Silvère dans notre vie quotidienne ?

– Nous devons discerner le vrai et le juste, et mettre notre science en pratique, récita solennellement Darrell.

– Nous devons aussi connaître tous les arts et tous les métiers, ajouta Neil.

– Plus important encore, vous devez comprendre les aspects positif et négatif de toute chose, apprendre à voir chaque détail avec précision, saisir d'instinct ce que les autres ne voient pas et ne jamais rien faire d'inutile.

– On dirait maître Silvère lui-même, le taquina Darrell.

– Il est là, quelque part en moi, affirma l'aîné.

– Parle-nous du duel qui t'a rendu le plus fier, le pria Neil.

– Mon devoir est de terminer la formation commencée par notre mentor, pas de vous raconter des histoires.

– C'est seulement pour nous motiver à nous entraîner avec cette chaleur torride.

Malgré la confusion qui régnait dans son esprit depuis plusieurs semaines, le *varan* gardait précieusement ce souvenir dans un petit coin de sa tête.

– Il s'agissait de ma troisième cible, en Italie. Les deux premières fois, maître Silvère m'avait accompagné et il était resté tapi dans l'ombre, prêt à me seconder.

– Mais il n'a pas été obligé d'intervenir, n'est-ce pas ? devina Darrell.

Thierry secoua négativement la tête.

– Pas une seule fois. J'étais fin prêt lorsqu'il m'a relâché dans le monde, précisa-t-il.

– Quel âge avais-tu ?

– J'étais juste un tout petit peu plus vieux que vous. Mon arme la plus redoutable est mon intense concentration. Dès que je dégaine mon sabre, plus rien n'existe en dehors de mon adversaire. Je ne perds aucun de ses gestes, et je ne lui laisse pas me dicter les miens. Mes coups sont puissants et instinctifs. Je cesse complètement de réfléchir lorsque je me transforme en exécuteur.

Les deux apprentis étaient pendus à ses lèvres.

– Nos premières cibles sont bien souvent des princes. Les mentors les choisissent pour affermir notre confiance, car ces fils de dragons savent à peine se défendre. Ma troisième cible devait être un banquier de Naples qui menait une existence irréprochable, mais qui était en voie d'obtenir une promotion qui aurait fait de lui un homme beaucoup trop puissant. Silvère m'a demandé de le traquer en suivant uniquement son énergie dans le sol et de juger par moi-même quel serait le moment opportun pour lui trancher la tête.

– Cela devait être très excitant, laissa échapper Neil, les yeux écarquillés.

– C'est dans de telles circonstances que l'on peut vraiment mesurer le résultat de notre entraînement. Nous possédons au milieu du front une glande tout à fait différente de celle des autres reptiliens. En plus de contenir tout notre savoir, elle agit comme un système de détection. Silvère me disait que les *varans* les utilisent de diverses façons. Pour certains, une image se forme dans leur esprit, tandis que pour d'autres, c'est une odeur.

– Et pour toi ? voulut savoir Darrell.

– C'est comme si je voyais les pas de ma victime dans le sol. C'est très difficile à expliquer.

– Continue ! le pria Neil. Que s'est-il passé ?

– J'ai suivi sa piste jusqu'à un quartier riche et j'ai tout de suite trouvé sa maison. Puisqu'il n'est pas dans nos habitudes de tuer un homme lorsqu'il se trouve avec sa famille, j'ai attendu, embusqué derrière une haie, qu'il sorte de chez lui. C'est alors que j'ai senti une présence derrière moi. J'ai tout de suite su que ce n'était pas mon maître.

Spontanément, je me suis retourné en dégainant. Devant moi, se trouvait un roi Dracos, blanc comme neige.

– Quelqu'un t'avait-il trahi ? s'étonna Darrell.

– Les princes ont tendance à se regrouper autour d'un roi. Ils habitent souvent les mêmes quartiers. Voilà une leçon que je n'étais pas près d'oublier. Plus vieux et plus expérimenté que les princes, ce président d'un regroupement de médias avait remarqué ma présence dans son quartier et m'avait suivi. Il a sorti un couteau à cran d'arrêt et a foncé sur moi.

Un sourire de fierté éclaira le visage du *varan*.

– Je n'ai porté qu'un seul coup et sa tête a roulé sur le sol.

– Incroyable, s'émerveilla Neil.

– Mieux encore, le prince que je traquais s'est précipité à son secours. J'ai entendu craquer les branches de la haie et j'ai pivoté juste à temps pour voir ses griffes se diriger vers mon visage. Je me suis esquivé pour le laisser passer et je l'ai décapité avant que son corps ne s'écrase par terre.

– Maître Silvère devait être content de ta performance, imagina Darrell.

– Ce soir-là, il m'a affranchi, confirma Thierry. J'ai commencé à parcourir l'Europe seul, à la recherche des cibles qu'il trouvait pour moi.

Un bruit sonore à l'étage inférieur les fit sursauter.

– C'est la porte, comprit Darrell, après un autre coup. Je crois que les ouvriers tentent de la défoncer.

– Ou des Dracos ? fit Neil, qui pensait surtout à protéger leur mentor.

Les jeunes auraient pu repousser cet assaut, mais il arrivait parfois que la retraite soit la meilleure option d'un guerrier. Les trois Nagas s'enfoncèrent donc dans la pierre et se laissèrent glisser jusque dans le sol, puis marchèrent en direction de la muraille qui entourait le complexe. Darrell ouvrit les yeux à la surface du roc, pour s'assurer qu'ils pouvaient en émerger sans attirer l'attention.

– Venez, murmura-t-il.

Il sortit du mur le premier et s'immobilisa sur le trottoir pour faire le guet. Une seconde plus tard, ses frères surgissaient derrière lui. Ils ne portaient plus des complets d'hommes d'affaires, mais plutôt les vêtements pâles et les couvre-chefs dont se vêtaient les habitants de la ville. Ils passèrent donc inaperçus dans la foule, tandis qu'ils quittaient les vieux quartiers en marchant lentement. Thierry suivait la cadence des jeunes Nagas de son mieux, mais il ne possédait plus leur endurance. Il serait bientôt obligé de recourir à un mode de transport quelconque s'il voulait quitter la ville avant le couvre-feu.

Flanquée de ses gardes du corps, Océane Chevalier venait de sortir de sa boutique de parfums préférée lorsqu'elle reconnut les traits de l'homme qui déambulait de l'autre côté de la rue en compagnie de deux versions plus jeunes de lui-même. L'étroite surveillance dont elle faisait l'objet ne lui permit pas de se précipiter dans les bras de son ancien amant pour lui demander comment il se portait. Thierry lui manquait beaucoup même si, lors de leurs derniers échanges, ils s'étaient surtout querellés. « C'est à cause de cette satanée mission », gronda-t-elle intérieurement pour éviter de se sentir coupable. Au lieu d'accepter ce mandat suicidaire, elle aurait dû s'enfuir au bout du monde avec le Naga. Elle oubliait cependant qu'il était condamné à une mort lente et douloureuse et que leur bonheur n'aurait pas duré longtemps.

Océane suivit le trio des yeux aussi discrètement que possible, afin de ne pas alerter les gorilles qui la surveillaient. Elle ne voulait pour rien au monde qu'une altercation éclate en pleine rue. Le fait que les habitants de la région participent déjà à la chasse aux espions était suffisant. Elle n'allait certainement pas leur fournir un nouveau sport. Docilement, la jeune femme s'engouffra dans la limousine dont on venait de lui ouvrir la porte.

Elle venait à peine de s'asseoir que son téléphone sonna dans son sac à main. Elle s'empressa de l'en retirer, espérant de tout son cœur qu'il s'agissait de Thierry, mais tomba sur Asgad au bout du fil.

– Où es-tu ? fit l'entrepreneur, alarmé.

– Je suis allée m'acheter du parfum. Pourquoi ?

– Antinous a disparu.

– J'arrive tout de suite.

Océane fit signe aux gorilles de se dépêcher de prendre place dans le véhicule et ordonna au chauffeur de rentrer de toute urgence à la maison.

...008

À la demande de Cédric, Aodhan Loup Blanc invita les trois nouveaux agents de Montréal à le suivre pour leur fournir un peu d'expérience sur le terrain. Ces derniers l'avaient d'abord dévisagé avec méfiance, craignant que leur patron soit en train de leur tendre un piège destiné à les prendre en défaut pour les expédier à Alert Bay. L'Amérindien avait donc dû leur expliquer que les agents de l'ANGE n'étaient pas que de brillants documentalistes. Ils devaient aussi être capables de mener une enquête à l'extérieur de leur base sans se faire tuer.

– Ne sont-ils pas également censés travailler seuls ? s'étonna Jonah tandis qu'il suivait le vétéran dans le long corridor gris.

– C'était avant que le tiers de la population ne s'évapore, précisa Aodhan. Le monde est devenu un endroit très dangereux. Nous ne portions pas d'armes non plus autrefois, mais nous devons désormais le faire.

Ils s'arrêtèrent à la salle de Formation et choisirent des revolvers et des holsters dans la grande armoire du fond.

– Ne laissez personne vous désarmer, les avertit Aodhan.

– Mais où nous emmenez-vous, pour l'amour du ciel ? s'exclama Mélissa.

– Dans la rue.

– Laquelle ? s'enquit Shane.

– Vous verrez.

Aodhan les conduisit au garage de la base et les fit monter dans une berline grise, dont il prit le volant. Les trois agents gardèrent le silence en s'adressant mutuellement des coups d'œil inquiets. Impassible comme à son habitude, l'Amérindien conduisait la voiture en se préoccupant davantage de la circulation que des débutants. Puisqu'il y avait de moins en moins de policiers dans cette province, les mauvais chauffeurs étaient devenus un véritable fléau. Il emmena les jeunes jusqu'à l'hôtel où logeait Cael Madden, s'armant de patience pour traverser la foule qui s'était rassemblée sur les pelouses de l'endroit, dans l'attente de voir enfin le prophète sortir de l'établissement.

– Comme initiation, ça promet, laissa tomber Jonah.

– Vous aurez l'occasion, ici, de mettre en pratique tout ce que vous avez appris en Colombie-Britannique, leur promit Aodhan.

Avec l'aide des agents de sécurité de l'hôtel, il gara la voiture dans le parking extérieur et en fit descendre les recrues.

– Quelle est notre mission, chef ? demanda Shane.

– Je déplore vraiment le fait qu'on n'ait pas eu le temps de vous enseigner la politesse à Alert Bay, répliqua l'Amérindien, d'un air sérieux. Lorsque vous vous adressez à un supérieur ou à un autre agent que vous ne connaissez pas encore, vous devez l'appeler par son nom de famille et adopter une attitude courtoise. Vous ne devez utiliser vos prénoms qu'entre vous ou avec vos amis. Si je n'ai qu'un seul conseil à vous donner, c'est de cesser de vous référer à Cédric Orléans comme étant votre capitaine. Il n'y a pas de grades dans l'ANGE.

– Ni de sens de l'humour, grommela Shane.

– C'est un privilège qui s'acquiert, monsieur O'Neill. Est-ce que je me fais bien comprendre ?

– C'est très clair, soupira Mélissa au nom du trio.

– Mettez vos écouteurs à la fréquence quatre.

Les agents s'exécutèrent sur-le-champ.

– Nous allons nous diviser en deux groupes et marcher autour de cet hôtel.

– Que cherchons-nous, monsieur Loup Blanc ? demanda Shane sans même tenter de dissimuler un sourire sarcastique. Aodhan n'en fit pas cas.

– Parmi toutes ces brebis se cachent des loups. Certains les escroquent, d'autres les enlèvent pour assouvir leurs sombres desseins. Aujourd'hui, nous allons en appréhender autant que nous le pourrons.

– Faisons-nous partie d'une opération policière ? voulut savoir Mélissa.

– Oui, mais la police n'est pas encore au courant. Dès que nous commencerons à procéder à des arrestations, je communiquerai avec la station la plus proche pour qu'on vienne cueillir ces criminels.

– C'est un beau défi, réfléchit Jonah, à haute voix.

– C'est une mission, monsieur Marshall, corrigea Aodhan.

– Qui va avec qui ? s'enquit Mélissa.

– Vous irez avec monsieur Marshall. Monsieur O'Neill demeurera avec moi. Nous nous retrouverons ici à midi, à moins qu'il n'y ait un imprévu.

Les deux équipes partirent chacune de son côté. En fait, Aodhan s'attendait à devoir changer de partenaires lorsque Mélissa et Jonah lui avoueraient ne pas savoir comment s'y prendre. Il les formerait ainsi un à la fois s'il le fallait, mais Cédric serait fier d'eux au bout du compte.

– Ces criminels essaient-ils de nuire à Madden en s'attaquant à ses disciples ? demanda Shane.

– Pas consciemment, répondit l'Amérindien. Ils cherchent surtout à voler de l'argent pour payer leur loyer ou leur nourriture.

– Comme tout le monde, quoi.

– Non, monsieur O'Neill. Il reste encore sur cette planète des gens honnêtes qui n'abusent pas des autres et qui font l'effort de travailler pour gagner leur vie.

– Je n'ai pas dit ça pour vous mettre en colère.

– Il y a des choses qui nous tiennent à cœur, je suis désolé.

– Nous sommes tous conscients qu'il ne reste sur Terre que des indécis et des criminels depuis le Ravissement. L'injustice est malheureusement devenue un mode de vie.

– Pas si nous l'enrayons de toutes les façons possibles. Cela fait partie des buts de notre agence.

Ils marchèrent le long du fleuve qui, devant l'hôtel, était devenu un lac après l'engloutissement du centre-ville. Les yeux d'Aodhan étaient de véritables radars qui scrutaient tous les visages, toutes les mains, toutes les intentions.

– Pourquoi ces gens sont-ils ici en train d'attendre Madden ? le questionna encore Shane.

– Les indécis ont besoin d'un leader spirituel. Il ne reste plus que des charlatans dans les religions officielles, les véritables chefs ayant disparu en même temps que leurs fidèles.

– Madden est-il la réincarnation du Christ ?

– Je n'en sais franchement rien. Il possède un charisme certain et ses intentions sont pures, mais je ne m'avancerai pas à dire qu'il est ce prophète du passé.

Aodhan n'avait pas fini sa phrase qu'à quelques pas d'eux, un homme vêtu d'un pantalon et d'une veste en denim usé bouscula un groupe de jeunes femmes et arracha l'un de leurs sacs à dos.

– Aïe ! s'exclama la victime.

Les deux agents s'élancèrent et tentèrent de se saisir du voleur. Vif comme l'éclair, ce dernier se pencha au moment où Aodhan allait lui agripper le bras et lui échappa.

– Mademoiselle Collin, monsieur Marshall, il y a un homme qui fonce vers vous, les alerta l'Amérindien en poursuivant le criminel avec Shane. Le voyez-vous ?

– Affirmatif, répondit Mélissa.

– Interceptez-le.

Lorsque le malandrin constata qu'il allait être pris en tenaille, il arrêta brusquement sa course et jeta le sac à dos sur le sol. Jonah et Mélissa se campèrent devant lui, l'arme au poing.

– Ne bougez plus ! l'avertit l'agente.

Aodhan et Shane arrivèrent derrière le voleur. L'aîné s'approcha pour lui passer les menottes, mais n'alla pas plus loin. Coincé entre les quatre agents, le brigand poussa un sifflement aigu qui fit reculer l'Amérindien. Ce dernier n'eut pas le temps de recommander à ses protégés de conserver leur sang-froid que le visage du voleur se couvrait d'écailles vert sombre.

– Mais qu'est-ce... ? s'étrangla Jonah.

– Attention à ses griffes et à ses dents ! hurla Aodhan.

Effrayés, les disciples qui les entouraient s'écartèrent immédiatement. Le Neterou fondit sur le poursuivant qui lui semblait le plus vulnérable des quatre, soit Mélissa. Interdite devant cette soudaine apparition, la jeune femme ne perdit heureusement pas pour autant ses réflexes d'arts martiaux. Elle esquiva la main griffue qui visait sa gorge, s'empara du bras du reptilien et lui fit exécuter une culbute sur la pelouse. Immobilisant ses bras, elle enfonça son genou dans son dos.

– Ne bougez plus ou vous passerez le reste de vos jours dans un fauteuil roulant ! s'exclama-t-elle.

Jonah s'empressa de passer les menottes au malfaiteur, puis le retourna sur le dos. Le bandit montra les dents en poussant des grincements aigus. Ne se laissant nullement impressionner, Mélissa fouilla ses poches sans trouver quoi que ce soit.

– Il est impossible de l'identifier, monsieur Loup Blanc, annonça-t-elle en se relevant.

– Dois-je appeler la police ? demanda Jonah.

– Ne vaudrait-il pas mieux appeler le zoo ? lança Shane.

Au lieu de le rappeler à l'ordre, Aodhan fixait intensément le visage ophidien du voleur en se rappelant que c'étaient des créatures semblables qui enlevaient des gens et les dévoraient.

– Monsieur Loup Blanc ? s'inquiéta Mélissa.

L'Amérindien s'accroupit près du visage du Neterou et l'empoigna solidement à la gorge.

– Il y a des lois dans ce pays, aussi bien pour les humains que pour les reptiliens ! cracha Aodhan, qui avait de plus en plus de mal à maîtriser sa colère. Vous allez apprendre à les respecter !

Heureusement, alertés par les cris de la foule, deux policiers s'approchaient à grands pas. Sous les yeux des agents de l'ANGE, le voleur reprit alors son visage humain. Aodhan le remit sur pieds sans lâcher son emprise. Privé d'air, le criminel se mit à se débattre. Shane eut alors la présence d'esprit de forcer l'Amérindien à lâcher l'homme avant l'arrivée des représentants de la loi.

– Que se passe-t-il, ici ? tonna l'un d'eux.

Aodhan sortit un étui de sa poche intérieure de son veston et leur montra son badge.

– Il a volé un sac à dos et nous l'avons intercepté, leur expliqua Mélissa.

– Nous nous occupons de lui.

Ils emmenèrent le coupable avec eux en direction du parking.

– Je vais rendre le sac à sa propriétaire, décida Shane.

– Fais vite, lui ordonna Aodhan.

Le vétéran lissa les plis sur son veston avec ses paumes, le regard absent. Mélissa et Jonah l'observaient sans savoir ce qu'ils pouvaient lui dire. Dès le retour de leur collègue, qui avait du rouge à lèvres sur la joue, Aodhan reprit sa ronde mécaniquement. Mélissa nettoya la marque sur la joue de Shane et coupa court aux pensées d'Aodhan.

– Devons-nous nous séparer de nouveau ? demanda-t-elle bravement.

– Jusqu'à midi, se contenta-t-il de répondre.

Shane envia ses amis, qui prirent la direction opposée à la sienne. Il marcha près de l'Amérindien sans oser dire un mot et employa plutôt son temps à observer la foule, à la recherche d'un autre criminel. Il ressentit un grand soulagement lorsque l'heure du repas sonna enfin. Comme un automate, Aodhan piqua vers le point de ralliement convenu à leur arrivée. Mélissa et Jonah les y attendaient déjà.

Ils arrivèrent à l'hôtel et se présentèrent à l'entrée du restaurant. L'hôtesse commença par leur dire qu'il n'y avait plus de places, puis se ravisa lorsque l'agent lui présenta son insigne métallique. Elle libéra aussitôt une table dans un coin, près de la porte.

– À Alert Bay, nos professeurs nous ont recommandé de ne jamais nous servir de notre position pour obtenir des faveurs, fit Jonah, médusé par le comportement du vétéran.

– Ils auraient dû plutôt vous enseigner à vous servir de votre jugement, répliqua sèchement Aodhan.

– Avant que les choses ne s'enveniment et que nous n'arrivions plus à nous parler, intervint Mélissa, nous aimerions savoir pourquoi vous êtes dans un état pareil.

– J'ai du mal à partager ma planète avec ces créatures sanguinaires.

– Je ne crois pas me tromper en disant que vous n'êtes pas le seul, laissa tomber Shane.

– S'agissait-il d'un des reptiliens dont parle la base de données de Vincent McLeod ? demanda Mélissa.

– Sans équivoque.

– Et moi qui n'y croyais pas, soupira Jonah. Je suis bien servi.

– J'ai l'impression que c'est encore plus personnel que ça, décoda Mélissa.

– J'ai eu à m'occuper d'une affaire plutôt macabre à Toronto, confirma Aodhan.

Les trois jeunes se penchèrent vers lui pour l'inciter à se confier à eux.

– Je fouillais les décombres de la maison d'un reptilien lorsque j'ai découvert, dans son sous-sol, une salle de rituel et des dizaines de cages où il gardait les enfants qu'il enlevait.

– Pour en faire quoi ? demanda innocemment Jonah.

– Il les tuait puis il les mangeait.

La serveuse choisit ce même instant pour se présenter à leur table avec son petit carnet.

– Pourriez-vous revenir dans quelques minutes ? fit Mélissa, le cœur au bord des lèvres.

– Oui, bien sûr.

Mélissa attendit qu'elle se soit éloignée pour poursuivre son interrogatoire.

– Est-ce que tous les reptiliens sont carnivores ?

Aodhan hocha la tête de façon affirmative.

– Pourquoi ne mangent-ils pas des animaux au lieu des humains ?

– C'est une question de goût, j'imagine.

Mélissa fit la grimace.

– Sommes-nous censés les éliminer ? s'enquit Shane.

– Ce serait bien inutile, puisqu'ils représentent au moins la moitié de la population en ce moment. Il y a par contre une autre race de reptiliens dont c'est la tâche.

Aodhan leur parla des Nagas jusqu'au retour de la serveuse. Les agents ne commandèrent qu'une collation, qu'ils avalèrent en l'écoutant ensuite parler de l'Antéchrist.

– Pourquoi ne nous dit-on rien de ces serpents dans nos livres d'histoire ? s'étonna Shane.

– Parce que ce sont eux qui les écrivent, répondit l'Amérindien.

Son téléphone se mit à vibrer dans la poche intérieure de son veston. Il y répondit aussitôt, mais écouta son interlocuteur au lieu de lui parler.

– J'arrive, conclut-il avant de refermer le petit appareil.

Il le remit dans sa poche et regarda les trois agents à tour de rôle.

– J'ai quelqu'un à vous présenter.

Il régla l'addition et guida ses protégés vers les ascenseurs de l'hôtel.

– Madden lui-même ? devina finalement Shane.

Ils montèrent jusqu'à la suite du prophète, qui leur ouvrit lui-même la porte. Il étreignit l'Amérindien qui, à la grande surprise des recrues, se laissa faire.

– Je suis vraiment content de te revoir, Aodhan. Je vous en prie, entrez.

Ils pénétrèrent dans le salon d'une propreté impeccable, comme si Cael venait tout juste d'y arriver et pourtant, il y vivait depuis quelque temps déjà.

– Cindy n'est pas avec toi ? s'étonna Aodhan.

– Elle est dans la salle de bains, en train de se faire une beauté qui est pourtant toute naturelle chez elle, répondit Madden. Asseyez-vous.

Les agents se dispersèrent sur les sofas.

– Présente-moi tes amis, Aodhan, insista Cael.

– Voici Mélissa Collin, Shane O'Neill et Jonah Marshall. Ce sont des collègues de travail.

– T'accompagneront-ils jusqu'au centre où je dois m'adresser aux enfants de Dieu ?

– Tout dépendra de la date de la conférence.

– Je t'ai aperçu du balcon, alors j'ai su que c'était le signe que j'attendais. Allons-y tout de suite.

Mélissa haussa les sourcils en dévisageant le vétéran. « Comment les milliers de personnes dehors vont-elles savoir qu'elles doivent s'y rendre maintenant ? » se demanda-t-elle.

– Je viens tout juste de les y convier, répondit Cael à sa question silencieuse.

Incrédule, Mélissa bondit vers le balcon et vit que les disciples quittaient la pelouse de l'hôtel et se dirigeaient vers la rue.

– J'ai un véhicule dans le parking, indiqua Aodhan.

– J'aimerais y aller avec eux.

– Nous en avons déjà discuté. C'est trop dangereux.

– Je ne suis pas venu me cacher à Montréal, mon ami. Je suis venu rassurer ceux qui croient toujours en Dieu. Laisse-moi marcher comme le berger avec ses brebis.

L'Amérindien soupira avec découragement. Cael était encore plus têtu que Cédric Orléans.

– Ces recrues sont sous ma responsabilité. Mon patron me laissera t'accompagner, c'est certain, mais je ne sais pas ce qu'il décidera pour eux.

– Si on le lui demandait ?

La montre de l'agent se mit justement à vibrer sur son poignet. Aodhan baissa les yeux et vit que les chiffres clignotaient en orange. « Si c'est Cédric, j'allume un lampion », songea l'Amérindien en appuyant sur le cadran en verre.

– ALB neuf, quatre-vingt-dix-neuf.

– Aodhan, c'est Cédric. Comment les jeunes se débrouillent-ils ?

– Ils sont d'une efficacité remarquable. Mais pourquoi m'appelles-tu à ce moment précis ?

– J'étais en train de lire les dernières communications de la division canadienne lorsque j'ai senti le besoin de vérifier comment les choses se passaient pour toi.

– Je suis avec monsieur Madden, qui me demande de l'accompagner à pied jusqu'à sa conférence.

– Crois-tu que ce serait une bonne chose pour les recrues ?

– Personnellement, je pense que tout ce qui nous arrive dans la vie nous sert d'expérience.

– Dans ce cas, je les place sous ta responsabilité jusqu'à votre retour à la base.

– Merci beaucoup. Je te ferai bientôt savoir si c'était une sage décision. ALB, terminé.

Aodhan pressa à nouveau sur le cadran de sa montre et décocha un regard incrédule au prophète, qui souriait de toutes ses dents.

– Je ne comprendrai jamais comment tu t'y prends, avoua l'Amérindien.

– Cesse de vouloir comprendre et commence à croire.

Cindy sortit enfin de la salle de bains. Elle s'arrêta net en apercevant autant de monde dans le salon. Puis ses yeux s'arrêtèrent sur Aodhan. Il eut à peine le temps de se lever qu'elle lui sautait dans les bras et le serrait affectueusement. Il lui présenta ensuite les trois recrues de l'ANGE.

– Je suis passée par là, moi aussi, se rappela-t-elle. J'admire votre courage, car les ennemis que nous devons affronter de nos jours n'ont rien à voir avec ceux d'avant.

– Nous partons, lui annonça Madden.

– Tu as reçu un signe ?

Il acquiesça d'un mouvement de la tête et marcha jusqu'à elle. Il passa doucement la main devant son visage et fit disparaître tous les produits chimiques qu'elle y avait appliqués.

– Tu as encore effacé mon maquillage ? se désespéra-t-elle.

– Je veux te voir telle que tu es.

– C'est primordial pour une femme d'aider un peu la nature, Cael !

– Pas quand cette femme est déjà belle. Et combien de fois t'ai-je répété que la beauté extérieure est éphémère ? C'est celle du cœur qu'il faut cultiver, pas celle dictée par la société. Les entreprises qui fabriquent tous ces fards font croire aux femmes qu'elles n'auront jamais de succès dans la vie si elles n'utilisent pas tous leurs produits, mais leur vrai but, c'est de faire de l'argent en les rendant malheureuses.

Debout devant la fenêtre du balcon, Mélissa hocha la tête pour dire qu'elle approuvait ses paroles.

– Partons avant que Cindy ne retourne dans la salle de bains, la taquina le prophète.

– Dans cette robe ?

– Elle te va à merveille.

Elle portait une robe moulante vert émeraude toute simple qui s'arrêtait à la hauteur de ses genoux, ainsi que des sandales dorées. Le centre sportif se situait à des kilomètres de l'hôtel, et Cindy se demanda si ses chaussures légères tiendraient le coup. Elle n'eut pas le temps de communiquer ses craintes que la troupe se mettait déjà en route.

– Nous devons former une boîte imaginaire autour de monsieur Madden et de mademoiselle Bloom, indiqua Aodhan à ses jeunes collègues, et ne jamais les laisser en sortir. De la même façon, rien ne doit pouvoir les y atteindre. Ouvrez l'œil et avertissez-moi si vous voyez tout individu suspect, sauf s'il est directement devant vous. Si cela se produit, réagissez tout de suite.

Cael continuait à sourire, tout à fait inconscient des dangers qui le guettaient dans le monde extérieur. À ses côtés, Cindy se désolait d'être obligée de sortir sans maquillage. Avec Aodhan et Mélissa en tête, la petite troupe quitta la suite. Shane et Jonah fermaient la marche. Lorsqu'ils mirent le pied dehors, les gens qui s'apprêtaient à suivre la foule se mirent à acclamer le prophète. Cael n'eut qu'à lever les bras pour les calmer. En voyant qu'il marchait avec eux sur la route, ils commencèrent à se rapprocher dangereusement de lui.

– J'apprécierais que tu utilises tes talents pour que nous ne soyons pas broyés par leur enthousiasme, chuchota Aodhan au prophète.

Aussitôt dit, aussitôt fait. La foule cessa de les comprimer, leur laissant suffisamment d'espace pour qu'ils puissent marcher et porter leur regard au loin. Un autre phénomène, auquel Aodhan ne s'attendait pas se produisit. Au fur et à mesure que la procession avançait dans la ville, les policiers fermèrent les rues transversales, mais ne purent empêcher les piétons de se joindre à la marche. En arrivant devant le centre sportif, la foule avait doublé.

Madden allait franchir la porte d'entrée principale quand un jeune homme se mit à bousculer tout le monde pour atteindre le prophète. Ne sachant pas s'il s'agissait d'un malade qui voulait absolument se faire guérir avant le discours du prophète ou d'un fou qui voulait l'assassiner, les gardes du corps ne réagirent pas tout de suite. Ce fut Mélissa qui vit la première le revolver que l'inconnu tenait à la main.

– Il est armé ! cria-t-elle en fonçant sur lui.

Aodhan poussa Cindy et Cael à l'intérieur et bloqua l'entrée avec son corps, tout en surveillant ce qui se passait devant lui. Sans hésitation, Shane et Jonah s'étaient précipités pour aider leur collègue, mais elle avait déjà la situation bien en main. Sans penser à sa sécurité personnelle, Mélissa saisit le bras du tueur et le força à pointer son arme vers le ciel. Un solide coup de coude dans son estomac et il lâcha le revolver, qui tomba sur le sol. L'agente mit ensuite en pratique les techniques d'immobilisation qu'elle avait apprises et plaqua le tireur au sol à quelques centimètres de son arme.

Shane et Jonah passèrent les menottes à l'assassin et le relevèrent, convaincus qu'il allait se transformer en reptilien d'une minute à l'autre, mais il n'en fit rien. De leur côté, les policiers tentaient avec beaucoup de difficulté de se frayer un chemin dans la foule pour se rendre jusqu'aux agents de l'ANGE. Aodhan était si absorbé par toute cette action qu'il ne sentit pas Cael passer sous son bras.

Mélissa vit approcher le prophète avant ses amis et voulut l'empêcher de se rendre jusqu'à l'homme qui avait voulu attenter à sa vie.

– Laisse-moi lui parler, fit Cael d'une voix douce et irrésistible.

Sans comprendre pourquoi, Mélissa s'écarta, ce qui était tout à fait contraire à son entraînement. Madden commença par regarder le tueur droit dans les yeux, puis posa la main sur son front. Aodhan voulut le faire reculer, mais il résista.

– Qui t'a demandé de faire un geste pareil ? s'enquit Cael.

Le pauvre homme secoua frénétiquement la tête sans pouvoir détacher son regard de celui du prophète.

– Il avait la peau…

Un coup de feu retentit, semant la panique parmi les disciples. Cette fois, Aodhan employa la force et tira Madden à l'intérieur de l'immeuble. Du sang s'échappa de la bouche de l'assassin, qui s'écroula sur le sol, entraînant Shane avec lui.

– Es-tu blessé ? s'alarma Jonah en se penchant tout de suite sur lui.

– Je n'ai pas été touché ! cria-t-il dans le tumulte. Mélissa ?

– Ça va, assura-t-elle en appuyant les doigts sur le cou de l'homme. Mais pas lui. Il est mort.

– On lui a tiré dans le dos, indiqua Shane. J'ai vu pénétrer la balle.

Les agents se redressèrent en regardant au loin. Le tireur aurait pu se dissimuler dans au moins une dizaine de cachettes dans les bâtisses avoisinantes. La police se présenta enfin sur les lieux. Mélissa leur expliqua sommairement ce qui venait de se passer et entendit l'ordre d'Aodhan dans son petit écouteur.

– Repliez-vous.

Les recrues reculèrent, laissant les policiers faire leur travail. Ils entrèrent dans le centre sportif et allèrent retrouver le vétéran, qui empêchait Cael et Cindy de retourner dehors.

– Je peux les calmer, protesta le prophète.

– Quand tu seras sur la scène, pas avant.

Avec l'aide de ses jeunes collègues, l'Amérindien les força à se réfugier dans la loge préparée à leur intention depuis longtemps. L'équipe du centre ayant augmenté les mesures de sécurité, chaque disciple fut fouillé et passé au détecteur de métal avant d'être admis dans la section des gradins. Le processus dura plusieurs heures, mais personne ne s'impatienta.

Lorsqu'ils furent tous assis, il ne restait aucun siège de libre. L'intensité lumineuse diminua, provoquant un vacarme de cris de joie. Avec sa simplicité habituelle, Cael Madden marcha jusqu'au centre de la scène, tenant Cindy par la main.

– Merci de vous être montrés si coopératifs, dit-il dans son micro sans fil.

La foule se mit à l'acclamer pendant de longues minutes. De chaque côté de la scène, les agents de l'ANGE étaient sur leurs gardes. Madden déclama le même genre de sermon qu'il faisait un peu partout depuis le début de sa mission divine. Il parla des événements catastrophiques qui allaient secouer la planète et de la terrible guerre que se livreraient des démons en Terre sainte. Il mit ses fidèles en garde contre la gentillesse apparente de l'Antéchrist et leur demanda d'être forts et courageux. Puis, il prononça quelques mots qui eurent l'effet d'une bombe.

– Dans quelques jours, je partirai pour Jérusalem afin de paver la voie à celui que vous attendez.

Il n'y eut plus un seul bruit dans l'immense centre. Tous le regardaient avec stupéfaction.

– Mais je ne vous abandonnerai pas, ajouta Madden. Je vous laisse aux bons soins du meilleur de tous mes bergers.

Aodhan comprit que ce qu'il redoutait tant était sur le point de se produire. Cael tourna la tête vers l'Amérindien et lui décocha un sourire qui fit naître en lui un soulagement inexplicable.

– Ce berger est ici ce soir, affirma Cael en tendant le bras vers l'agent de l'ANGE. Il s'appelle Aodhan Loup Blanc et il veillera sur vous.

Aodhan sentit une force inexplicable le pousser vers le prophète.

...009

Océane bondit hors de la limousine et se précipita dans la villa de son futur époux. Comme elle s'y attendait, il arpentait le salon comme un lion enragé. Assis dans un coin, Benhayil parlait au téléphone, probablement à la police. La jeune femme rassembla son courage et se planta sur le sentier qu'Asgad était en train de creuser dans le tapis d'Orient. Il s'arrêta net devant elle, le visage ravagé par l'angoisse.

– Raconte-moi ce qui s'est passé, exigea-t-elle.

– Il jouait avec son chat, puis il l'a emmené dans la cour. Comme il ne revenait pas, je suis allé voir ce qu'il faisait, mais il n'y était plus. Je me suis dit qu'il avait probablement décidé de rentrer et qu'il était monté dans sa chambre sans faire de bruit. Il n'y était pas. J'ai fouillé toute la maison et je suis retourné dans la cour. Aucune trace d'Antinous ou du chat. J'ai appelé Benhayil pour qu'il me vienne en aide. Tout le monde à Jérusalem est à sa recherche, en ce moment.

– Assieds-toi et respire.

Océane l'entraîna jusqu'au sofa, où il prit place avec elle. Serrant ses mains dans les siennes, elle chercha les mots qui pourraient l'apaiser. « Moi qui ne suis vraiment pas douée pour ces trucs-là... » se désespéra-t-elle.

– À mon avis, Antinous a probablement suivi le chat à l'extérieur de la cour. S'il s'est égaré dans le quartier, les soldats vont le retrouver au couvre-feu.

Benhayil lui fit signe que c'était justement à eux qu'il était en train de s'adresser.

– J'aurais dû écouter le docteur Wolff et poster des gardes de sécurité tout autour de la maison, grommela Asgad, contrarié.

– Si quelqu'un avait tenté de l'enlever, il se serait défendu, ajouta Océane. Antinous est doux comme un agneau, mais si je me rappelle bien, il était capable de tuer des lions, jadis.

– Il n'est plus le même depuis que le docteur Wolff l'a traité pour ses cauchemars.

– Tu donnes bien trop de pouvoirs à cet homme, Asgad. Ce n'est qu'un médecin. Il est censé te garder en bonne santé, pas réglementer ta vie.

Benhayil raccrocha en soupirant.

– J'ai fait émettre un avis de recherche par la police et l'armée en spécifiant qu'aucun mal ne devait lui être fait sous peine d'encourir votre colère, rapporta le secrétaire.

– Que pouvons-nous faire de plus ?

– Allons parcourir nous-mêmes les rues du quartier, suggéra Océane.

– Il ne reste qu'une demi-heure à peine avant les sirènes, les avertit Benhayil.

– Nous ne nous éloignerons pas.

Elle tira sur la main de l'entrepreneur et l'entraîna dans le vestibule. Il s'immobilisa devant la porte.

– Il y a fort longtemps, lorsque je l'ai arraché à sa famille, je lui ai juré de le protéger et de lui offrir une vie digne d'un prince, mais lorsque la maladie s'est emparée de moi, j'ai laissé les prêtres l'immoler pour me sauver…

Un fleuve de larmes se mit à couler sur les joues de l'homme le plus puissant du Moyen-Orient. Émue, Océane l'abrita dans ses bras et le laissa pleurer.

– Je l'ai ramené de la mort pour me racheter… hoqueta Asgad.

– Mon chéri, je suis certaine qu'il est encore vivant et que nous allons le retrouver. Je t'en prie, calme-toi.

– Si jamais quelqu'un lui fait du mal...

Sous le coup de la colère, de petites écailles bleu gris apparurent sur son visage, mais disparurent aussitôt. Rien de ce que dirait Océane ne l'apaiserait, alors elle se contenta de le serrer contre elle.

Au même moment, dans le jardin de la villa, Ahriman menait sa propre enquête sur la disparition du jeune Grec. Même si l'enfer était dominé par les flammes, la façon la plus rapide de communiquer avec ses résidents demeurait l'utilisation d'un plan d'eau ou d'un miroir. C'était pour cette raison que le Faux Prophète avait fait installer des bassins dans la cour de la maison d'Asgad.

Il prononça donc les incantations qui ouvraient un canal vers le monde souterrain. Toutefois, celui qui répondit à son appel n'était pas celui qu'il appelait. Entre les plantes aquatiques apparut le visage d'Asmodeus, d'abord sous sa forme reptilienne. Recouverts d'écailles bleues brillantes, les Sheshas ressemblaient beaucoup aux Anantas, mais ils ne possédaient heureusement pas les terribles pouvoirs magiques de ces derniers.

Asmodeus reprit son apparence humaine, qui lui permettait de sourire de façon sarcastique.

– Dis-moi, Ahriman, ton pantin humain sera-t-il aussi docile sans son jouet préféré ?

– J'aurais dû me douter que c'était toi.

– Il est vraiment adorable, ce gamin.

– Que veux-tu en échange, Asmodeus ?

– Ton titre, bien sûr.

– J'ai connu bien des démons arrogants depuis mon ascension aux côtés du Maître, mais aucun ne t'arrive à la cheville.

– Je retiens le compliment.

– Si tu ne me rends pas l'enfant, c'est à Satan lui-même que tu auras affaire.

– Tu n'oseras jamais l'importuner sur le champ de bataille alors qu'il mène ses armées à la victoire.

– Ne me force pas à le faire.

Asmodeus éclata d'un rire tonitruant qui résonna dans tout le jardin.

– Ramène le garçon ici et maintenant, et réglons cette situation entre nous, persista Ahriman.

– Je te donne une semaine pour réfléchir à ma demande, mais je suis certain que tu me joindras avant, lorsque la détresse de ta marionnette ne sera plus supportable.

Le visage du Shesha s'effaça, laissant le Faux Prophète dans une rage profonde. Depuis des milliers d'années, il dirigeait les légions de démons de Satan et il n'avait certainement pas l'intention de laisser Asmodeus prendre sa place. Il se dématérialisa dans une explosion de petites étoiles sifflantes et reprit forme au-dessus de l'océan sous son apparence d'Orphis, soutenu dans les airs par sa magie.

– Écoutez-moi, serviteurs du Prince des Ténèbres ! lança-t-il dans la langue grinçante des reptiliens. Celui qui me dira où se terre Asmodeus deviendra mon lieutenant !

Il ne s'attendait évidemment pas à une dénonciation immédiate, mais connaissant ses esclaves, il était certain que l'un d'eux serait suffisamment tenté par cette récompense pour au moins lui fournir l'information. Il n'avait pas l'intention de déranger le Maître, qui dirigeait ses troupes contre l'Archange Michel. Satan était impitoyable envers ses valets indociles. Il faisait rouler leurs têtes sans même l'ombre d'un remords.

Il parcourut ensuite la ville de Jérusalem, en conservant une altitude qui le faisait passer pour un oiseau, sans apercevoir le jeune étourdi qui s'était laissé kidnapper sans même pousser un cri. Asmodeus avait-il eu l'audace de l'emmener sous terre ? Cela lui parut peu probable, car les émanations toxiques tuaient les humains en peu de temps. Or, le Shesha lui avait donné une semaine pour réfléchir.

L'adolescent ne pouvait pas survivre aussi longtemps sous terre. Asmodeus ne possédait pas non plus de facultés surnaturelles. Il n'était qu'un reptilien comme tous les autres, forcé d'utiliser des moyens terrestres pour se déplacer. S'il s'était manifesté aussi rapidement après la disparition d'Antinous, c'était donc qu'il le détenait non loin de la villa.

« Quelqu'un doit savoir quelque chose », songea Ahriman en se transportant instantanément dans le sombre univers des réprouvés. Les démons s'écrasèrent face contre terre, persuadés qu'ils vivaient leurs derniers instants.

– Qui me viendra en aide ? demanda le Faux Prophète, d'une voix forte. Je veux simplement savoir où trouver ce traître.

Les Naas, pendus aux stalactites comme des chauves-souris, l'observaient sans rien dire. Même le jeune Phénex demeura muet. Sans doute Asmodeus avait-il été assez brillant pour ne révéler ses plans à personne. La prochaine étape serait donc de trouver un humain ayant assisté à l'enlèvement.

Justement, Benhayil Erad avait eu le même raisonnement. Persuadé que son patron approuverait son initiative, il avait tout de suite fait émettre un communiqué dans les médias promettant une forte somme à tout individu qui fournirait des informations menant au retour de l'héritier d'Asgad. Il avait aussi envoyé sa photo par courrier électronique à la police, aux journaux et aux stations de radio en le rebaptisant Antinous Ben-Adnah.

La sonnerie du téléphone retentit à peine vingt minutes après l'envoi de la description du jeune Grec. Un habitant du quartier avait appelé la police pour leur raconter ce qu'il avait vu de sa fenêtre, au début de la soirée, près de la grosse villa du président de l'Union eurasiatique. Un homme vêtu de cuir avec les cheveux hérissés avait fait monter Antinous dans un Hummer noir. Curieusement, son otage ne s'était pas du tout débattu. L'informateur n'avait aperçu ni couteau ni arme à feu qui aurait pu faire croire qu'Antinous agissait sous la contrainte. La plaque du véhicule, qui l'identifiait comme étant d'origine locale, n'arborait cependant pas les numéros habituels. Le témoin du rapt avait distinctement vu les lettres S-I-D-O-N-A-I.

Aucune voiture n'était enregistrée de la sorte dans tout le pays. La police était déjà en train de vérifier ses registres pour voir si des étrangers étaient entrés en Israël avec une telle identification.

« Tiens bon, Antinous », s'encouragea intérieurement Benhayil, toujours en ligne avec les enquêteurs.

...010

Au bout d'une heure de marche, Thierry Morin demanda à ses frères de faire une courte halte quelque part à l'ombre. Neil, qui avait attentivement examiné son environnement tout au long du trajet, les conduisit sur la terrasse d'un petit café où les tables étaient protégées par des parasols, et acheta des bouteilles d'eau. Le *varan* ne prit même pas la peine d'y ajouter de la poudre d'or et avala le contenu de la sienne en quelques secondes à peine.

– Nous ne pouvons plus continuer à pied, laissa tomber Neil. Nous devons trouver un moyen de transport.

– Où allons-nous, pour commencer ? demanda Darrell.

Les jeunes Nagas se tournèrent en même temps vers leur aîné.

– Dans le désert, il y a plusieurs villes abandonnées que les touristes ne visitent plus, les informa Thierry.

– Ce qui veut dire qu'aucun autobus ne s'y rend, soupira Neil.

– On pourrait prendre un taxi, fit Darrell. Il me reste encore la majeure partie de l'argent que maître Silvère nous avait donné.

– Le chauffeur trouvera cela plutôt étrange de déposer trois hommes au milieu de nulle part, tu ne crois pas ? Il pourrait fort bien avertir la police.

– Qui ferait quoi ? Personne ne nous trouvera si nous choisissons un endroit d'où on peut voir arriver la compagnie.

– Suffit ! ordonna Thierry, épuisé. L'idée du taxi est bonne, sauf que nous lui demanderons de nous déposer dans le village le plus proche de notre destination. J'aurai alors eu le temps de reprendre des forces, ce qui me permettra de nous rendre dans la cité désertée.

– Tu sais donc déjà où nous allons, comprit Darrell.

– J'ai eu le temps de consulter bien des livres sur ce pays depuis que j'y suis arrivé.

– As-tu faim ? s'inquiéta Neil.

– Je ne crois pas qu'ils servent du sang ou de la chair humaine, ici, plaisanta Darrell.

Son commentaire arracha un sourire à Thierry. Ils burent l'eau jusqu'à la dernière goutte, puis Neil se mit à la recherche d'un taxi qui les conduirait à l'extérieur de Jérusalem. Il revint quelques minutes plus tard, le visage triomphant. Thierry fit un effort pour marcher normalement jusqu'à la voiture, afin de détourner les soupçons. Une fois assis sur la banquette arrière, il demanda au chauffeur de les emmener à Maalé Adoumim. Comme la plupart des villes et des villages à l'extérieur de Jérusalem, cette agglomération ne comptait plus qu'un tiers de sa population et, depuis l'arrivée au pouvoir d'Asgad Ben-Adnah, elle ne faisait plus partie des territoires dont on revendiquait sans cesse la possession.

Les Nagas ne réveillèrent leur mentor que lorsqu'ils furent arrivés à destination. Darrell régla la course, puis aida Thierry à sortir du véhicule. Voyant qu'ils attiraient les regards, tandis qu'ils continuaient à marcher le long de la route qui menait à Jéricho, les trois hommes blonds dissimulèrent leurs cheveux sous leurs capuchons.

– Où allons-nous, maintenant ? voulut savoir Darrell.

Thierry pointa les falaises au loin.

– C'est à plusieurs heures de marche, se découragea Neil.

– Et sous un soleil de plomb, en plus, renchérit Darrell.

– C'est pour cette raison que dès que nous serons hors de vue, nous adopterons notre apparence reptilienne qui supporte mieux la chaleur, les instruisit l'aîné.

– Mais ton corps Naga te fait beaucoup plus souffrir que ton corps humain, protesta Neil.

– Ce sont mes bras qui sont inutilisables, pas mes jambes, lui rappela Thierry.

Les apprentis avaient appris à ne pas discuter lorsqu'ils étudiaient auprès de Silvère, alors ils firent ce que leur demandait leur nouveau mentor, quitte à le transporter sur leurs épaules si ce dernier venait à défaillir. À la tombée de la nuit, ils n'avaient pas encore atteint les pics rocheux.

– Nous camperons ici, décida Neil.

– Il n'y a rien pour nous abriter, lui fit remarquer son jumeau.

– Nous nous cacherons sous terre, évidemment.

Ils avalèrent un peu d'eau et se laissèrent glisser dans le sable, entraînant Thierry avec eux. Au matin, Neil ne sortit que la tête de leur cachette. Il ne vit et n'entendit rien. Encore quelques heures et ils atteindraient les falaises.

Thierry tint le coup jusqu'à midi, puis s'effondra sur ses genoux. Même sous sa forme reptilienne, il n'avait plus la force de marcher.

– Pourquoi les Pléiadiens ne nous ont-ils pas donné des ailes ? se lamenta Darrell.

– Rappelle-toi ce que disait maître Silvère à ce sujet. Aux Dracos, Dieu a donné des ailes. Aux Nagas, il a donné l'intelligence.

La maxime remit son jumeau de bonne humeur.

– À tout problème, il existe une solution, marmonna Neil en pivotant sur lui-même.

C'est alors que, par miracle, il vit les méharis !

– Reste ici avec Théo, dit-il à Darrell.

Sans attendre qu'il ait acquiescé, l'apprenti s'enfonça dans le sol et réapparut doucement près des animaux, qui semblaient se diriger vers le village que les Nagas avaient quitté la veille.

– J'ai besoin de l'un de vous, fit-il en s'approchant lentement.

Il n'eut qu'à planter son regard dans celui du dromadaire pour l'inciter à le suivre. Darrell l'applaudit lorsqu'il revint vers eux avec ce moyen de transport tout à fait adapté au désert. Les deux hommes hissèrent Thierry sur le dos de l'animal et entreprirent de se rendre jusqu'à la paroi pierreuse. Ils y étaient presque lorsque la monture se mit à pousser des cris aigus.

– Ne me dis pas qu'il est en train de mourir, s'alarma Darrell.

– Non, je pense qu'il a flairé quelque chose, indiqua son frère. Suivons-le.

Le méhari piqua vers la droite et se faufila dans une fissure, puis déboucha dans une enceinte de pierre qui avait jadis été un monastère. Celui-ci était inhabité depuis des centaines d'années, mais la fontaine sur la place publique n'avait jamais cessé de couler. La bête se désaltéra, tandis que les Nagas aidaient le *varan* à en descendre. Puis, comme s'il avait entendu l'appel de son troupeau, le dromadaire s'enfuit par le même corridor en pierre qu'il venait d'emprunter.

Sans plus de façons, Neil projeta son mentor dans le bassin d'eau fraîche, ce qui le ranima instantanément.

– Je ne sais pas si c'est ici que tu nous emmenais, mais moi, ça me plaît, annonça l'apprenti en mettant ses mains sur ses hanches.

Thierry reprit sa forme humaine et secoua la tête pour faire sortir l'eau de ses oreilles.

– Assurez-vous qu'il n'y ait personne.

Contents de se voir confier une mission, les Nagas foncèrent dans les édifices creusés à même le roc. Thierry en profita pour boire autant d'eau qu'il le pouvait, puis sortit du bassin. Ils avaient à première vue trouvé un endroit tranquille et sûr, mais comment se nourriraient-ils ? Il s'assit sur le sol, appuya son dos sur le rebord du bassin et se perdit dans ses pensées. « Autrefois, j'étais le plus redoutable assassin sur cette planète, songea-t-il. Et aujourd'hui, je peux à peine bouger les bras... »

– Nous sommes seuls ! annonça Darrell en revenant finalement vers lui avec son jumeau.

– Je suis monté jusqu'en haut et j'ai vu des campements de nomades dans le désert, l'informa Neil. Nous pourrons sans doute leur acheter des vivres.

– À moins que ce ne soient des Dracos.

– Auquel cas, nous nous servirons, tout simplement.

Thierry ignorait si son ancien maître avait prévu de faire travailler les deux jeunes gens séparément, mais il ne voyait plus comment ce serait possible, désormais. Ils finissaient constamment les phrases l'un de l'autre et formaient une équipe du tonnerre.

– Viens, Théo, l'invita Neil en l'aidant à se relever. J'ai trouvé l'endroit parfait pour se reposer.

Les jumeaux le firent pénétrer dans ce qui avait jadis été une salle d'audience. Les fenêtres de cette pièce ayant été percées vers le nord, il y régnait une température plus fraîche. Ils attendirent que le soleil descende dans le ciel, puis sortirent sur la place principale pour s'entraîner. Ils réchauffèrent leurs muscles avant l'effort, puis pratiquèrent les katas qu'ils avaient appris dans leur repaire sous le Vatican. Ayant recouvré des forces, Thierry prit place sur les marches qui menaient à leur nouvelle demeure et les observa.

Les jeunes Nagas étaient trop habitués à s'affronter l'un l'autre. Le plus souvent, ils anticipaient leurs mouvements respectifs. « Ce n'est pas ainsi qu'ils vont apprendre à exécuter un roi », se découragea le *varan*. Les Dracos ne réagissaient pas tous de la même façon. Certains étaient de dangereux adversaires et d'autres se laissaient décapiter sans bouger.

– La saisie du sabre doit être à la fois souple et ferme, lança-t-il, au bout d'un moment. Tenez-le solidement tout en gardant votre poignet flexible.

C'était surtout Darrell qui avait ce défaut, mais Thierry jugea préférable de prodiguer ses conseils sans viser qui que ce soit, du moins pour l'instant.

– Lorsqu'un Naga dégaine son sabre, il n'a qu'une seule intention, poursuivit-il. Il veut décapiter son ennemi. Frappez avec tout votre cœur et toute votre âme. Chaque frappe doit être donnée avec force, autorité et intensité.

Neil était plus agressif que son jumeau. Il arrivait toujours à le faire reculer, ce qui agaçait beaucoup le *varan*. « Si seulement j'avais pu conserver la force de mes bras jusqu'à la fin », déplora-t-il. Sous sa forme humaine, cependant, ils avaient encore de la vigueur. Il détacha son sabre, qu'il transportait sur son dos, et s'avança vers les apprentis.

– Théo, ce n'est pas une bonne idée, s'opposa Darrell en mettant fin au combat.

– Je n'ai pas l'intention de me battre, seulement de vous rappeler quelques règles de base.

Un large sourire illumina le visage de Neil, qui adorait apprendre.

– Lors d'un duel, ne regardez jamais une seule partie de votre adversaire. Une vue d'ensemble vous permettra d'évaluer sa puissance et sa vitesse, ainsi que d'anticiper ses intentions. Vos yeux ne doivent rien fixer. Votre regard doit rester vague. Poursuivez.

Habitués à s'entraîner sous l'œil scrutateur d'un instructeur, les Nagas s'affrontèrent à nouveau.

– Darrell, ne recule pas devant le sabre de Neil, suggéra le *varan*. Lorsque tu as réussi à esquiver son sabre ou à parer son coup, contre-attaque immédiatement.

Thierry se réjouit de le voir suivre son conseil.

– Une attaque doit être exécutée vivement, mais sans précipitation, ajouta-t-il.

Il observa leurs mouvements et leurs choix de frappes. Neil arrêta sa lame à un centimètre du cou de son frère.

– Tu gagnes encore, soupira Darrell.

– Parce que tu n'es pas suffisamment concentré, lui fit savoir Thierry. Tu dois adopter l'attitude de celui qui veut vaincre son ennemi en une seule frappe.

– Je n'y peux rien, Neil est plus doué que moi.

– Laisse-moi ta place, ordonna le maître au vainqueur.

– Pas dans ton état, Théo.

– Je n'ai pas l'habitude de me répéter.

Neil obtempéra et alla s'asseoir sur les marches pour surveiller le duel, en se félicitant d'avoir appris à soigner les blessures infligées par un sabre. « Sauf la décapitation », soupira-t-il silencieusement.

– La meilleure attaque est celle qui vise le centre, au milieu du visage de l'adversaire, indiqua le *varan*. Il est plus facile de dévier dans une autre direction à partir du centre que de couvrir une grande distance en portant les frappes de droite à gauche ou de gauche à droite. Avant le combat, prépare ton esprit à l'éventualité d'un changement de trajectoire instantanée. Ne privilégie pas une attaque au détriment d'une autre. Ne sois ni droitier ni gaucher. Utilise tes deux mains, s'il le faut.

Darrell porta le premier coup, exactement là où son mentor lui avait dit de le faire.

– Merveilleux. Tu peux aussi te servir de ton corps pour faire perdre l'équilibre à ton adversaire et ensuite frapper. L'exécution n'est pas un jeu. Même à l'entraînement, tu dois frapper avec l'intention de tuer.

Darrell inspira profondément et se remit en posture de départ. Son attaque fut si rapide que Thierry para son coup de justesse. Mais parce qu'il était davantage un traqueur qu'un instructeur, malgré toute la sagesse que lui avait apportée la glande de Silvère, le *varan* frappa à son tour en oubliant qu'il avait affaire à un apprenti. Le choc des lames fut terrible. Darrell perdit pied et effectua aussitôt une roulade vers l'arrière pour éviter le coup fatal.

– Je suis vraiment désolé, s'excusa Thierry.

– Peux-tu imaginer la force qu'avait cet homme sous sa forme reptilienne ? demanda Darrell à son jumeau. Il m'a littéralement soulevé de terre !

Si ce n'avait été du poison qui circulait toujours dans le sang de leur mentor, Neil l'aurait défié à son tour.

– Lorsque tu seras enfin guéri, je te terrasserai ! lui dit-il plutôt.

Un sourire triste se dessina au coin des lèvres du traqueur.

– Vous devez comprendre, tous les deux, que mon rôle n'est pas de vous servir de guide jusqu'à mon dernier souffle, mais de vous transformer en véritables *varans* qui continueront mon travail jusqu'à leur mort, les avertit Thierry. Je veux que vous pratiquiez quotidiennement toutes les techniques d'attaque jusqu'à ce qu'elles deviennent une seconde nature. Je veux vous voir combattre sans réfléchir à vos pieds ou à vos mains.

Les jumeaux s'y mirent aussitôt. Ils alternèrent entre les attaques hautes, basses et de côté, puis pour terminer, ils refirent tous leurs katas. Ils saluèrent ensuite leur mentor avec respect et plongèrent leur tête dans la fontaine.

– Il n'y a pas de bois ici pour faire du feu, déclara Darrell en s'essuyant le visage avec sa manche.

– Il est préférable de ne pas en allumer, car les flammes pourraient trahir notre présence, répliqua Thierry. J'aimerais que nous demeurions ici en paix pendant encore quelques semaines avant d'être obligés de déménager.

Les apprentis prirent place devant le *varan* pour pratiquer la respiration du guerrier, puis méditèrent. Lorsque Neil ouvrit enfin les yeux, il avait faim.

– Je vais aller nous chercher à manger, décida-t-il.

– Emmène ton frère avec toi, ordonna Thierry.

– Il est hors de question de te laisser seul ici.

– J'ai survécu à Jérusalem pendant des mois avant que vous ne veniez m'empoisonner l'existence, les taquina le mentor.

– Comment peux-tu faire de l'humour alors que tu es en train de mourir ? se troubla Darrell.

– J'ai appris ça à Montréal. Allez, filez.

Débordant d'énergie, les jeunes Nagas foncèrent vers la fissure dans le roc qui leur avait permis d'accéder à ce nouveau sanctuaire. Thierry en profita pour se dévêtir et tremper son corps dans l'eau froide du bassin. Il se sécha au soleil, puis se rhabilla et alla s'allonger dans la salle d'audience. Un traqueur ne dormait jamais profondément. Le retour de ses élèves le tira instantanément du sommeil. Les jumeaux déposèrent sur le plancher une besace en peau et allumèrent de petites lampes à l'huile.

– Nous avons eu de la chance, indiqua Darrell. Nous sommes arrivés au milieu d'un mariage, alors nous n'avons pas eu à utiliser la force pour obtenir ce que nous voulions.

Neil déballa le ragoût de mouton encore tout chaud, le pain noir et la sauce au yogourt.

– Que vous ont dit vos sens ?

– La tribu de bédouins qui séjourne non loin d'ici n'a pas une goutte de sang reptilien.

– Je suis content d'apprendre que les Dracos n'ont pas étendu leur domination sur la Terre entière, laissa échapper Thierry en déchirant avec ses mains l'énorme pain rond.

– Il nous faudra pourtant en trouver quelque part lorsque notre réserve de poudre sera épuisée, lui rappela Darrell.

Ils mangèrent en silence comme des loups affamés, puis, repus, s'adossèrent au mur de la pièce pour se relaxer avant de dormir.

– Parle-nous, Théo, le pria Darrell en refermant les pans de son manteau pour se réchauffer. Répète-nous ce que te disait maître Silvère.

Thierry n'eut pas à chercher bien loin pour trouver des souvenirs. Les paroles sortirent toutes seules de sa bouche.

– La force du Naga se situe au plus profond de son cœur, de son esprit et de son sabre. La différence entre le Naga et les autres habitants de cette planète réside dans son assurance. Il a confiance en lui-même et il ne se préoccupe pas de ce que les autres pensent de lui.

Neil approuva aussitôt de plusieurs hochements de la tête.

– Le Naga est parfaitement conscient de sa nature et de celle de l'arme qu'il utilise. Lorsqu'il parvient à la maîtrise parfaite du sabre, il devient le maître du monde. Dans sa vie quotidienne, le Naga contrôle les événements et reste toujours sur ses positions sans jamais se soumettre aux caprices des autres. Il a le courage de ses opinions et la sagesse d'agir en conséquence.

Darrell buvait ses paroles avec des étoiles d'adoration dans les yeux. Il était décidément le plus vulnérable de ses apprentis.

– Si vous avez toujours conscience de votre environnement, vous serez toujours capables de traverser les ravins au bon moment, ajouta Thierry en citant la phrase préférée de son défunt maître. Choisissez toujours la façon la plus simple de faire les choses. Connaissez-vous vous-même et apprenez tout ce que vous pouvez sur vos ennemis. Plus vous en saurez, mieux vous serez armés pour les combattre. Ne les laissez jamais pénétrer dans votre esprit. Déplacez-vous toujours avec grâce. Soyez aussi légers que la plume, aussi fluides que l'eau et aussi résistants que le bois. Un jour, vous comprendrez comment être efficaces sans éprouver ni angoisse ni tension.

– Qu'est-ce qu'un héros selon toi, Théo ? demanda Darrell.

– C'est celui qui fait grand cas de l'honneur, mais peu de cas de sa vie. Un héros se consacre à ses principes. Il ne se soumet à rien. Il sait qu'il n'existe rien au-dessus ni en dessous de lui. Il est toujours seul avec lui-même. Je ne vous demande pas de devenir des héros, mais j'exige que vous parveniez à maîtriser le sabre. Apprenez, entraînez-vous et dépassez-vous.

– Pourrons-nous venger la mort de Silvère ? voulut savoir Neil.

– Les Dracos sont des créatures vengeresses et rancunières, pas les Nagas. Nous ne faisons que notre travail. Si l'Antéchrist vient à croiser votre route, vous devrez l'exécuter parce qu'il s'agit d'un Anantas, pas parce qu'il est le meurtrier de votre mentor. Ce serait la même chose pour Perfidia.

– Pourtant...

– J'ai désobéi à mon maître et je l'ai amèrement regretté. Ne remue pas le fer dans la plaie ce soir, s'il te plaît.

– D'autant plus que tu es devenu un homme plus sage, tenta de l'amadouer Darrell.

– Avant de goûter un repos bien mérité, je vous dirai encore ceci. L'homme sage est indépendant. Il possède un esprit riche et libre. Il est dur envers lui-même, mais tendre envers les autres. Il a une attitude reconnaissante et il exprime toujours sa bonté et sa gratitude. L'homme qui n'apprécie pas ce que les autres font pour lui est un fou.

Thierry ferma les yeux et s'endormit.

...011

Même si elle comptait parmi les femmes les plus courageuses de l'ANGE, Adielle Tobias n'aimait pas précipiter les choses. Elle avait accepté la mission de Mithri, mais avait exigé qu'elle ne lui impose pas une limite de temps pour l'exécuter. Assassiner l'Antéchrist n'était pas une mince affaire. Cet homme était constamment accompagné de gardes du corps. Sa limousine était blindée, et l'accès aux endroits où il se rendait pour donner des conférences était très limité.

Depuis quelques semaines, la directrice de la base de Jérusalem étudiait donc tous les films pris par les capteurs de la ville qui suivaient les déplacements d'Asgad Ben-Adnah, afin de trouver une faille. Il devait certainement y avoir un endroit qu'il affectionnait et où il aimait aller seul. L'ordinateur lui apprit que l'Antéchrist n'avait pas quitté sa maison depuis trois jours. « Il doit attendre des nouvelles du jeune homme qui a disparu chez lui », conclut-elle. Si tel était le cas, elle espérait qu'on le retrouve bientôt pour qu'elle puisse accomplir sa mission.

– Madame Tobias ? fit la voix de son second dans les haut-parleurs.

– Qu'y a-t-il, Eisik ?

– Monsieur Orléans aimerait vous parler. Il ne se satisfait plus de mes réponses préfabriquées, je pense.

– Affiche-le à l'écran, s'il te plaît.

Adielle détacha son regard de son ordinateur personnel pour se concentrer sur l'écran encastré dans le mur, devant son bureau. Le visage inquiet de Cédric y apparut.

– Bonjour, Adielle.

– Comment vas-tu, Cédric ?

– Ça pourrait aller mieux.

– Si tu appelles pour avoir des nouvelles d'Océane, alors il n'y a rien de nouveau à signaler. Elle poursuit son travail au temple, et Ben-Adnah respire encore. Mais sa nouvelle Union eurasiatique est sur le point d'assister à ses funérailles, car j'ai reçu l'ordre de terminer la mission d'Océane.

– La Bible annonce qu'elle épousera Ben-Adnah.

– Dans ce cas, elle sera bientôt veuve parce que je ne manque jamais ma cible.

– Je le sais mieux que quiconque.

Adielle avait étudié à Alert Bay en même temps que Kevin Lucas et lui-même. Elle avait été la plus jeune recrue de tous les temps à l'ANGE et avait impressionné tous les dirigeants de l'époque. Aujourd'hui encore, elle comptait parmi les directeurs les plus efficaces de l'Agence.

– Quand l'abattras-tu ? s'enquit Cédric, qui se rappelait les menaces du Brasskins.

– C'est ce que je suis en train de déterminer. Je n'aurai qu'une chance de lui tirer dessus et de déguerpir. Je dois donc choisir un endroit idéal et un moment propice.

– Tu crois pouvoir t'en sortir avec toute la sécurité dont il s'entoure ?

– Absolument. Mithri ne m'a pas confié une mission suicide, que je sache. J'ai bien l'intention de continuer à diriger mes troupes à la base après l'assassinat.

– Tu devrais le revendiquer publiquement et passer à la postérité, la taquina Cédric.

– Ce qui va à l'encontre de nos règlements, mais peut-être que je pourrais envoyer aux médias un billet signé « L'espionne », pour leur montrer qu'ils n'arriveront jamais à tous nous exterminer.

– Tu n'as pas changé depuis Alert Bay.

– Je m'aime bien telle que je suis.

– As-tu revu Yannick ?

– Pas personnellement, mais je m'informe régulièrement de ses progrès. Océlus et lui ne prêchent plus en longue tunique d'apôtres depuis quelque temps. Internet et nos capteurs ont saisi des images d'eux se baladant en ville en tenue civile. On les a même entendus parler à la radio.

– Pour quelles raisons font-ils cela ?

– J'ai arrêté de me poser des questions depuis longtemps au sujet de Yannick. On dirait que tous les agents qui viennent de Montréal sont détraqués.

– Merci bien.

– Je ne parlais pas de toi, évidemment. Comment te débrouilles-tu dans ta nouvelle base hyper sophistiquée ?

Il jugea préférable de ne pas lui parler du cas de Damalis, sinon il aurait donné raison à sa théorie sur le détraquement de son personnel.

– Les moyens modernes ne me permettent malheureusement pas de purger Montréal de tous ses criminels, car il y en a beaucoup trop, maintenant. C'est la même chose partout ailleurs sur la planète, je crois.

– Ici, non seulement les criminels pullulent, mais nous assistons aussi à une véritable chasse aux sorcières depuis que les pays membres de la nouvelle Union eurasiatique ont décidé de se débarrasser des espions. Toutes les divisions de l'ANGE au Moyen-Orient sont en état d'alerte.

– Si les calculs de Yannick sont bons, vous en avez encore pour cinq ans au moins.

– Tu as un don pour décourager les gens, toi.

– Après la chute de l'Antéchrist, nous aurons cependant droit à mille années de béatitude.

– Je connais la Bible même si je suis juive, mais j'ai du mal à imaginer cette période de récompense. Si tous les heureux élus sont partis lors du Ravissement et que Jésus va revenir pour punir les méchants, il ne restera presque plus personne sur Terre.

– Le bonheur, c'est peut-être justement de retrouver enfin nos grands espaces.

– On pourrait écrire une maîtrise sur le sujet, mon cher. Mais j'ai malheureusement beaucoup de pain sur la planche.

– Je ne te dérange pas plus longtemps.

– Continue à suivre les actualités, Cédric. Ainsi, tu le sauras lorsque ma mission sera accomplie.

La directrice de Jérusalem évita de lui préciser qu'elle avait reçu l'ordre de tirer même si Océane se trouvait sur sa route.

– Fais attention à toi, Adielle.

– Comme toujours.

Elle mit fin à la communication, espérant que son vieil ami serait suffisamment rassuré pour arrêter d'appeler tous les jours. Elle termina le visionnement de tous les petits films, puis passa en revue les articles de journaux qui traitaient de sa cible. Elle apprit alors le lieu, le jour et l'heure du mariage de l'homme le plus puissant au monde. « Je dois aller jeter un coup d'œil à cette église », décida-t-elle, encouragée.

Elle éplucha les rapports quotidiens, puis rencontra ses agents pour leur remonter le moral et leur recommander de ne pas s'exposer inutilement à la surface. Elle alla ensuite s'entraîner au tir à la carabine et au revolver, fit un peu d'exercice, et termina sa journée aux Renseignements stratégiques, où Eisik gardait le fort.

– Rien de neuf ?

– L'agent Chevalier achète de plus en plus de parfums.

– Et en quoi cela met-il notre ville en danger ?

– C'est malheureusement la seule chose que j'avais à signaler.

– Ben-Adnah se tient curieusement tranquille.

– Il est peut-être étouffé dans le parfum.

– Continue à le surveiller, petit farceur. Je vais rentrer chez moi pour nourrir mon chat.

– À demain, madame Tobias.

Adielle se rendit au garage, serrée dans un jean bleu et une petite veste militaire qui lui donnait davantage un air d'étudiante à l'université que d'agent secret. Elle monta dans sa voiture et suivit la rampe jusqu'à ce que l'ordinateur lui ouvre la porte secrète de la base, cachée dans le désert. Elle se rendit chez elle en réfléchissant à tout ce qui allait se produire au cours des prochaines semaines. Le mariage aurait lieu dans un mois. « Je vais donner à Océane le temps de l'épouser, décida-t-elle. De cette manière, elle pourra réclamer ses assurances. »

Elle allait tourner au coin de sa rue lorsque le reflet des gyrophares sur les habitations à sa droite l'incita plutôt à garer sa voiture le long du trottoir. Elle sortit du véhicule et s'approcha de chez elle à pied, en marchant entre les demeures de ses voisins. Il y avait des policiers partout et c'était sa maison qu'ils encerclaient ! « Océane m'aurait-elle dénoncée ? » ne put s'empêcher de penser Adielle, irritée. Elle était la seule personne à savoir, à part Yannick Jeffrey, qu'elle travaillait pour une agence d'espionnage.

Il était presque l'heure du couvre-feu. Adielle devait se cacher jusqu'à ce que les policiers se désintéressent de sa propriété. Elle revint donc sur ses pas, mais évita de se rendre jusqu'à son véhicule, persuadée qu'il était recherché. Il y avait de petits hôtels dans le quartier voisin. Ce n'étaient pas des endroits de luxe, mais elle pourrait y passer la nuit en sécurité en utilisant une de ses fausses cartes d'identité.

– Arrêtez ! lui ordonna soudain une voix masculine.

– Moi ? fit-elle innocemment en se retournant. Mais les sirènes n'ont pas encore retenti !

Il s'agissait d'un soldat et non d'un gendarme.

– Les mains sur la tête, tout de suite !

– Pourquoi me traitez-vous comme si j'étais une criminelle ?

– Je dois vérifier votre identité.

– Je ne peux pas me mettre les mains sur la tête et fouiller dans mes poches en même temps.

Un air d'innocence sur le visage, elle attendit qu'il soit à sa portée et le désarma à une vitesse fulgurante. Avant qu'il ne puisse appeler à l'aide, elle l'assomma en lui assenant un coup sur le côté de la tête avec la crosse. Elle lança l'arme dans une haie et tourna les talons. Maîtrisant sa peur, elle se força à marcher normalement en s'éloignant de chez elle. Une fuite précipitée aurait en effet été interprétée comme un aveu de culpabilité. Un coup de feu partit derrière elle. Adielle sursauta, mais serra les dents au lieu de sortir son revolver. La balle se logea dans le mur à deux centimètres de son visage. Ce n'était plus le moment de jouer la comédie. Elle prit ses jambes à son cou.

Comme tous les agents de l'ANGE, elle avait dressé mentalement la carte géographique de son quartier, au cas où elle aurait à s'enfuir. Aujourd'hui, elle venait de comprendre pourquoi. Tout en courant, elle jeta un coup d'œil derrière elle. Ses poursuivants étaient au nombre de quatre. Ils lui intimaient de s'arrêter, mais avaient au moins cessé de tirer sur elle. Adielle piqua dans une ruelle si étroite que seule une personne de sa taille pouvait s'y faufiler. Les soldats manifestèrent leur mécontentement et se séparèrent pour tenter de l'intercepter plus loin. Mais Adielle s'arrêta net et fit demi-tour. Elle traversa la rue et fila en direction opposée.

Lorsqu'elle arriva finalement dans le quartier suivant, il ne restait que quelques minutes avant le couvre-feu. Des Jeep avaient commencé à ratisser les rues. Adielle dut effectuer un détour pour éviter d'être vue par leurs occupants, qui avaient sans doute reçu son signalement. Elle fonça dans une ruelle et tenta d'entrer dans un des commerces. Toutes les portes étaient verrouillées. Elle poursuivit sa route sans ralentir, cherchant désespérément une cachette où elle pourrait passer la nuit.

– Elle est là ! cria un homme derrière elle.

Adielle grimpa la clôture qui bloquait la ruelle et sauta avec souplesse de l'autre côté. Elle entendit tout de suite le crissement de roues sur l'asphalte. Bientôt toute l'armée serait à ses trousses ! Elle courut se cacher derrière la rangée de voitures garées au bord de la route, tourna au coin de la rue suivante et fonça sur deux hommes qui faillirent être renversés sous l'impact.

– Adielle ? s'étonna Képhas.

– Laisse-moi passer ! hurla-t-elle, paniquée.

Voyant que tout un régiment de militaires arrivait, mitraillettes pointées sur eux, Képhas saisit les bras de Yahuda et d'Adielle et les transporta aussitôt dans les grottes des anciens chrétiens. Encore sous le choc, la directrice se défit de son emprise et fonça dans le mur. Elle tituba vers l'arrière et retomba dans les bras du Témoin. Képhas la fit s'asseoir sur le sofa poussiéreux et soigna la bosse qu'elle venait de s'infliger sur le front.

– Où suis-je ? demanda-t-elle, au bout de quelques minutes.

– Dans un endroit sûr, affirma l'ancien agent de l'ANGE. Pourquoi les soldats sont-ils à tes trousses ?

– Ils assaillaient ma maison quand je suis arrivée dans ma rue, alors j'ai pris la fuite. Quelqu'un a dû les informer que j'étais une espionne. Je ne pourrai plus jamais rentrer chez moi… mon chat…

À bout de forces, elle éclata en sanglots et cacha son visage dans ses mains. Pendant que son compagnon la consolait, Yahuda se dématérialisa et réapparut quelques secondes plus tard avec l'animal dans ses bras. Son miaulement interrogateur fit sursauter Adielle. Elle l'arracha des mains de l'apôtre et le serra contre sa poitrine.

– Quand tu te seras calmée, tu pourras me dire ce que tu as l'intention de faire, maintenant, lui dit Képhas d'une voix douce.

– Je vais devoir vivre à la base jusqu'à ce que ton Dieu nous libère de ces hystériques.

– C'est le tien aussi, sauf que tu lui donnes un nom différent.

La respiration de la fugitive revint progressivement à la normale, et elle accepta finalement le verre d'eau que lui tendait son ex-collègue.

– Pourquoi êtes-vous habillés ainsi ? demanda-t-elle après l'avoir avalé.

– La mode change, plaisanta Képhas.

– Non, toi tu ne fais jamais rien sans avoir une bonne raison.

– Nous avons décidé d'aller vers ceux qui ont besoin de nous, expliqua Yahuda, car ils ont désormais trop peur pour venir nous écouter dans les lieux publics.

– Je préfère ces vêtements à vos aubes. Vous avez l'air plus humains.

Adielle regarda autour d'elle.

– Quel est cet endroit ?

– Il y a fort longtemps, pour pouvoir pratiquer leur religion sans se faire tuer par les Romains, les premiers chrétiens venaient ici.

– Sommes-nous sous terre ?

– Ces grottes naturelles se situent en effet sous la vieille cité.

– Venez-vous souvent ici ? demanda-t-elle en passant un doigt sur la couche de poussière qui recouvrait le sofa.

– Seulement lorsque nous avons besoin de méditer en paix. Et toi, en dehors de participer à la chasse à courre des soldats, que deviens-tu ?

– Je dirige de mon mieux des hommes et des femmes qui ont peur de se retrouver en prison. Nous n'en avions pas assez d'affronter tous les démons de l'enfer, il a fallu que les humains tombent aussi sur la tête.

Comme le lui dictait son entraînement, elle ne parla pas aux Témoins des missions spécifiques de son équipe, car ils étaient des civils malgré leur statut divin. En quittant l'ANGE, Yannick avait aussi perdu tous ses privilèges d'espion.

– Nous allons te ramener à la base, à moins que tu ne désires te rendre ailleurs.

– Non, pas ailleurs, surtout si c'est à la division internationale que tu penses. Je rapporterai ce qui vient de se passer à Mithri par vidéoconférence, si ça ne te dérange pas. Je n'ai pas du tout envie du climat de la Suisse, en ce moment.

Avant qu'elle n'ait pu battre des cils, ils se retrouvèrent debout dans la salle des Renseignements stratégiques, causant un grand choc à Noâm Eisik.

– Mais que… balbutia-t-il.

– Je te raconterai tout ça tout à l'heure. Envoie un avertissement à tout le personnel. Quelqu'un nous a dénoncés et l'armée nous cherche. Que ceux qui le peuvent restent ici jusqu'à ce que mes supérieurs prennent une décision à notre sujet.

Eisik jeta un coup d'œil au chat qu'elle tenait dans ses bras et pivota vers son clavier pour transmettre ses ordres.

– Merci, Yannick, fit finalement Adielle. Je te promets que tu n'auras plus à me sauver la peau dans un avenir rapproché.

– Mais ce fut un plaisir, assura-t-il.

Elle l'embrassa sur la joue et quitta la salle sans plus de façons. Képhas promena son regard sur les dizaines d'écrans encastrés dans les murs et les postes de travail, se rappelant cette période heureuse de sa vie.

– Viens, le pressa Yahuda en sentant la mélancolie l'envahir. Il y a peut-être d'autres innocents qui ont besoin de notre protection, là-haut.

Ces mots suffirent pour ramener son ami à la réalité. Ils s'évaporèrent en même temps.

...012

Assis en tailleur dans le confortable fauteuil capitonné que lui avait offert Kevin Lucas, la Bible sur les genoux, Vincent McLeod ne cessait de s'émerveiller devant la magie déployée par l'auteur de ce livre sacré. Devant ses yeux, les lettres voltigeaient pour former et reformer sans cesse de nouveaux mots. Après une période de silence inexplicable, son correspondant était redevenu loquace. Certaines des prédictions n'avaient pas changé et rejoignaient assez fidèlement les prophéties de l'Apocalypse. D'autres, plus récentes, lui donnaient carrément la chair de poule.

– Un combat entre deux puissants démons secouera la Terre entière, lut-il à haute voix. Même les plus grands de ce monde n'y échapperont pas.

Vincent arqua un sourcil avec étonnement.

– Je connais Satan, mais qui est l'autre ?

Le texte continua à s'écrire sur la page.

– Avant le règne du Prince des Ténèbres, ils saccageront le monde et auront à répondre de leurs actes.

– Donc, ce n'est pas de Satan qu'il s'agit. Un Anantas est-il un démon ? Je ne sais vraiment pas quoi penser de cette prédiction.

Un autre paragraphe s'écrivit plus loin.

– L'Antéchrist imposera des mesures politiques qui toucheront d'abord son environnement immédiat, puis s'étendront sur toute la planète.

« Il fallait s'y attendre », songea Vincent. Cindy accompagnait toujours Madden à Jérusalem, mais le sort de ses autres amis avait quelque peu changé.

– Océane Chevalier perdra sa liberté et sera subjuguée par l'Antéchrist. Il arrivera un temps où elle ne désirera plus vivre…

Vincent ne pouvait pas la laisser mourir sans rien faire. Son cerveau se mit à la recherche d'une solution. Il devait pouvoir parler à ses anciens collègues sans les mettre dans l'embarras. Les mots continuèrent à s'organiser sur la page suivante.

– Yannick Jeffrey ne se contentera plus d'être un simple orateur. Il parcourra la Terre sainte comme le firent jadis les saints hommes.

Ce Témoin vieux de deux mille ans était si imprévisible que Vincent s'attendait à n'importe quoi de sa part. Il apprit aussi qu'Aodhan guiderait les disciples du messager de Dieu en son absence. Il n'était pourtant pas le genre d'hommes à monter sur une estrade pour parler de salut aux foules.

Pendant un moment, plus rien ne s'inscrivit dans la Bible. L'informaticien allait la redéposer sur le bureau lorsqu'une dernière phrase y apparut.

– Cédric Orléans devra faire face aux fantômes de son passé et accepter sa véritable identité, tandis que ses troupes devront se faire de moins en moins présentes dans le monde.

L'auteur de la Bible se tut. Vincent était en mesure de transmettre à son ancien directeur la partie qui le concernait par le biais de Cassiopée, mais il n'avait aucune façon de joindre ni Cindy ni Océane qui ne portaient plus leurs montres. Il pouvait toutefois inventer un dispositif qui tiendrait dans un bijou et qui utiliserait clandestinement les satellites pour établir la communication avec les ex-agentes.

Puisqu'il était trop risqué d'y ajouter un mode d'emploi, il fallait qu'il ait une forme qui n'attirerait pas l'attention du public, mais qui serait tout de suite reconnue par ses amies. C'est alors qu'il fut frappé par un éclair de génie.

– Un « O » ! s'exclama-t-il.

Il se précipita dans la petite chambre de la salle de Formations, dans laquelle il dormait plus souvent que dans son nouvel appartement, et glissa la Bible dans son sac à dos. Avant que Kevin Lucas ne lui barre la route, il s'empressa de se rendre au garage et trafiqua l'ascenseur qui menait au Parlement d'Ottawa, pour que son départ passe inaperçu. Il pouvait déjà imaginer le sermon que lui ferait le directeur canadien à son retour, mais le jeu en valait la chandelle.

Il huma l'air frais pour la première fois depuis longtemps en marchant sur l'avenue Laurier. Sans se presser, il fureta dans plusieurs bijouteries avant de trouver exactement ce qu'il cherchait. La dernière boutique offrait des pendentifs en forme de lettres de l'alphabet, censées représenter la première lettre d'un prénom. Enthousiaste, il acheta les dix « O » et les paya comptant, car on lui avait répété des milliers de fois à Alert Bay que l'utilisation d'une carte de crédit avait coûté la vie à plusieurs bons agents.

Comme il s'y attendait, dès qu'il remit les pieds dans la base, il fut reçu par Kevin Lucas et son chef de la sécurité. Avec son sac à dos, son jean usé, sa chemise à carreaux et ses espadrilles, Vincent ressemblait davantage à un étudiant qu'à un savant en cavale.

– Comment es-tu sorti d'ici ? l'interrogea le directeur sur un ton sec.

– J'ai pris l'ascenseur, évidemment.

– Lequel ?

– Le même que celui dont je viens de sortir. Y a-t-il un problème ?

– Je dois être averti des sorties de mon personnel.

– N'est-ce pas l'une des tâches de l'ordinateur central ? À moins que la base d'Ottawa ne soit pas aussi bien équipée que les autres. Mais quand j'aurai un peu de temps à moi, avec votre permission, bien sûr, je pourrai moderniser votre système informatique.

– Où es-tu allé ?

– J'avais besoin de prendre l'air et j'en ai profité pour faire des courses.

– En emportant la Bible avec toi ?

– J'y suis très attaché.

– Tu aurais pu te la faire voler !

– Il n'y a que moi qui puisse l'utiliser, de toute façon.

– Vincent, il y a des règlements, ici, et tu dois les respecter.

– Suis-je un employé de cette base ou avez-vous reçu l'ordre de m'y garder prisonnier ?

– Ne comprends-tu pas l'importance de ton travail ? Dois-je aussi te rappeler ton enlèvement à Montréal et ta possession à Alert Bay ?

– Quand on meurt deux fois de suite, on n'a plus peur de rien.

– On m'a demandé d'assurer ta sécurité, jeune étourdi. Je ne peux pas y arriver si tu continues à te rebeller.

– Moi, un rebelle ?

« Océane serait fière de moi », ne put-il s'empêcher de penser.

– Écoutez, j'en ai assez de me faire surveiller, sermonner et réprimander. Je sers l'ANGE depuis moins longtemps que vous, c'est vrai, mais je suis un agent dévoué et loyal. Je ne mérite pas de me faire traiter ainsi.

Sans même le saluer, Vincent poursuivit sa route dans le garage, en direction de l'ascenseur qui le mènerait au corridor central de la base. Tremblant de rage, Kevin Lucas ne le poursuivit pas. Près de lui, son chef de la sécurité attendait ses ordres, mais ils ne vinrent jamais.

Vincent s'enferma dans la section mécanique des Laboratoires et verrouilla la porte derrière lui. Il fit jouer de la musique classique par le truchement de l'ordinateur et se mit au travail, la Bible ouverte à côté de lui, au cas où elle aurait eu quelque chose à lui révéler. « J'aurais dû lui demander si le directeur canadien allait m'assassiner avant que je ne finisse mon mandat à Ottawa », songea-t-il avec amusement.

Le jeune savant mit rapidement au point un dispositif offrant une liaison fort simple, c'est-à-dire d'une seule personne à une autre. Ainsi, Cindy ne pourrait parler qu'à lui, et ce serait la même chose pour Océane. Le but n'était pas d'établir un réseau, ce qui mettrait ses anciennes collègues en danger, mais de leur permettre de l'appeler en cas d'urgence grâce à une connexion satellite difficile à retracer.

Il installa les puces dans les pendentifs en faisant fi du directeur de la sécurité qui frappait sur la porte de verre pour attirer son attention. Au lieu de lui répondre, il augmenta le volume de la radio.

– MONSIEUR MCLEOD, VOUS AVEZ UNE IMPORTANTE COMMUNICATION EN PROVENANCE DE MADAME ZACHARIAH.

Vincent arrêta la musique sur-le-champ.

– Je vais lui parler d'ici.

– JE NE POSSÈDE AUCUN RELAIS DANS CETTE SECTION DES LABORATOIRES.

Le savant se mit à pianoter sur le clavier de l'ordinateur de travail et créa le lien.

– Transmettez, ordonna-t-il.

– CETTE PROCÉDURE N'A PAS ÉTÉ APPROUVÉE PAR MONSIEUR LUCAS.

– Oui, bien sûr. Expliquez donc la situation à madame Zachariah en lui présentant toutes mes excuses.

Vincent continua à travailler sur ses pendentifs comme si de rien n'était en attendant que Kevin Lucas se montre raisonnable.

– La communication a été autorisée, l'informa finalement l'ordinateur central.

– Merci.

– Je comprends maintenant la nature de ta requête, Vincent, fit la voix de la grande dame dans le haut-parleur de l'ordinateur.

– Je suis vraiment désolé de vous importuner avec une telle demande, madame, étant donné le nombre de dossiers internationaux dont vous devez vous occuper en ce moment.

– Chaque membre de l'ANGE est une partie cruciale de son tout, jeune homme. Le travail qui t'a été confié est d'ailleurs très important pour le sort du monde. Il est essentiel que tu puisses t'en acquitter dans un environnement acceptable.

– Lorsqu'on m'a proposé d'aller travailler à Ottawa, j'ai accepté sans faire d'histoires, mais j'ignorais que monsieur Lucas était un homme aussi accaparant. Je ne suis pas capable de me concentrer lorsqu'on me surveille constamment.

– La base de Genève serait heureuse de t'accueillir.

Vincent se rappela les avertissements de la Bible et de Yannick au sujet des vieux pays.

– Je préférerais rester en Amérique, si vous n'y voyez pas d'inconvénients.

– J'imagine que tu as des suggestions à me faire ?

– Les deux seules bases où je trouverais suffisamment de quiétude pour faire ce que vous me demandez sont celles d'Alert Bay et de Montréal.

– Et puisque j'ai promis à Cédric de te rapatrier au Québec si les choses devaient mal se passer à Ottawa...

– Merci ! s'exclama Vincent, fou de joie.

– Tu partiras demain.

– La prochaine fois que vous nous rendrez visite, je vous embrasserai !

– Je n'en demande pas tant, mais je m'en souviendrai. À bientôt dans de meilleures circonstances, j'espère. Fin de la transmission.

L'informaticien exécuta une petite danse de la victoire, qui ressemblait beaucoup à celle des joueurs de football après un but. Probablement rappelé par Kevin Lucas, le chef de la sécurité avait disparu.

« Maintenant, de quelle façon pourrais-je faire parvenir ces bijoux à mes anges préférés ? » se demanda-t-il en reprenant sa place sur la chaise. Il se mit à pianoter sur le clavier pour établir une ligne sécurisée.

– C'est à toi de jouer, ma chérie.

Il faisait évidemment référence à sa meilleure alliée au sein de l'Agence : Cassiopée.

...013

Malgré sa longue expérience en tant que directeur de l'ANGE, Cédric ne s'était jamais senti aussi impuissant. Il ne pouvait rien faire pour ses anciens agents aux prises avec des démons à l'autre bout du monde, et ceux qui les avaient remplacés à Montréal sortaient tout droit d'Alert Bay. En fait, ces derniers arrivaient sur le terrain dans les pires années de l'histoire du monde. Même s'il était à la barre de la base la plus moderne de l'Agence, il ne possédait pas le personnel requis pour l'exploiter à fond.

Depuis son arrivée, ce matin-là, Cédric n'avait rien accompli. Les nouvelles en provenance des autres bases avaient défilé sous ses yeux sans qu'il y prête vraiment attention. Pascalina avait déposé les rapports des trois recrues sur sa table de travail, mais il ne les avait pas encore ouverts.

– Est-ce un mauvais moment pour vous parler, monsieur Orléans ?

– J'ai du mal à me concentrer, aujourd'hui, Cassiopée.

– Ce que j'ai à vous dire pourrait vous redonner un peu d'entrain.

– Essayez toujours.

– J'ai retrouvé votre mère.

Sur l'écran mural apparut une photo récente de Caritas Albira Orléans. Cédric constata avec stupéfaction qu'elle n'avait pas du tout changé ! D'origine espagnole, elle avait de longs cheveux noirs, des yeux de velours et une peau parfaite. « Accepterait-elle de me parler de mon père biologique ? » se demanda le directeur.

– ELLE VIT ET TRAVAILLE À SÉVILLE.

– Elle travaille ? répéta Cédric, incrédule.

– ELLE ENSEIGNE L'ESPAGNOL À DES IMMIGRANTS.

Un poste que ne convoiterait certainement pas un Dracos. Elle y était donc en parfaite sécurité.

– S'est-elle remariée ?

– SON RAPPORT D'IMPÔTS INDIQUE QU'ELLE EST VEUVE. VOULEZ-VOUS QUE JE COMMUNIQUE AVEC ELLE ?

– Non !

– ALORS, POURQUOI M'AVEZ-VOUS DEMANDÉ DE LA RETROUVER ?

– Je ne suis pas tout à fait prêt à lui parler.

– JE TRANSMETS IMMÉDIATEMENT SES COORDONNÉES À VOTRE ORDINATEUR PERSONNEL.

– Merci, Cassiopée.

Il s'enfonça dans sa chaise, perplexe. Les souvenirs qui lui restaient de sa mère étaient de plus en plus flous et pourtant, comme tous les reptiliens, il avait une mémoire fantastique. Sa photo sur le mur faisait remonter en lui de curieuses émotions. Caritas l'avait sans doute mis au monde, mais elle avait ensuite évité tout contact physique avec lui, l'abandonnant le plus souvent à la brutalité de son mari. « Pourquoi ? » se demanda Cédric. Était-ce ainsi que les Anantas élevaient leurs enfants ?

– Faites disparaître cette image, ordonna-t-il.

Cassiopée lui obéit aussitôt, sans faire de commentaire. Pour se changer les idées, Cédric se mit à lire les rapports de ses trois agents sur les activités criminelles de Montréal. À sa grande satisfaction, ils ne s'étaient pas contentés de recopier les statistiques existantes. Ils analysaient plutôt chaque problème jusqu'à sa source et fournissaient même des ébauches de solutions pour enrayer le crime. « Pas mal du tout », songea le directeur. Il ouvrit ensuite le rapport de mission d'Aodhan. Il était concis et édifiant. Les trois recrues l'avaient aidé à appréhender deux hommes, dont l'un était reptilien, sans mettre leurs vies en danger. « Peut-être finirai-je par en faire de vrais agents », se dit-il, encouragé.

Il pianota ensuite sur le clavier de son ordinateur et retrouva facilement l'adresse et les numéros de téléphone de sa mère.

– Qu'est-ce que je pourrais bien lui dire ? soupira-t-il.

– VOUS POURRIEZ COMMENCER PAR LUI FAIRE SAVOIR QUE VOUS ÊTES TOUJOURS VIVANT ET QUE VOUS OCCUPEZ UN POSTE IMPORTANT DANS LA SOCIÉTÉ.

– Cassiopée, y a-t-il quelque part dans votre programmation un bloc qui porterait le nom de « retenue et discrétion » ?

– JE VEUX SEULEMENT VOUS VENIR EN AIDE.

– Sachez qu'il est parfois plus utile de se taire que de dire n'importe quoi à quelqu'un qui a du mal à démêler ses émotions.

– BIEN COMPRIS, MONSIEUR.

Cédric sortit son téléphone d'une de ses poches et se mordit la lèvre inférieure en hésitant. Il allait appuyer sur le premier chiffre lorsque Cassiopée l'interrompit encore une fois.

– LE DOCTEUR LAWSON AIMERAIT VOUS PARLER.

– Faites-la entrer.

La porte métallique glissa en chuintant. L'expression combative qu'affichait Athenaïs étonna Cédric. Elle n'attendit pas qu'il l'invite à s'asseoir et prit place dans l'un des deux fauteuils en face de sa table de travail.

– J'ai appris à faire des miracles avec un scalpel, commença-t-elle, mais je travaille beaucoup mieux lorsqu'on me dit la vérité sur mes patients.

Cédric conserva un silence coupable.

– Saviez-vous qu'il était d'une autre race lorsqu'on vous l'a expédié ici ?

– Oui, je le savais, avoua-t-il.

– Faites-vous partie d'un programme de réhabilitation de reptiliens ?

– Cela existe-t-il ?

– C'est à vous de me le dire.

– Pourrions-nous reprendre cette conversation du début ?

– Certainement.

– Cette affaire a commencé tandis que j'occupais le poste de directeur intérimaire de la base de Toronto. Jordan Martell cherchait à joindre Thierry Morin, qui avait programmé un renvoi d'appel sur mon téléphone portable.

– C'est un autre reptilien ?

– Oui, plus précisément un Naga. J'ai fait sa connaissance à Montréal lorsque nos enquêtes se sont croisées.

– Pourquoi a-t-il programmé ce renvoi d'appel sur votre téléphone ?

– Êtes-vous médecin ou enquêteur de police ?

Athenaïs inspira profondément pour se calmer.

– Je suis désolée. J'ai la malheureuse habitude de poser des milliers de questions quand je suis stressée.

– Est-ce votre patient qui vous met dans cet état ?

– Seulement en partie. J'ai besoin de comprendre qui il est et pourquoi il est ici.

– Dans ce cas, laissez-moi parler. Monsieur Morin s'est arrêté à la base de Toronto avant de se lancer dans une mission dont il ne croyait pas pouvoir revenir. Je ne connaissais pas Martell lorsque je lui ai parlé pour la première fois. Il m'a dit qu'il traquait la reine des Dracos en Colombie-Britannique, mais qu'il ne possédait pas l'équipement requis pour découvrir dans quel volcan elle se cachait. Alors, je l'ai aidé. Une fois que ses frères et lui ont finalement atteint cette montagne, il m'a rappelé pour que je conserve les images qu'il allait me transmettre.

Cédric pianota sur son clavier et fit jouer la courte séquence qui avait précédé l'explosion dans le volcan. Athenaïs vit cinq reptiliens traverser le mur de la grotte, reprendre leur forme humaine et installer de la dynamite partout. Elle sentit ses poils se hérisser sur ses bras lorsqu'elle aperçut le dragon immaculé aux ailes de chauve-souris qui s'en prenait aux humains, puis assista à la terrible déflagration.

– Cet animal ne peut pas exister... bafouilla-t-elle, estomaquée.

– C'est la reine des Dracos, un spécimen unique sur Terre.

– Cela va à l'encontre de tout ce que j'ai appris.

– Les Dracos préfèrent passer inaperçus, alors ils font en sorte que les livres d'histoire ne parlent pas d'eux. Ils occupent des postes clés dans tous les domaines importants de notre monde et ils nous contrôlent à leur guise.

– Je ne m'explique pas comment monsieur Martell a pu survivre à une telle explosion.

– Lorsqu'elle s'est produite, il a eu la présence d'esprit de se métamorphoser. Le corps des reptiliens est beaucoup plus résistant que le nôtre. Il a été expulsé du versant de la montagne en même temps que les débris et, en s'écrasant dans la forêt, il a perdu conscience et repris son corps humain.

– C'est donc pour cette raison que ses deux corps n'ont pas subi les mêmes blessures, comprit-elle. Mais cette chose ailée ?

– Elle s'en est malheureusement tirée, et on ne sait pas où elle s'est réfugiée.

– Pourquoi les Martell voulaient-ils la détruire à coups d'explosifs ?

– Parce qu'elle pond des centaines d'œufs qui deviennent des princes se nourrissant de chair humaine.

– J'ai un esprit scientifique qui a beaucoup de mal à croire tout ceci, monsieur Orléans.

– Vincent McLeod aussi, et il a pourtant été le premier à donner l'alerte au sujet des reptiliens.

Athenaïs se leva et se mit à arpenter la pièce, sans s'apercevoir que l'œil électronique au-dessus de sa tête suivait tous ses mouvements.

– Où pourrais-je trouver plus de renseignements sur les reptiliens ? demanda-t-elle finalement.

– Dans notre base de données. Nous y avons compilé tout ce que nous savons, mais il nous manque encore beaucoup d'informations.

– Je vous demande la permission d'étudier le corps reptilien de Jordan Martell.

– Du moment que vous ne le disséquez pas, je ne m'y oppose pas.

– Ce n'est guère le moment de faire de l'humour, monsieur Orléans.

– Je dis cela sérieusement, docteur Lawson. Si cela vous intéresse, nous possédons déjà deux rapports d'autopsies pratiquées par le docteur Adam Wallace à Toronto sur un Dracos et sur un Naas.

– Un Naas ?

– C'est une autre race de reptiliens.

– Combien y en a-t-il ?

– Nous pensions qu'il y en avait dix, mais nous venons d'en découvrir une onzième, alors les paris sont ouverts.

– Y a-t-il quelque chose que je dois savoir sur Jordan Martell avant de me lancer dans cette étude ?

– Pour conserver son corps humanoïde, il doit absorber de la poudre d'or au moins une fois par semaine, si possible dans du liquide.

– Et où pourrais-je en trouver ?

– Je vous en fournirai.

– Une dernière question : si je n'étais pas venue vous questionner au sujet de mon patient, m'auriez-vous révélé sa véritable identité ?

– Non.

– Merci de votre franchise, monsieur Orléans. Je vous tiendrai au courant de mes découvertes.

Elle tourna les talons et quitta le bureau.

– POURQUOI NE PAS LUI AVOIR DIT QUE VOUS ÉTIEZ L'UN DES LEURS ?

– Chaque chose en son temps, Cassiopée.

Athenaïs retourna à la section médicale. Damalis était réveillé malgré les puissants sédatifs qu'elle lui administrait pour lui épargner de la douleur. Elle vérifia ses signes vitaux sans lui adresser le moindre mot.

– Vous êtes troublée, lui dit le Naga d'une voix faible.

– Quand allez-vous cesser de lutter contre le traitement ?

– Ce n'est pas ce qui vous perturbe.

– Concentrez vos forces sur votre guérison au lieu de m'analyser.

– Je ne suis pas qu'un mercenaire, je suis aussi à l'écoute des autres. N'oubliez pas que j'ai eu cinq petits frères.

– J'en ai deux et bien franchement, nous n'avions rien à nous dire.

– Vous m'en voyez navré. Il n'y a rien de plus fort au monde que les liens fraternels.

Damalis la fixa intensément tandis qu'elle ajustait pour la dixième fois la vitesse d'égouttement de son soluté.

– Ce sont toutes vos convictions qui viennent de s'écrouler, n'est-ce pas ?

– Taisez-vous et reposez-vous.

– Vous ne pensiez pas que les monstres existaient vraiment.

– Ne me forcez pas à vous endormir.

– Cela ne ferait que retarder l'inévitable.

Athenaïs se mit à trembler et tourna le dos à son patient, car elle ne voulait pour rien au monde paraître faible.

– Votre réaction est tout à fait normale, docteur. Même les jeunes Nagas réagissent comme vous lorsqu'ils apprennent ce qu'ils sont vraiment. Puis, ils s'y font.

– Je ne comprends pas pourquoi vous existez...

– Nous sommes pourtant sur cette planète depuis des millénaires. Nos ancêtres sont arrivés à bord de vaisseaux spatiaux de tous les coins de la galaxie, à la recherche d'un monde nouveau, d'un monde meilleur. Mais nos habitudes alimentaires ont déplu aux Pléiadiens, une autre race extraterrestre qui, elle, était arrivée sur Terre bien avant nous. Ils ont repoussé les reptiliens sous terre, mais ces derniers n'avaient pas l'intention d'y demeurer longtemps. Au lieu de déclarer aux Pléiadiens une guerre qu'ils ne pourraient pas gagner, ils ont commencé à mêler leur ADN à celui des humains et ils sont revenus à la surface.

– C'est donc de cette manière que vous arrivez à vous métamorphoser, comprit-elle en se tournant vers lui.

Ses yeux bleus étaient chargés de larmes, mais ils brillaient aussi de curiosité.

– Et à adopter votre apparence.

– Même cet horrible dragon qui vous sert de reine ?

– Elle ne gouverne que les Dracos. Les autres races n'ont pas de famille royale, à part les Anantas.

Athenaïs se promit de consulter la base de données avant de quitter la base, car tous ces noms de races ne voulaient encore rien dire pour elle.

– Je voudrais tout de suite mettre quelque chose au clair avec vous, Damalis. Vous n'êtes pas un monstre. Les monstres ne sont pas intelligents. Ce sont des esprits primaires qui cherchent à satisfaire leurs instincts primitifs.

– C'est un beau compliment. Curieux, mais beau, merci.

– Non, c'est une constatation. Quand vous me parlez, je n'ai pas affaire à une créature dont le cerveau n'est pas plus gros qu'un pois. Vous êtes capable de raisonner et même de décoder mon langage corporel.

– Les chiens aussi, je vous ferai remarquer.

– Ce sont des reptiliens ? s'étonna la femme médecin.

Damalis éclata de rire, mais s'étouffa. Athenaïs lui vint aussitôt en aide et parvint à rétablir sa respiration.

– Ne recommencez pas, l'avertit-elle d'un air sévère.

– Vous êtes trop drôle…

S'il n'avait pas été blessé de partout, elle l'aurait frappé.

– Je reviendrai plus tard et je m'attends à vous trouver endormi.

– Bien reçu, mon commandant.

Damalis ferma les yeux, mais ne parvint pas à faire disparaître le sourire qui s'étirait sur ses lèvres.

...014

Refusant de se décourager, Képhas et Yahuda parcouraient la ville, s'adressant à tous ceux qu'ils rencontraient. Les journalistes qui les attendaient au mur des Lamentations eurent vent de leur nouveau mode de conversion et se mirent à leur poursuite. Conciliants, les Témoins se laissaient filmer tandis qu'ils prêchaient dans la rue et opéraient des miracles. Ces images saisissantes faisaient graduellement le tour du monde. Dans plusieurs pays, les chefs religieux tentaient de les discréditer, mais rien ne pouvait empêcher les apôtres de poursuivre leur mission.

– Nous devons sauver le plus d'âmes possible avant l'arrivée de l'Antéchrist au pouvoir, raconta notamment Képhas à un reporter.

– Pourquoi avoir troqué vos tuniques contre ces vêtements modernes ?

– Pour avoir un plus grand impact. Les gens connaissent maintenant nos visages, alors nous pouvons nous permettre de nous habiller plus chaudement.

Son commentaire fit rire les journalistes qui les encerclaient, Yahuda et lui.

– Vos pouvoirs de guérison sont-ils réels ?

– Demandez-le à ceux sur qui nous avons posé les mains. C'est un don qui nous vient de Dieu. Ce ne sont pas nos paumes qui opèrent des miracles. Elles ne sont que l'instrument de la gloire du Père. En réalité, c'est lui qui guérit ces gens.

– Allez-vous poursuivre votre travail dans d'autres pays ?

– Ce n'est pas impossible, mais pour l'instant, c'est Jérusalem qu'il veut sauver.

Yahuda laissait toujours parler son compatriote devant les représentants de la presse, car ce dernier maîtrisait les langues mieux que lui. Toutefois, il demeurait près de lui, attentif, prêt à lui donner un coup de main. En fait, Yahuda préférait marcher dans la ville plutôt que de rester trop longtemps à un seul endroit.

Au début, les Témoins avaient sillonné la vieille cité, là où ils avaient vécu jadis, mais depuis quelques jours, ils s'aventuraient de plus en plus profondément dans la nouvelle partie de la ville.

– Est-il vrai que nous irons dans d'autres contrées ? demanda-t-il à Képhas, alors qu'ils marchaient sans se presser sur le trottoir.

– Nous sommes déjà partout sur Terre grâce à Internet. Jusqu'à présent, le Père ne nous l'a pas encore demandé, et je crains que nous manquions de temps pour porter en personne son message ailleurs.

– Réussirons-nous à tous les ramener vers lui ?

– J'en doute, mais ceux qui auront compris nos paroles échapperont aux griffes de Satan.

Ils arrivèrent à un carrefour où un mendiant se faisait brutaliser par les passants. L'homme en haillons leur tendait une tasse de fer en les suppliant de lui donner un peu de monnaie pour qu'il puisse manger. En riant, les piétons le poussaient contre le mur et poursuivaient leur chemin. Le pauvre hère n'avait que la peau sur les os. Il semblait également très embarrassé de devoir demander la charité. En s'approchant de lui, les Témoins sentirent dans son corps une terrible maladie qui le tuait à petit feu.

– Je vous en supplie, aidez-moi, pleura l'indigent qui tremblait sur ses jambes.

Il se laissa tomber sur les genoux devant les apôtres.

Képhas s'accroupit aussitôt et posa les mains sur ses épaules.

– Dieu ne t'a pas abandonné, le rassura-t-il.

– Alors pourquoi suis-je si malade que je ne peux plus gagner ma vie ? Ma femme et mes enfants ont disparu avec tous les autres. J'ai perdu mon travail, puis ma maison. Je suis si faible que je n'arrive à rien faire.

– Le Père voulait seulement savoir si tu l'aimais malgré toutes tes épreuves.

– Il y a des jours où je lui lancerais volontiers des pierres, surtout quand j'ai si faim que la douleur me cloue au sol. Mais quand quelqu'un a la bonté de me jeter des croûtes, je remercie Dieu.

– Avec la foi et un peu de bonne volonté, on peut se sortir de n'importe quelle impasse. Dieu veut te redonner la santé et il désire aussi récompenser ta persévérance.

– Mais comment ?

Képhas ferma les yeux. Aussitôt, ses paumes devinrent lumineuses. Une grande chaleur envahit le corps meurtri du mendiant, et des larmes de joie se mirent à couler sur ses joues.

– Est-ce son amour que je ressens ?

Les curieux commençaient à s'attrouper autour des Témoins.

– Oui, c'est bien son amour.

– Mais qui êtes-vous ?

– Je m'appelle Képhas et voici mon frère Yahuda. Nous sommes des apôtres du prophète Jésus, qui reviendra bientôt parmi nous pour châtier les âmes perdues et chasser Satan de son jardin.

– Moi, je m'appelle Simon.

– Je sais. Plus jamais tu n'auras faim, Simon.

La tasse en fer se remplit miraculeusement de pièces d'or.

– Va et proclame à tous ceux qui veulent l'entendre que les années de paix et d'abondance approchent, mais que seuls les méritants pourront en jouir.

Le mendiant étreignit Képhas de toutes ses forces, puis ce dernier le remit sur ses pieds.

– Que la paix règne à jamais dans ton cœur, ajouta Yahuda avant de suivre son ami.

Les Témoins poursuivirent leur route, laissant Simon à ses cris de joie et de reconnaissance.

– Le prochain est à toi, annonça Képhas à son compatriote.

Ils n'eurent pas à attendre longtemps. Quelques rues plus loin, ils aperçurent une femme aveugle qui n'arrivait pas à franchir l'intersection, car les automobilistes ne respectaient pas les feux de circulation. Lui rendant la vie encore plus difficile, les passants ignoraient aussi ses appels à l'aide. Yahuda se porta tout de suite à son secours. Il lui prit gentiment le bras et commença par la rassurer.

– Je vais vous guider, offrit-il.

– C'est vraiment gentil de votre part, répondit-elle avec soulagement. C'est une vraie malédiction de perdre la vue par ces temps modernes, alors que les gens ne se préoccupent plus que d'eux-mêmes.

Yahuda l'arrêta sur le trottoir opposé. Képhas se tenait en retrait pour le laisser faire son travail.

– Si Dieu vous rendait vos yeux, proclameriez-vous sa gloire jusqu'à votre dernier souffle ? demanda le Témoin.

– Comme si une telle chose était possible…

– Croyez-vous en lui ?

– Évidemment, que je crois en lui. Je vais à la messe aussi souvent que je le peux. Mais je sais aussi que Dieu a mieux à faire que de s'occuper d'une vieille femme aveugle. Il a des pays entiers à sortir de la misère.

Yahuda lui enleva ses lunettes noires et posa ses paumes sur ses yeux.

– Que me faites-vous là ? s'effraya-t-elle.

– Je vous rends la vue.

L'éclat de ses mains ne dura qu'un instant. Lorsqu'il les retira, la femme battit des paupières. La première chose qu'elle vit fut le visage de l'apôtre.

– Vous êtes beau comme un ange…

Yahuda fut incapable de s'empêcher de rougir.

– Mais comment avez-vous fait ? demanda-t-elle en regardant partout.

– Ce n'est pas moi qui vous ai guérie, c'est Dieu.

Elle embrassa Yahuda à maintes reprises sur les joues, jusqu'à ce qu'il l'écarte doucement.

– Je veux connaître votre nom, saint homme.

– Je m'appelle Yahuda Ish Keriyot.

– Comme l'apôtre ?

– Lui-même.

– Celui qui a vendu Jésus pour des pièces d'or !

– C'est faux, intervint Képhas, contrarié.

– C'est ce que le curé nous a dit, pourtant.

– Il n'a fait que répéter le mensonge forgé il y a très longtemps par l'un des premiers dirigeants de l'Église, qui ignorait ce qui s'était vraiment passé, ajouta Képhas. Il l'a utilisé pour servir au peuple une leçon sur la loyauté, sans penser qu'il salirait ainsi à jamais la réputation d'un apôtre.

– Vous ne pouvez pas être cet homme qui est mort il y a deux mille ans, voyons, raisonna la vieille dame. Êtes-vous un comédien qui l'incarne ?

– Non. Je suis bel et bien celui à qui Jésus faisait des confidences, affirma Yahuda. C'est Dieu lui-même qui m'a renvoyé sur Terre pour convertir les hommes et les femmes dont l'âme n'est pas déjà damnée.

– Et vous n'avez pas livré le Seigneur aux Romains ?

– Si, je l'ai fait, mais à la demande de Jésus pour que son destin puisse s'accomplir. Je n'ai jamais reçu d'argent pour cet acte, mais j'ai pleuré pendant des jours après qu'ils l'eurent emmené.

– Jésus a-t-il vraiment voulu se faire torturer et crucifier ?

Yahuda fit un mouvement de tête affirmatif, la gorge serrée.

– Ne vous en faites pas, j'irai voir mon curé pour lui dire qu'il se trompe.

– Merci.

Elle recommença à l'embrasser, et il dut une fois de plus la repousser doucement.

– Nous devons poursuivre notre route, fit-il en reculant vers Képhas.

Heureusement, les journalistes fondirent sur la miraculée pour lui arracher les détails de sa maladie et des commentaires sur ce qui venait de se passer. Les Témoins en profitèrent pour filer vers un autre quartier, aussitôt suivis par quelques reporters.

– Un curé ne peut pas faire grand-chose, n'est-ce pas ? demanda Yahuda au bout d'un moment.

– Pas vraiment. C'est avec le pape qu'elle devrait parler.

Ils se firent alors bloquer la route par trois jeunes hommes vêtus comme des étudiants. Ils avaient très certainement la vingtaine.

– Êtes-vous Képhas et Yahuda ? s'enquit l'un d'eux.

– Je suis Képhas.

Plus méfiant, son compatriote demeura muet.

– Nous vous avons cherchés partout !

Le sourire qui illumina leurs visages indiquait leur soulagement.

– Permettez-moi de me présenter. Je me nomme Choham Dresner, président du Mouvement pour le regroupement des tribus perdues.

Yahuda décocha un regard interrogateur à son ami.

– De quelles tribus parlez-vous ? s'informa Képhas.

– Des douze tribus d'Israël, évidemment.

– Elles sont perdues ? s'étonna Yahuda.

Les jeunes gens éclatèrent de rire, ce qui rendit l'apôtre encore plus confus.

– J'imagine qu'à votre époque, elles habitaient toujours leur territoire respectif, fit Choham en essuyant des larmes de plaisir. Voici mes amis et associés, Îra Akerman et Mérèd Lévi. Nous aimerions que vous donniez une conférence à l'auditorium de l'université. Elle sera enregistrée et diffusée dans tous les pays où nous avons retrouvé des descendants des douze tribus.

– Quand cette conférence aura-t-elle lieu ?

– Ce soir, si vous le voulez bien. Il y a longtemps que nous sommes prêts à vous recevoir, mais nous n'arrivions pas à vous trouver.

– Qu'en dis-tu, mon frère ? demanda Képhas à Yahuda.

– Je te suivrai où tu iras, tu le sais bien.

Les deux apôtres acceptèrent de s'entasser avec les étudiants dans la voiture de Choham. Il y avait bien longtemps que Képhas n'avait emprunté un transport terrestre. Ils roulèrent pendant un peu plus d'une demi-heure et arrivèrent sur le campus. Pour y avoir étudié plusieurs années auparavant, Képhas savait que l'auditorium n'était pas aussi vaste que ceux où il avait enseigné en Amérique, mais si l'événement était filmé, alors il pourrait atteindre des milliers de personnes.

Choham conduisit ses illustres invités à l'intérieur, tandis que ses amis s'employaient à passer des appels téléphoniques pour réunir autant d'étudiants que possible.

– N'obéissez-vous pas au couvre-feu ? voulut savoir Yahuda.

– Si, bien sûr, affirma Choham. Une fois dans l'université, les participants ne pourront en repartir que demain matin, mais je ne crois pas que cela les rebutera. Est-ce que je me trompe en pensant que vous parlerez une bonne partie de la nuit ?

– Non, répondit Képhas, amusé.

Il se rappela que lorsqu'il enseignait l'histoire biblique au Cégep à Montréal, il n'arrivait jamais à respecter la période de temps qu'on lui avait allouée.

– Parlez-moi de vos recherches, fit-il, intéressé.

– En réalité, elles ont été entreprises initialement par nos parents, qui nous ont ensuite passé le flambeau. Ce travail est devenu beaucoup plus facile grâce à Internet. En créant des sites et des blogs, nous avons réussi à localiser beaucoup de descendants des tribus originelles. À notre grande stupéfaction, ils n'habitent pas tous Israël. Nous en avons retrouvé en Grande-Bretagne, aux États-Unis, au Canada, en Australie, en Afrique du Sud, en Hollande, en France, au Danemark et même en Suisse.

– Vous avez réussi à dénicher des représentants des douze tribus ? s'émerveilla Képhas.

– C'est exact.

– Et ce soir, c'est à eux que je m'adresserai ?

– Par le truchement de leurs ordinateurs, oui.

– Cela équivaut à combien de personnes ? voulut savoir Yahuda.

– Un peu plus de cent mille, si je me fie au dernier recensement, affirma fièrement Choham. Peut-être qu'après ce soir, nous serons plus encore.

– Qu'attendez-vous de moi ? demanda Képhas.

– Que vous les motiviez afin qu'ils vous assistent.

– Est-ce que vous leur avez promis cela dans vos communications informatiques ?

– Je ne leur ai fait aucune promesse. Ce sont les textes sacrés qui indiquent clairement que les tribus seront enfin réunies à la fin des temps. Je ne fais que m'assurer que cette prophétie se réalise.

– Habituellement, elles n'ont besoin de personne pour s'accomplir.

– Disons, dans ce cas, que je leur donne un coup de pouce.

– Est-ce une bonne chose, Képhas ? s'inquiéta Yahuda.

– Il est dit que trois anges, deux Témoins et cent quarante-quatre mille juifs s'opposeront directement à l'arrivée au pouvoir de Satan, poursuivit Choham. Vous êtes ces Témoins. Je ne sais pas encore qui sont les anges, mais je peux essayer de vous fournir les cent quarante-quatre mille juifs à temps. Avez-vous besoin de quoi que ce soit en attendant que nous réunissions l'auditoire ? Du café ? Un goûter ?

– De l'eau pour moi, décida Képhas. Rien pour mon frère.

– Installez-vous confortablement. Je reviens tout de suite.

Choham dégageait une telle énergie qu'il était impossible de lui résister. Képhas prit place dans l'une des vieilles bergères usées en se demandant ce qu'il allait dire à ces gens. Il ne voulait surtout pas faire de la politique, encore moins déclencher une révolte. Il ne pourrait donc pas les inviter à envahir les anciens territoires qu'occupaient leurs ancêtres. Le pays était déjà suffisamment déchiré par les tensions sociales. Il n'allait certainement pas envenimer la situation.

– Que se passera-t-il si tous ces gens arrivent en masse au cours des prochaines semaines ? demanda Yahuda qui partageait les mêmes inquiétudes que lui.

– Ils courraient un grave danger, car en ce moment, les soldats tirent sur tous ceux qui leur paraissent suspects.

– Tu dois le leur faire savoir tout à l'heure.

– J'y songeais, justement. De toute façon, les prophètes n'annoncent pas leur intervention avant la prise de possession du corps de Ben-Adnah par Satan. À mon avis, ils vont arriver ici au compte-gouttes.

Avant le couvre-feu, les étudiants réussirent à remplir la salle. Les micros et les caméras étaient prêts depuis plusieurs semaines et n'eurent qu'à être mis en marche. Képhas monta sur la petite scène avec sa confiance habituelle. Quant à Yahuda, il préféra demeurer quelques pas derrière lui, ne sachant pas ce qu'il pourrait dire aux descendants de Jacob.

– Mes chers cousins et cousines qui habitez aux quatre coins du monde, commença Choham en se plantant le premier devant la caméra, j'ai l'immense honneur de vous présenter les deux hommes dont nous vous parlons depuis qu'ils se sont mis à prêcher devant le mur des Lamentations. Ils ne portent plus leurs longues tuniques d'apôtres, mais ils continuent de nous mettre en garde contre la domination de l'Antéchrist, qui est sur le point de s'abattre sur nous. Je les laisse vous en parler eux-mêmes. Voici Képhas et Yahuda, des disciples de Jésus qui ont traversé deux mille ans d'histoire pour nous sauver.

Il tendit le micro à Képhas. En réalité, ce dernier n'en avait nul besoin, mais il l'utilisa pour faire plaisir aux centaines d'yeux qui l'observaient dans la salle et aux milliers d'autres qui étaient rivés à leurs écrans d'ordinateur.

– Enfants d'Israël, bonsoir ou bonjour, selon le pays que vous habitez. Je salue aussi tous ceux qui ne sont pas juifs, mais qui m'écoutent en ce moment. Certains d'entre vous connaissent déjà la chronologie des événements qui mèneront à la fin des temps. Les autres l'apprendront tout à l'heure. Mais avant de vous en parler davantage, je voudrais que vous sachiez que malgré toutes les calamités qui vont bientôt fondre sur nous, ce qui vous attend après l'accomplissement des prophéties sera un millénaire entier de répit, au cours duquel le Mal n'aura aucune emprise sur les hommes.

Infatigable, Képhas résuma tout ce que les prophètes avaient annoncé, citant ses sources comme il le faisait lorsqu'il était professeur. Il confirma ensuite que plusieurs de ces prédictions s'étaient déjà accomplies, puis il énuméra celles qui allaient se matérialiser au cours des prochaines années. Il fit aussi une description suffisamment détaillée de l'Antéchrist et du Faux Prophète pour que ses auditeurs puissent facilement les reconnaître, mais sans mentionner les noms qu'ils utilisaient dans la vie courante.

Marchant de long en large sur l'estrade, Képhas rappela à son public que Dieu protégerait les méritants de son mieux, mais que les forces du Mal étaient plus puissantes que jamais. Il implora les croyants de ne pas accepter la marque de la Bête et de fuir les lieux où elle serait brutalement imposée, même s'ils devaient vivre momentanément dans la misère. Sans parler du sort qui les guettait, Yahuda et lui, il ne leur cacha pas qu'un grand nombre de fidèles deviendraient des martyrs comme jadis, mais que leur sacrifice ne passerait pas inaperçu au ciel. Il continua en détaillant le rôle des douze tribus d'Israël lors des derniers jours. Elles n'auraient pas l'impact d'une grande armée, mais tout comme elles l'avaient démontré aux Pharaons, elles prouveraient aux grandes puissances de ce monde qu'une résistance était possible.

Il termina son allocution un peu après minuit par un long discours sur l'importance de transformer la conscience personnelle en conscience universelle.

– C'est en cessant d'applaudir l'individualisme et en commençant à nous tenir par la main pour travailler ensemble que nous sauverons non seulement nos âmes, mais aussi la planète entière.

Il fut acclamé par son auditoire, mais ce n'étaient pas des honneurs qu'il recherchait. Il espérait plutôt que son message avait été bien compris. Lorsqu'il se tourna vers Yahuda, il vit qu'il l'applaudissait comme tous les autres.

– J'aurais dû passer tout ce temps avec toi dans un corps terrestre, lui dit-il en le suivant au réfectoire, où les jeunes voulaient leur parler.

Képhas entoura les épaules de son compagnon d'un bras rassurant.

– Je ne sais pas si je t'aurais supporté pendant deux mille ans, chuchota-t-il à son oreille.

Yahuda fit de gros efforts pour étouffer un rire qui n'aurait peut-être pas été compris par tout le monde. Marchant devant eux, Choham, ravi à souhait, leur ouvrait la route dans la foule qui avait envahi tous les corridors de la bâtisse.

...015

Toujours incapable de se concentrer sur les centaines de rapports qu'il recevait de partout à travers le monde, Cédric Orléans s'appuya profondément contre le dossier de son fauteuil. Il ne cessait de penser à la conversation qu'il avait eue avec Alexa Mackenzie, conversation qu'il n'avait d'ailleurs pas encore retranscrite. « Par où commencer ? » se découragea-t-il. La Terre semblait peuplée de reptiliens venus des quatre coins de la galaxie. Comment les humains pouvaient-ils espérer s'en sortir ? Il n'y avait pas suffisamment de Nagas pour éliminer les Dracos susceptibles d'occuper des postes clés à travers le monde. Et si, par miracle, ils parvenaient à tous les tuer, qui protégerait les humains contre les Nagas ?

Des centaines d'hypothèses se mirent à germer de plus en plus rapidement dans la tête de Cédric, si bien qu'il ferma les yeux pour faire le vide, ce qui s'avéra finalement impossible.

– Vous pouvez éteindre l'écran, Cassiopée.

– LES BULLETINS N'ONT PAS TOUS DÉFILÉ.

– Je n'ai lu que les trois premiers, de toute façon. Faites-m'en un bref compte rendu écrit que je lirai à mon retour.

– OÙ ALLEZ-VOUS ?

– J'ai un terrible mal de tête, alors je vais aller prendre l'air.

– C'EST UNE MAUVAISE HABITUDE QUI POURRAIT UN JOUR VOUS ÊTRE FUNESTE, MONSIEUR ORLÉANS. LA MAJORITÉ DES GENS

QUE VOUS POURRIEZ CROISER SERONT DES CRIMINELS. PIRE ENCORE, PUISQUE PLUS PERSONNE NE SE SOUCIE DE RAPPELER À L'ORDRE LES INDUSTRIES, L'AIR EST PLUS POLLUÉ QUE JAMAIS.

– Vous n'êtes pas ma mère, Cassiopée. Vous êtes l'ordinateur de ma base.

– QUI SE SOUCIE DE VOTRE SURVIE, TEL QUE LE VEUT MA PROGRAMMATION.

– Je sais fort bien me défendre, et mes poumons sont beaucoup plus résistants que ceux des humains. Je serai bientôt de retour.

Faisant la sourde oreille aux protestations de la machine, Cédric quitta son bureau et traversa les Renseignements stratégiques. Pascalina le suivit des yeux, mais ne fit aucun commentaire. Le directeur marcha sans se presser dans le long couloir, puis accéda au garage après avoir subi un balayage rétinien. Il ne fit pas deux pas dans la vaste pièce de béton que Glenn Hudson se plantait devant lui.

– Je veux seulement aller me détendre, soupira Cédric.

– Laissez-moi vous assigner deux de mes meilleurs hommes.

– J'ai besoin d'être seul, monsieur Hudson.

– Vous connaissez pourtant le règlement. J'ai passé sous silence votre première escapade, mais je ne peux pas vous laisser continuer à fuguer.

– Dans ce cas, donnez-moi une voiture que vous pourrez suivre à tout instant sur votre système de repérage.

– Vous êtes bien têtu, monsieur Orléans.

– Plus que vous pourriez l'imaginer, monsieur Hudson.

Les deux hommes s'observèrent pendant un instant.

– J'ai besoin de cette voiture, maintenant, ordonna Cédric d'une voix qu'il ne reconnut pas lui-même.

– Tout de suite, monsieur, obtempéra le chef de la sécurité, le regard vide.

« J'ai encore utilisé mes facultés de serpent sans m'en rendre compte », se désola Cédric. Il avait toutefois obtenu ce qu'il voulait. Quelques minutes plus tard, la plus luxueuse berline de la base s'arrêtait devant lui. Le mécanicien en sortit, cédant sa place au directeur.

– Merci mille fois, fit Cédric à l'intention du personnel, qui l'observait avec inquiétude.

Il quitta le garage et se laissa guider par son instinct. Pas question d'aller se balader du côté de Montréal, dont les rues étaient congestionnées depuis le rassemblement des disciples de Madden. Il se lança sur la route 132 et opta plutôt pour la Montérégie lorsqu'il arriva à l'embranchement de l'autoroute 20. Quelques minutes plus tard, il s'aperçut qu'il se dirigeait vers Saint-Hilaire. « Andromède pourrait-elle vraiment m'éclairer ? » se demanda-t-il.

Il avait connu une passion déchaînée avec cette femme excentrique, mais dans la vie quotidienne, ils étaient le jour et la nuit. Cédric était sombre, sérieux, taciturne, morose et fataliste, tandis qu'Andromède était rayonnante, enjouée, loquace, joyeuse et opportuniste. Il n'avait jamais tenté de la revoir avant d'apprendre qu'ils avaient eu une fille ensemble.

Il arrêta la voiture devant la maison de son ancienne maîtresse et ne put que remarquer la pointe de la pyramide qui dépassait derrière le toit. L'enquête qu'il avait fait mener sur elle, lorsqu'il travaillait à Toronto, avait démontré qu'en l'espace de quarante ans, cette femme avait changé quarante-quatre fois d'ambiance dans sa cour, et il ne s'agissait pas de décors de cinéma. Lorsqu'elle faisait construire un temple, il était en pierres véritables. Elle avait surtout recréé l'atmosphère de divers pays qu'elle aimait beaucoup, comme les îles du Pacifique avec un volcan, l'Afrique avec un village de huttes, l'Australie avec une horde de kangourous, l'Italie avec des canaux sur lesquels elle se promenait en gondole et même la lune avec une station qui ressemblait à une soucoupe volante ! Elle affectionnait aussi diverses périodes de l'histoire et avait accueilli des samouraïs, des gladiateurs, des spartiates, des prêtres shinto, des druides, des Celtes, des Amérindiens, des Gauchos, des Mayas et même un tsar. Ce qu'Andromède voulait, elle l'obtenait.

Cédric demeura assis dans sa voiture pendant quelques minutes en se demandant s'il n'était pas préférable qu'il passe son chemin. C'est alors qu'il vit la mère de sa fille sortir de sa maison, pourtant anodine de l'extérieur, vêtue comme Cléopâtre. Sa robe blanche était si serrée sur son corps qu'elle devait marcher à petits pas. Dans son cou brillait une collerette ornée de lamelles en or et en lapislazuli. Ses hanches étaient ceintes par une ceinture dont la cravate sur le devant était décorée de la même façon. La connaissant, Cédric ne douta pas un seul instant que ces parures arrivaient tout droit d'Égypte. Elle frappa à petits coups sur la vitre de sa portière jusqu'à ce qu'il accepte de la faire descendre.

– Il est inutile de fuir maintenant que je t'ai vu, l'avertit la pharaonne. Tu dois avoir de graves ennuis pour arriver ainsi chez moi à l'improviste.

Elle demeura plantée sur le trottoir, attendant qu'il descende de la berline. Ne désirant pas attirer davantage les regards des voisins et des passants, il se laissa entraîner dans la demeure.

– Tu jouais ce rôle lorsque nous nous sommes rencontrés, remarqua-t-il en la suivant à travers la maison.

– Pas du tout. J'étais Néfertiti à ce moment-là. Ne confonds pas les époques.

Cédric avait étudié l'histoire comme tout le monde, mais il avait préféré les sciences. Il était capable d'associer le costume que portait Andromède à l'Égypte, mais pas de retracer spontanément la période historique dont il était issu.

– J'ai un pagne qui t'ira, je crois, fit-elle en arrivant finalement à la cuisine.

– Ce ne sera pas nécessaire.

– C'est une tenue qui t'allait fort bien, il y a trente ans.

– Je ne suis pas venu ici pour jouer à des jeux de rôles.

– Moi non plus. En récréant les événements du passé ou la réalité d'un autre continent, on ouvre davantage sa conscience.

– Je suis parfaitement capable de faire la même chose en lisant un bon livre.

– Mais as-tu autant de plaisir que moi ?

« Tout dépend évidemment de notre définition subjective du plaisir », songea-t-il en sortant dans le jardin.

– Est-ce Océane qui te cause encore des soucis ? demanda-t-elle en l'invitant à s'asseoir sur une chaise en paille devant la porte dorée de la pyramide.

– Ce sont tous les événements associés à la fin du monde qui m'obsèdent. En fait, je me demande si cela vaut vraiment la peine que je fasse des efforts pour sauver des gens qui ne veulent même pas être sauvés.

– Ton problème, Cédric, c'est que tu ne fais confiance à personne.

– Tu vas aussi me dire que ma méfiance remonte à mon enfance ?

– Tous nos plus gros problèmes proviennent de nos premières expériences de vie. Tes parents ne t'ont jamais apporté le soutien que tout enfant est en droit de recevoir, alors tu as appris à ne compter que sur toi-même. Tu considères maintenant que tous ceux qui t'entourent pourraient aussi te laisser tomber. Alors tu t'isoles de plus en plus et tu macères dans une solitude qui ne règle rien. La bonne nouvelle, mon chéri, c'est que tout le monde peut changer.

– Pas à mon âge.

– Un reptilien d'une soixantaine d'années n'a pas encore atteint la moitié de sa vie.

Il baissa misérablement la tête.

– Tu n'as pas l'intention de quitter ton poste, au moins ? s'inquiéta-t-elle.

– J'y songe au moins deux fois par jour, en ce moment.

– On dirait bien qu'il s'agit d'une dépression.

– J'en ai assez d'avoir les mains liées alors que des criminels terrorisent les cités du monde entier, que d'autres se battent pour accaparer le pays de leurs voisins et que des reptiliens font la pluie et le beau temps sur toute la planète.

– Mais il en a toujours été ainsi, et nous avons toujours réussi à maintenir un équilibre raisonnable.

– Qui appelles-tu « nous » ?

– Mais les Pléiadiens, évidemment.

– Qu'en est-il des Brasskins ?

– Un petit groupe d'entre eux sont arrivés sur Terre il y a quelques centaines d'années, mais ils n'en sont jamais repartis. Nous ne savons pas si c'était par nécessité ou par choix.

– Apparemment, leur vaisseau s'est écrasé en Russie.

– Cela expliquerait bien sûr pourquoi ils sont encore ici… À mon avis, ils ne se soucient pas autant que nous de l'harmonie entre les humains. Ils essaient plutôt de limiter les dégâts causés par leurs descendants Dracos. Mais comme ils ne sont pas suffisamment nombreux, ils n'y parviennent pas et ils sont de plus en plus frustrés.

– Pourquoi n'aident-ils pas les Nagas à en diminuer le nombre, au lieu d'agresser ceux qui ne se plient pas à leur volonté ?

Le visage d'Andromède devint alors très sérieux.

– As-tu une preuve de ce que tu avances, Cédric ?

– J'ai été attaqué à la base de Toronto, dans mon propre bureau, par un Brasskins qui s'appelle Iarek. Il a menacé de tuer Océane si elle ne renonçait pas à sa mission à Jérusalem. Il n'a jamais voulu comprendre que je n'étais pas un des hauts dirigeants de mon agence et que je ne pouvais pas prendre ce genre de décisions.

– Es-tu prêt à répéter ceci à quelqu'un qui pourrait vraiment intervenir ?

– Dieu ? se découragea le pauvre homme.

– Il est plutôt occupé en ce moment, alors je vais te faire rencontrer un de ses bras droits.

– Yannick Jeffrey ?

– Je ne sais pas qui est monsieur Jeffrey.

– Ce n'est pas important. Qui veux-tu me présenter ?

– Il s'appelle Malachias. Il est encore plus vieux que les Anciens. As-tu quelques heures devant toi ?

– Sans doute une ou deux, avant que mon chef de la sécurité ne se mette à ma recherche.

– Ce sera suffisant.

Andromède prit sa main et l'entraîna vers la porte de la clôture en acier qui encerclait sa propriété.

– Tu ne vas pas sortir dans la rue habillée comme ça ? protesta-t-il.

– Préférerais-tu que j'enlève tous mes vêtements ?

– Non ! Ce n'est pas ce que je veux dire. On ne se promène pas en public dans de tels déguisements.

– Va dire ça aux reptiliens.

Elle l'entraîna avec elle malgré sa réticence. Ce qui manquait le plus à Cédric Orléans, c'était un peu de fantaisie. Comme la plupart des Neterou, car c'est ce qu'il croyait être à l'époque, il avait été réduit à l'obéissance dès son tout jeune âge. Grâce à la terreur et à la douleur physique, on avait gravé dans son esprit un si grand nombre de règles absurdes qu'il n'arrivait plus à faire la part des choses.

Andromède emmena son ancien amant dans la forêt. Elle gravissait le sentier avec la grâce d'une gazelle en dépit de son âge et ne cherchait même pas son souffle. De son côté, Cédric se félicita d'avoir conservé la forme dans les gymnases des différentes bases où il avait travaillé, sinon il n'aurait jamais été capable de la suivre dans la montagne. Elle s'arrêta finalement devant une paroi rocheuse, sur laquelle elle appuya sa main. La pierre se fendit en deux pour les laisser passer. Même s'il se savait en présence d'une amie, l'Anantas ressentit un pincement au cœur, car la reine des Dracos affectionnait aussi ce type de cachettes.

Cédric marcha derrière Andromède dans un couloir arrondi, dans lequel des pierres phosphorescentes fournissaient suffisamment de lumière pour qu'ils voient où ils allaient. Ils aboutirent enfin dans une grande caverne. Des centaines de Pléiadiens vêtus de longues tuniques blanches déambulaient entre des habitations sphériques entièrement construites en pierre blanche. D'autres étaient assis en cercle autour d'un feu et semblaient discuter.

– C'est ici que je suis née, chuchota Andromède à son invité.

– Pourquoi n'y vis-tu plus ? s'étonna Cédric.

– J'ai été exilée.

« Pas étonnant qu'Océane soit rebelle », songea-t-il.

– Fais attention à tes pensées, Cédric. Ici, tout le monde peut les entendre. Et sache que je suis fière que notre fille soit différente des autres.

– Même lorsqu'elle met stupidement sa vie en danger ?

– Tout dépend de l'enjeu. Voyons si je me souviens du chemin qui mène à l'ermitage de Malachias.

Tout en observant ce qui se passait autour de lui, le directeur de l'ANGE suivit la Pléiadienne. Il faisait aussi de gros efforts pour ne pas se parler dans sa tête, mais il ne pouvait s'empêcher de se demander pourquoi Andromède avait été chassée de cet endroit si paisible.

– C'est justement parce que les miens voulaient lui conserver sa sérénité, répondit-elle à sa question silencieuse.

– Ils ne voulaient donc pas que tu élèves des temples égyptiens, des pyramides mayas et des autels mésopotamiens ici ?

– C'est une manie que je n'ai acquise qu'au contact des humains. Ils m'ont demandé d'aller tenter ma chance dans le monde extérieur en raison de mon tempérament progressiste. Ici, les choses se passent de la même façon depuis des milliers d'années. Je voulais seulement les moderniser un peu, ce qui leur a déplu. Bon, nous y voilà.

Cédric ne voyait pas comment elle pouvait différencier un corridor d'un autre, car ils semblaient tous semblables. Il s'engagea tout de même derrière elle en se demandant s'il perdait son temps.

– Celui qui cherche des réponses à ses questions ne perd jamais son temps, le reprit-elle.

Il n'eut pas le temps de rechigner qu'ils arrivaient dans une petite grotte où un homme était assis en tailleur sur un gros coussin qui flottait dans les airs ! Ses longs cheveux blancs descendaient jusqu'à ses genoux. Si c'était bien lui, l'Ancien, on ne voyait pas pour autant de rides sur son visage. Andromède s'agenouilla sur le sol en levant les yeux sur lui. Cédric fit aussitôt de même.

Au bout d'une interminable immobilité, Cédric craignit de passer toute la journée à contempler le vieil homme sur son tapis volant.

– Que fait-il ? murmura-t-il.

– Personne ne le sait, répondit-elle en haussant les épaules.

– Je ne peux pas rester ici plus longtemps, Andromède.

– Attendons encore un peu.

Malachias ouvrit finalement les yeux. Ils étaient aussi bleus et limpides qu'un ciel d'été.

– *Qui recherche mes conseils ?* demanda-t-il sans même remuer les lèvres.

Sa voix ne provenait pas de sa bouche, mais de tous les murs qui les entouraient !

– Andromède, de la maison de Céphée.

– *Que désires-tu, mon enfant ?*

– Nous avons besoin de votre sagesse. On dit que votre connaissance des événements s'étend aussi bien dans le passé que dans le futur.

– *Je ne suis pas un oracle.*

– Nous cherchons la réponse à une seule question, vénérable Malachias. Nous aimerions savoir pourquoi les pacifistes Brasskins brutalisent maintenant les humains.

Le vieil homme garda le silence pendant quelques secondes, mais l'atmosphère dans la grotte s'électrifia. Cédric eut l'impression d'être assis à l'intérieur des circuits d'un ordinateur géant en train de traiter des milliards de données en même temps.

– *Ils ont peur,* déclara finalement Malachias. *Bien des leurs ont péri sous terre lors d'essais nucléaires ou de la détonation d'explosifs durant les dernières guerres. Ils ne veulent pas disparaître, alors ils feront tout pour éviter un autre conflit mondial.*

– Ils encouragent la survie de l'Antéchrist au lieu de nous aider à l'éliminer avant son arrivée au pouvoir, l'informa Cédric.

Le personnage mystique pencha doucement la tête de côté en examinant le compagnon de la Pléiadienne. Cette dernière n'eut pas le temps de faire savoir au reptilien que les étrangers ne pouvaient pas s'adresser directement à cet Ancien.

– *Ils ne comprennent pas la menace qu'il représente. Ils ne s'intéressent pas aux prophéties. Ils ne croient en rien et vivent au jour le jour.*

– Comment pourrions-nous les transformer en de précieux alliés ?

– *Les Brasskins se tourneront vers vous lorsque la situation deviendra insoutenable.*

– Les criminels font la pluie et le beau temps partout à travers le monde, poursuivit Cédric, qui ne comprenait pas le détachement du Pléiadien. Ils tuent des innocents et aggravent sans cesse le problème de la pollution sur toute la planète. S'ils continuent ainsi, tout ce qui vit mourra.

– *Le Prince des Ténèbres mettra à feu et à sang toutes les villes qui lui résisteront, mais l'homme est une créature résiliente.*

Malachias battit alors des paupières comme un homme sur le point de perdre conscience. Son coussin s'éleva jusqu'au plafond, rendant impossible la poursuite de cette intéressante conversation.

– Sortez d'ici immédiatement, ordonna alors une voix de femme.

Cédric fit volte-face, réprimant de son mieux ses instincts reptiliens qui refaisaient toujours surface lorsqu'il s'angoissait ou qu'il avait peur.

– Andromède ! reconnut la gardienne de la montagne, qui se tenait devant l'entrée de la grotte. N'avons-nous pas été clairs lorsque nous t'avons contrainte de quitter ces lieux ?

– Je suis revenue pour une bonne cause. Cet homme…

– Nous ne voulons plus entendre tes divagations, la coupa la Pléiadienne. Si vous ne quittez pas immédiatement notre sanctuaire, il y aura des sanctions.

Cédric ne voulait certainement pas avoir des ennuis qu'il ne serait pas en mesure d'expliquer à l'ANGE. Il incita donc sa compagne à marcher vers l'ouverture circulaire aménagée dans le roc. La gardienne leur céda le passage et les suivit jusqu'à ce qu'ils soient dans la forêt.

– Te sens-tu un tout petit peu plus encouragé ? fit Andromède à l'intention du reptilien.

– Non. Votre Ancien tient le même langage que les prophètes de Yannick.

– Mais qui est donc ce Yannick, à la fin ?

– Il s'agit d'un de mes anciens agents. Il était en réalité un des deux Témoins qui prêchent en ce moment à Jérusalem.

– Je les ai vus l'autre jour à la télévision ! Duquel parles-tu ?

– De celui qui s'appelle Képhas.

Ils entreprirent de retourner à la maison de la Pléiadienne.

– Mieux encore, ajouta Cédric, il a eu une relation avec notre fille, il y a quelques années.

– Elle a vraiment beaucoup de goût.

– Ce n'est pas une question de goût, mais de bon sens, une faculté qui lui fait amèrement défaut. Lorsqu'elle ne s'éprend pas d'un personnage biblique, elle tombe dans les bras d'un Naga ou elle se retrouve dans le lit de l'Antéchrist.

– Les parents ne doivent pas se mêler de la vie sentimentale de leurs enfants, Cédric. Notre devoir, c'est de les élever de notre mieux pour qu'ils prennent de bonnes décisions et qu'ils fassent de bons choix plus tard dans la vie.

– Tu m'as dit toi-même que tu lui avais offert un immense château de glace pour l'un de ses anniversaires et que tu lui avais fait croire qu'elle était une fée qui pouvait utiliser sa baguette magique pour changer les objets en animaux ! Comment pourrait-elle avoir du plomb dans la tête, aujourd'hui ?

– Lorsque nous avons fait ces choses, elle n'était qu'une enfant qui avait besoin de jouer et de rêver.

– Eh bien, pour ton information, l'adulte qu'elle est devenue est toujours incapable de différencier la fantaisie de la fiction. Je suis désolé de t'avoir fait perdre ton temps.

– Tu n'as pas entendu ce que je t'ai dit tout à l'heure à ce sujet.

Il dévala le sentier sans plus l'attendre et se rendit directement jusqu'à sa voiture. Venu chercher des réponses à Saint-Hilaire, il repartait finalement avec davantage de questions. Il retourna sur l'autoroute 20 en réfléchissant aux paroles du vieux Pléiadien. Possédait-il vraiment le don de voir l'avenir ? Cédric remarqua alors qu'une grosse voiture noire semblait le suivre. Pour en avoir le cœur net, il prit la sortie de Saint-Bruno et emprunta plusieurs petites rues au hasard sans arriver à distancer sa filature.

« C'est bien moi qu'ils suivent », comprit-il en quittant le domaine résidentiel à flanc de montagne. Il se dirigeait prudemment vers le boulevard Montarville lorsqu'une seconde voiture, identique à la première, lui barra la route. Effrayés, les quelques passants décampèrent pour ne pas devenir la cible de balles perdues. Conservant son sang-froid, Cédric appuya deux fois sur le cadran de sa montre et descendit de la berline pour faire signe au chauffeur de l'autre voiture de dégager la chaussée. Aussitôt, trois hommes armés en descendirent.

– Que me voulez-vous ? demanda-t-il en feignant l'innocence.

D'autres hommes arrivèrent par-derrière. Il était coincé entre sept voleurs qui pointaient des revolvers sur lui. Ou bien s'agissait-il de policiers zélés ?

– C'est une belle voiture que vous avez là, siffla l'un des brigands. Un modèle récent, c'est plutôt rare.

– Vous pouvez la prendre, je vous la laisse, mais ne me rudoyez pas.

Celui qui avait pris la parole se rapprocha de lui.

– Nous aimons aussi l'argent.

Exalté d'avoir attrapé sa proie, le visage du voleur se couvrit d'écailles vertes pendant une fraction de secondes. Cédric ressentit un impérieux besoin de se défendre, mais résista à la tentation de se métamorphoser. Il retira plutôt son portefeuille de sa poche de veston et le jeta aux pieds du reptilien.

Un autre homme, grand et svelte, sortit alors de la voiture noire et fit reculer ses chiens de chasse. Le sang de Cédric se mit à bouillir.

– Mais où sont vos manières ? les sermonna le nouveau venu en enlevant ses gants en cuir.

« C'est un prince Dracos ! » s'alarma Cédric, qui savait qu'il ne pourrait pas se contenir encore bien longtemps.

– C'est une bien étrange montre que tu portes là, poursuivit le chef de la bande. Donne-la-moi.

Cédric ne bougea pas. Pour le faire obéir, l'un des hommes armés s'approcha de lui en levant le bras, avec l'intention de lui asséner un coup avec la crosse de son arme. Le directeur de l'ANGE entendit alors un craquement sec dans son corps tandis qu'il se métamorphosait. Il n'était plus inhabituel pour les reptiliens d'en détrousser d'autres, mais lorsque le Dracos vit que les écailles sur la peau de celui-là était bleues, il recula aussitôt vers sa voiture.

– Tuez-le ! hurla-t-il en plongeant sur la banquette arrière.

Cédric ne vit pas fuir la deuxième voiture noire, car il s'était déjà précipité sur les Neterou qui ouvraient le feu sur lui. Il saisit le premier, lui cassa le cou et s'en servit comme bouclier jusqu'à ce que tous les barillets des revolvers soient vides, puis ce fut le carnage. En moins de trois minutes, il terrassa les sept voleurs et s'écrasa à quatre pattes sur l'asphalte inondé de sang. En tremblant de tout son corps, il regarda ses mains et les vit redevenir humaines. Utilisant les forces qui lui restaient, il arriva à se remettre debout. Autour de lui gisaient les corps des Neterou, pour la plupart mutilés. Chancelant, il pivota pour retourner à sa voiture et arriva face à face avec Alexa Mackenzie.

– Vous faites vraiment pitié à voir, mais bravo pour l'efficacité.

– Je déteste ce que je suis... hoqueta Cédric.

Elle l'aida à marcher jusqu'à la berline et le fit s'asseoir sur le siège du passager, les jambes à l'extérieur et les pieds bien à plat sur le sol, puis l'examina.

– Vous êtes blessé, constata-t-elle. La balle s'est logée dans votre corps reptilien. Aucun docteur humain ne pourra l'extraire sous votre forme humaine.

– Aidez-moi...

– Vous allez devoir vous transformer à nouveau, le temps que j'extirpe le projectile. Faites-moi confiance.

Ne voulant surtout pas donner un autre choc au docteur Lawson, Cédric fit ce qu'Alexa lui demandait. Les écailles brillantes recouvrirent instantanément son corps. La Brasskins l'imita et utilisa prestement ses griffes acérées pour déchirer les vêtements de l'Anantas au niveau de l'épaule et dégager la balle de revolver. Dès qu'elle l'eut laissée tomber sur le sol, Cédric reprit son apparence normale.

– Ne restons pas ici, décida-t-elle en poussant ses jambes à l'intérieur de la voiture.

Elle lui redonna son portefeuille, referma la portière et s'empressa de s'installer au volant. Sans prendre la peine de contourner les cadavres qui jonchaient le sol, elle fila vers le boulevard, puis sur l'autoroute. Ne se sentant pas suivie, elle arrêta finalement la berline sur l'accotement.

– Votre montre clignote, remarqua-t-elle.

– Le chef de la sécurité tente de me repérer, souffla Cédric, qui se remettait de ses efforts.

– Je n'ai plus de doute sur vos origines, en tout cas. Seul un Anantas peut causer autant de dommages en si peu de temps.

– Je connais un Naga qui ne se débrouille pas trop mal non plus.

– Mais ces assassins font les choses plus proprement, se moqua-t-elle.

– Comment se fait-il que vous ayez été au bon endroit, au bon moment ?

– Comment se fait-il que vous ayez décidé de tuer tous ces reptiliens devant chez moi ?

– Quoi ?

– La maison sur le coin, que vous n'avez certainement pas pris le temps de regarder pendant que vous vous battiez, eh bien, c'est la mienne.

– Êtes-vous en train de vous payer ma tête ?

– Après ce que je viens de voir, je n'oserais jamais.

Il regarda Alexa dans les yeux pendant quelques minutes, ne comprenant pas comment une telle coïncidence était possible.

– Il y a une voiture qui arrive, l'informa-t-elle. Vous ne devez pas être vu avec moi.

Elle ouvrit la portière et s'enfonça sans aucune difficulté dans l'asphalte. Cédric ne chercha même pas à changer de place avec elle. Il demeura affalé sur le siège du passager afin de reprendre son souffle. Glenn Hudson et trois de ses hommes descendirent en vitesse de leur voiture garée derrière la berline, armes au poing. Ils les rengainèrent après avoir constaté que le directeur était seul et se placèrent de façon à ne pas laisser un autre véhicule s'approcher. Hudson ouvrit la portière et ne cacha pas sa surprise en voyant les vêtements déchirés et la mine épouvantable de son patron.

– Que vous est-il arrivé ? s'alarma-t-il.

– Ramenez-moi à la base, ordonna Cédric en fermant les yeux.

...016

Aodhan avait perdu le prophète de vue après sa conférence au centre sportif, car ce dernier avait été submergé par une vague de journalistes. L'agent de l'ANGE et ses trois recrues étaient demeurés tout près, aux aguets, de manière qu'un tireur fou n'en profite pas pour abattre Cael Madden. Mais rien de tel ne s'était produit. Au contraire, la foule emballée avait surtout chanté des hymnes de paix en son honneur en quittant l'aréna. Madden avait ensuite été poussé dans une voiture même s'il avait exprimé le vœu de marcher, puis reconduit à son hôtel. C'est là que l'Amérindien parvint à le rattraper. Il frappa quelques coups à la porte de sa chambre. Cael lui ouvrit, le visage rayonnant de bonheur.

– Je savais que tu finirais par arriver, lui dit le prophète en le laissant entrer. Où sont tes jeunes amis ?

– Je les ai laissés en bas, pour pouvoir te parler seul à seul.

Cindy n'eut pas besoin qu'on le lui demande. Elle quitta sa confortable position sur le sofa et rejoignit les deux hommes.

– Je vais en profiter pour faire plus ample connaissance avec eux, annonça-t-elle.

Elle embrassa Cael sur la joue en passant et quitta la chambre. Dès qu'elle fut partie, Aodhan se tourna vers le prophète.

– Pourquoi moi ? demanda-t-il finalement.

– Parce que tu as accepté, lorsque tu étais enfant, de venir en aide à Dieu. Il considère que tu as maintenant toutes les qualités requises pour devenir l'un de ses meilleurs bergers.

– Mon travail ne me permettra pas de m'occuper convenablement de ces gens.

– Tu devras donc faire un choix entre la prédication et l'espionnage.

– Mais les deux sont importants.

Aodhan alla s'asseoir sur le sofa, désorienté.

– Combien y a-t-il d'agents dans ton agence ? s'enquit Cael.

– Il y en a au moins un millier.

– Et combien y a-t-il de bergers sur Terre ?

Aodhan ne répondit pas. Cela aurait été bien inutile. Madden venait de lui ouvrir les yeux d'un seul coup.

– Je n'exigerai jamais que tu abandonnes ce que tu aimes le plus au monde, ajouta-t-il. C'est toi qui devras prendre cette décision en ton âme et conscience.

– Et si je n'y arrive pas ?

– Alors ses brebis se disperseront et plusieurs seront perdues.

– Tu ne me rends vraiment pas la vie facile.

– Contrairement à ce que la publicité tente de nous faire croire, nous ne sommes pas nés pour mener une vie de plaisirs infinis dans un corps parfait. Il faut gagner son salut en cessant de s'intéresser à son propre nombril et en tendant plutôt la main aux autres, chaque fois que c'est possible. C'est ce que Dieu demande au commun des mortels. Mais il lui arrive de rencontrer des hommes et des femmes exceptionnels à qui il demande un peu plus d'efforts.

– Comme toi…

– Et toi.

Cael prit place sur le sofa, à côté de l'Amérindien.

– Aodhan, tu te tortures pour rien, alors que la réponse se trouve déjà au fond de ton cœur. Prends le temps d'aller voir ce qui s'y cache.

– Je ne serai jamais capable de parler aux gens comme tu le fais.

– Dieu ne te demande pas d'être moi. Il te demande d'être toi. Tu as déjà ton propre style, alors garde-le. Laisse les mots sortir de ta bouche comme une pluie d'étoiles dorées.

L'agent de l'ANGE soupira avec découragement.

– En t'adressant à eux aussi souvent que tu le pourras, que ce soit en personne ou grâce à des moyens modernes, tu parviendras à en sauver plusieurs. C'est tout ce que Dieu attend de toi. Il sait très bien que la plupart de ceux qui n'ont pas été ravis ont des âmes sombres et bien souvent perdues. Mais il y a aussi des gens qui n'ont pas suivi les élus uniquement parce qu'ils étaient dans le doute. Ce ne sont pas de mauvaises personnes. Elles ont besoin de nous.

Cael prit les mains d'Aodhan et les serra vigoureusement.

– Ce que je fais, tu peux aussi le faire, lui dit-il. Partout où je suis passé depuis que Dieu m'a confié ma mission, j'ai laissé derrière moi un apôtre pour poursuivre mon travail. J'aimerais qu'à Montréal, ce soit toi.

L'Amérindien ressentit une inexplicable chaleur pénétrer ses paumes et remonter le long de ses bras, jusqu'à ce qu'elle atteigne sa poitrine.

– Qu'es-tu en train de me faire ?

– Je tente de te faire sentir la puissance de ton Créateur. Libre à toi de l'accepter.

Cael libéra ses mains et alla chercher deux bières dans le petit réfrigérateur de la suite. Sans lui demander s'il avait envie de trinquer avec lui, il déposa l'une des bouteilles froides dans la main du futur berger. Il décapsula ensuite la sienne et en but presque la moitié d'un seul coup.

– Quand on parle beaucoup, on a toujours soif, déclara-t-il le plus normalement du monde.

Il était vraiment déroutant quand il passait ainsi du prophète à l'homme de trente ans qui voulait tout essayer.

– Pourquoi dois-tu aller à Jérusalem ? voulut savoir Aodhan.

– Pour préparer la voie à son Fils, évidemment.

– Tu n'es donc pas la réincarnation de Jésus ?

Cael secoua négativement la tête.

– Mais c'est ce que tout le monde croit, l'informa l'Amérindien.

– Alors, ils se trompent de prophète.

– Es-tu la réincarnation d'un autre personnage biblique ?

– Oui, et bientôt, vous saurez lequel. En attendant le grand jour de cette révélation, je dois m'assurer que mon troupeau ne sera pas dévoré par les loups en mon absence.

– Laisse-moi y penser encore un peu.

– Tu as jusqu'à mon départ pour m'informer de ta décision.

o

Cindy ne s'était pas du tout offusquée lorsque son ancien collègue avait demandé à parler à Cael seul à seul. Au contraire, elle avait sauté sur l'occasion pour aller rencontrer les trois recrues de l'ANGE de Montréal. Elle les trouva assises à la réception, en train d'observer les gens qui entraient et sortaient de l'hôtel, une habitude du métier qui allait pour toujours faire partie de leur personnalité. Elle se planta d'abord devant les garçons.

– Bonjour, Shane, fit-elle joyeusement en lui tendant la main. Je m'appelle Cindy Bloom.

Elle se présenta aussi à Jonah et à Mélissa.

– Nous n'avons pas vraiment eu le temps de bavarder depuis ce matin, ajouta-t-elle en s'asseyant devant eux. Comment cela se passe-t-il pour vous ?

– Ce n'est pas tout à fait ce à quoi nous nous attendions, avoua Jonah.

– C'est différent de la formation qu'on nous donne, tu veux dire ?

– Nous sommes conscients que la situation mondiale a changé depuis notre séjour en Colombie-Britannique, renchérit Shane, mais nous pensions être envoyés plus tôt sur le terrain.

– Votre directeur est un homme bien trop prudent pour vous exposer trop rapidement à des dangers auxquels vous ne sauriez pas réagir, expliqua Cindy. J'en sais quelque chose.

– Peux-tu nous parler de ton expérience pour nous encourager un peu ? demanda Mélissa.

– Montréal était une ville tranquille quand j'y ai été affectée, et malgré tout, Cédric a tenté de me ménager. Il m'a jumelée à une agente expérimentée pour qu'elle me serve de modèle.

– Il agit donc ainsi avec tous ses agents, conclut Jonah. Cela n'a rien de personnel.

– Cédric est un homme réfléchi, c'est tout. Il a l'habitude de faire travailler ses recrues sur des dossiers faciles, comme celui des Faux Prophètes, par exemple...

En prononçant ces mots, Cindy se demanda si Cédric les avait assignés à la protection de Madden parce qu'il considérait qu'il était justement un faux prophète !

– Quel genre de chef est-il ? s'enquit Mélissa.

– Il est intelligent, honnête et exigeant. Aucun directeur n'est plus à cheval que lui sur les règlements. Il est capable de prendre une décision très rapidement, mais il a parfois du mal à s'adapter aux circonstances de cette dernière par la suite. C'est pour cette raison qu'il a besoin d'agents plus flexibles que lui. Il est impossible de ne pas devenir un super agent sous sa direction.

– S'il est aussi génial, pourquoi lui as-tu remis ta démission ?

– Une petite voix dans ma tête m'a dit de suivre Cael.

Les trois agents échangèrent un regard inquiet. On leur avait souvent recommandé de faire confiance à leur intuition, mais de consulter immédiatement le médecin de la base lorsqu'il leur venait des idées bizarres.

– Que fais-tu au juste pour Cael ? l'interrogea encore Mélissa.

– Je suis sa principale source d'inspiration.

– Les prophètes ne sont-ils pas censés s'inspirer de Dieu ? s'étonna Shane.

– Oui, bien sûr, mais Cael n'est pas comme tous ceux qui l'ont précédé, le défendit Cindy. Il a des dons qui dépassent l'entendement. Il a vu quelque chose en moi dont il avait absolument besoin, alors je l'ai suivi.

– Une occasion de satisfaire ses désirs, peut-être ? la piqua Jonah.

– Il ne m'a jamais demandé de coucher avec lui, si c'est ce que vous voulez savoir.

– Alors là, il n'est vraiment pas normal, cet homme, lança Shane en admirant les atours de l'ancienne espionne.

– Ne savez-vous pas que derrière chaque grand homme, il y a une petite femme ?

– Quand ils ne la touchent pas, c'est parce qu'il s'agit de leur mère, poursuivit Shane, taquin.

– Vous ne comprenez pas ma situation.

– C'est pour cela que nous te posons des questions, lui rappela Mélissa. Il est inquiétant pour trois recrues de voir une agente aussi compétente que toi lâcher l'Agence pour les beaux yeux d'un prétendu prophète.

– C'est vrai qu'il a de beaux yeux, mais ce n'est pas pour cette raison que je suis partie. J'avais écouté toutes ses conférences et j'avais lu tout ce qu'on avait écrit sur lui. Il y avait dans ses paroles un petit je-ne-sais-quoi qui m'a convaincue de faire quelque chose de plus important dans la vie.

– En retournant à la base, remettons notre démission et suivons le prophète à Jérusalem ! s'exclama Shane.

– Arrête de faire l'imbécile, l'avertit Mélissa.

– Vous avez assisté à la conférence tout à l'heure, alors pourquoi ne comprenez-vous pas la portée de son message ? s'étonna Cindy.

– Ne les écoute pas, tenta de la rassurer Mélissa. Moi, j'essaie réellement de comprendre ce qui s'est passé dans ta tête.

– Il n'y a rien à comprendre, affirma Cindy. J'ai ressenti une impulsion et je l'ai suivie, c'est tout. J'en subirai les conséquences si elle se révèle mauvaise.

– Que pourrait-il t'arriver dans les bras d'un messager de Dieu ?

– Jusqu'à présent, c'est plutôt magique, en effet.

– La magie, c'est le sel de la vie, laissa tomber Jonah en tentant de demeurer sérieux.

– Voulez-vous bien respecter son choix ? se hérissa Mélissa.

Cindy se leva en s'efforçant de ne pas laisser paraître son mécontentement.

– Je suis vraiment heureuse d'avoir fait votre connaissance, fit-elle en affichant un sourire factice. Peut-être nos chemins se croiseront-ils à nouveau. Je vous souhaite une longue carrière à l'Agence.

Elle se perdit dans ses pensées, tandis qu'elle marchait vers l'ascenseur. « Cédric les a-t-il envoyés ici pour prendre Cael en défaut ? » se demanda-t-elle. Il avait jadis fait la même chose pour Éros...

Furieuse contre ses collègues, Mélissa planta un regard meurtrier dans les leurs.

– Je ne travaillerai pas longtemps avec des idiots, les menaça-t-elle.

– Il est évident que cette fille n'a pas... commença Shane.

– Tais-toi !

– Bon, si tu le prends comme ça.

Mélissa se mit à surveiller les portes de l'ascenseur dans lequel Cindy venait de s'engouffrer, espérant voir bientôt arriver Aodhan.

...017

Thierry Morin n'avait jamais connu un sentiment si profond de paix avant de se réfugier dans le monastère creusé dans les falaises. Il avait inversé son rythme de vie pour dormir le jour, lorsque la chaleur devenait insoutenable, et faire pratiquer ses apprentis dans la soirée, lorsqu'un vent de fraîcheur balayait les anciennes constructions. Il surveillait de près la formation martiale des jeunes Nagas, mais pour le reste, il les encourageait à penser par eux-mêmes. Darrell nécessitait plus d'attention que Neil. En fait, ce dernier aurait fort bien pu commencer à traquer par lui-même, car il possédait toutes les qualités requises. Darrell avait trop de sang Pléiadien en lui. Thierry craignait qu'il ne prenne ses ennemis en pitié et ne se fasse tuer dès ses premières chasses.

Le soleil venait de se lever. Le *varan* ne savait plus exactement quel jour il était. En réalité, cela lui importait peu. Il calculait désormais le temps en suivant les progrès de ses protégés. Dès qu'ils seraient enfin prêts, il les laisserait partir pour qu'ils tuent le plus de Dracos possible jusqu'à la fin de leur vie. Quant à lui, il retournerait à Jérusalem pour retrouver l'assassin de Silvère.

Il se souvint alors avoir parié avec Océane qu'il tuerait l'Antéchrist avant elle. « Mon orgueil a encore parlé avant ma raison », constata-t-il. Depuis que la sagesse de son ancien mentor s'était intégrée à ses pensées, il ne ressentait plus l'impatience de ses jeunes années. Silvère lui avait répété des milliers de fois depuis son enfance qu'il ne servait à rien de précipiter les choses, car elles n'arrivaient que lorsque l'univers les mettait en place. Décidé dès son jeune âge à dominer son environnement et ses propres gestes, Thierry n'avait pas compris ce conseil, autrefois. À présent, c'était lui qui le martelait dans le crâne de Neil…

Assis à l'ombre sur le balcon d'une ancienne chapelle, le dos appuyé contre une colonnade, il regardait couler l'eau de la fontaine. Ses élèves étaient partis avant l'aube pour trouver de la nourriture. Ils arrivaient toujours à en ramener et pourtant, ils n'avaient rien à échanger contre les vivres qu'on leur donnait. « Comment s'y prennent-ils ? » se demanda le *varan*. À leur âge, il s'était emparé de ce dont il avait besoin en ignorant la loi du juste retour. « Est-ce pour cette raison que je souffre tant aujourd'hui ? »

Incapable de s'en empêcher même s'il savait que cet amour était désormais impossible, Thierry se remit à penser à Océane. D'un seul sourire, elle avait fait fondre toutes ses réticences, alors que les traqueurs ne devaient jamais céder aux charmes des femmes. Ces assassins solitaires n'avaient qu'un seul but dans la vie, celui de pourchasser des Dracos. Rien ne devait les en empêcher.

Il se rappela l'air innocent sur le visage de l'agente de l'ANGE lorsqu'il l'avait interrogée pour la première fois au poste de police. Ils s'étaient ensuite croisés à plusieurs reprises, comme si le destin avait fait en sorte qu'ils soient ensemble. « Où en serions-nous si elle n'avait pas été enlevée par mes ennemis ? » se questionna-t-il. Il lui était évidemment impossible de répondre à cette question. Pour la première fois, Thierry parvint à penser à Océane sans ressentir d'émotion. « Était-ce ainsi que mon maître voyait toute chose ? » Il n'était donc pas étonnant qu'il n'ait pas compris les impulsions de son meilleur *varan*.

Il réfléchissait à la possibilité de redevenir un jour amoureux lorsque les deux jeunes Nagas émergèrent du mur, à l'autre extrémité de l'enceinte. Ils étaient chargés comme des mulets. Immobile comme un fauve à l'affût, Thierry les observa tandis qu'ils avançaient vers les bâtiments. En plus de leurs besaces bien remplies, les garçons transportaient des gourdes, des couvertures et même de petites valises...

Les apprentis déposèrent fièrement leur butin et se mirent à genoux devant leur maître.

– Mais où avez-vous déniché tout ceci ? s'étonna Thierry.

– Nous avons eu de la chance, aujourd'hui, répondit Neil.

– Nous sommes tombés sur une caravane, ajouta Darrell.

– Que leur avez-vous offert en échange ?

– Nos corps, plaisanta Neil.

– Quelle est la première obligation d'un apprenti envers son maître ?

– De toujours lui dire la vérité, chantonna Darrell.

– Bon, ce n'étaient pas nos corps, se rétracta Neil.

– Êtes-vous ivres ? s'inquiéta Thierry.

– Juste un peu, affirma Darrell. Les étrangers nous ont offert du vin.

– Pourquoi ?

– Ils pensaient que nous étions des pèlerins. Ils nous ont donné des couvertures pour les nuits froides dans le désert.

– Et des valises ?

– Non. Nous les avons eues ailleurs.

« Pourquoi me répondent-ils de façon évasive ? » se méfia Thierry.

– Racontez-moi tout depuis le début.

Les Nagas échangèrent un regard inquiet.

– Darrell ?

– En émergeant du sable, nous avons d'abord vu une caravane de nomades. Ils nous ont demandé si nous voulions voyager avec eux. Nous leur avons dit que nous nous trouvions dans le désert pour méditer, alors ils nous ont offert de la nourriture et ils ont insisté pour boire à notre succès.

– Et puisque vous n'êtes pas habitués à boire...

– Les rayons de plus en plus ardents du soleil n'ont pas aidé les choses, précisa Neil.

– Jugeant que nous avions suffisamment de nourriture pour quelques jours, nous avons entrepris de rentrer malgré nos pas incertains. C'est à ce moment que les rapaces ont fondu sur nous.

– Les nomades ? s'alarma Thierry en se redressant.

– Non. Deux princes Dracos qui voyageaient dans une automobile.

« Ils les ont donc flairés de loin », comprit le mentor.

– Je sais à quoi tu penses, Théo, se risqua Neil, et tu t'inquiètes pour rien. Laisse-moi te raconter comment ça s'est passé. Nos sens étant un peu engourdis, nous ne les avons pas flairés à temps. Je reconnais que nous n'aurions pas dû accepter d'alcool, mais notre griserie passagère ne nous a pas du tout empêchés de réagir comme tu nous l'as enseigné. Nous les avons tués tous les deux et nous avons enterré leur véhicule.

– Ont-ils eu le temps de signaler votre présence à d'autres Dracos ?

– Nous n'avons trouvé aucun téléphone, ni sur eux ni dans l'automobile.

« Au moins, ils ont eu le réflexe de le vérifier », se calma le *varan*.

– Ce que nous tentons de te dire, c'est que nous avons laissé nos réflexes nous guider pour la première fois depuis le début de notre entraînement. Nous avons cessé de réfléchir et nous avons fait le travail pour lequel nous avons été conçus.

Le mentor ne savait plus s'il devait être fier d'eux ou leur exprimer sa contrariété.

– Et s'ils avaient été des rois ? s'entendit-il demander.

– Le combat aurait certainement été plus long, admit Darrell, mais je pense que nous aurions triomphé.

– La dernière chose que je veux, c'est que vous risquiez inutilement votre vie.

– Mais ce sont eux qui nous ont attaqués ! se fâcha Neil.

Tout comme Silvère jadis, Thierry demeura impassible face à la colère de son élève. Il ne servait strictement à rien de jeter de l'huile sur le feu. Il n'ouvrit la bouche que lorsqu'il sentit que Neil avait repris son sang-froid.

– Ce qui me trouble dans cette histoire, c'est le lien qui pourrait exister entre ces nomades qui vous ont fait boire et les deux Dracos qui vous ont ensuite surpris, avoua le *varan*.

– Nous avons eu notre leçon, sois-en certain, assura Darrell.

– Avez-vous été blessés ?

Ils hochèrent tous les deux la tête négativement. De toute façon, Thierry le saurait assez vite en les observant à l'entraînement.

– Avez-vous…

Le mentor n'eut pas le temps de terminer sa phrase que Neil sortait de ses poches un bocal en verre dans lequel reposaient les glandes des deux princes.

– Si vous continuez de la sorte, je vais très bientôt devoir vous affranchir.

– Mais ce n'étaient pas des rois, lui rappela Darrell.

– Tu vas les avaler ? voulut savoir Neil.

– Oui, mais seulement après votre entraînement, ce soir. Je veux savoir pourquoi ces Dracos se baladaient sur la route de Jéricho sans escorte ni esclaves.

– Pourrions-nous manger, maintenant ? se lamenta Darrell. Je meurs de faim.

Thierry n'eut qu'à faire un mouvement de la tête pour qu'ils sortent tout ce qu'ils avaient obtenu des nomades. Il mangea un peu de viande séchée, des dattes et un petit gâteau de semoule, regrettant l'époque où il se nourrissait de biftecks. Neil déboucha ensuite une gourde, y ajouta un peu de poudre d'or, puis la tendit à son maître.

– Je suis certain que tu en reconnais l'odeur, l'encouragea Neil.

Thierry but le liquide chaud des Dracos à petites gorgées. Jamais il ne deviendrait un être humain, et ce, malgré sa capacité d'adopter cette apparence et tous ses efforts pour se comporter de façon civilisée. Son cerveau reptilien était celui d'un prédateur, d'un buveur de sang, d'un mangeur de chair...

– Nous t'avons apporté un autre présent, indiqua Darrell en lui tendant un journal. Il est en anglais et il se trouvait sur la banquette arrière de la voiture des Dracos.

– Lis-m'en les grands titres, veux-tu ?

Le jeune Naga l'ouvrit sur le sol devant lui.

– Voyons voir... On ne sait toujours pas qui a lancé les missiles.

– Avec tous les systèmes de détection que possède chaque pays, je trouve cela plutôt étrange, commenta Neil en mangeant. Tes amis espions doivent en savoir quelque chose, Théo.

– Peut-être bien, mais je n'ai aucune façon de communiquer avec eux. Darrell tourna les pages du quotidien.

– De plus en plus d'espions sont arrêtés et exécutés dans les pays de l'Union eurasiatique, lut-il.

– J'espère que ce sont des Dracos, au moins, fit Neil.

– Le gouvernement israélien s'inquiète de l'influence qu'exercent les Témoins de Dieu sur sa population.

– C'est une bonne nouvelle, laissa échapper Thierry, les yeux mi-clos.

– Un membre de l'entourage d'Asgad Ben-Adnah a été enlevé, et cette tragédie retarde la date de son mariage.

Le *varan* écarquilla les yeux, sortant instantanément de sa somnolence.

– Qui doit-il épouser ? demanda-t-il.

– Une Française qui travaille pour lui. Elle s'appelle Océane Orléans.

Thierry déposa la gourde et s'enfonça dans le mur derrière lui. Les jumeaux se consultèrent du regard et le suivirent. Ils le trouvèrent assis dans un coin, tout au fond de la chapelle. Prudemment, ils s'agenouillèrent devant lui.

– Je veux être seul, murmura le mentor.

– C'est la femme que tu aimais, n'est-ce pas ? s'enquit Darrell en faisant fi de son avertissement.

– Pourquoi épouse-t-elle cet Anantas ? le pressa Neil.

– Parce que les Nagas sont des assassins qui ne doivent avoir aucune attache ? renchérit son jumeau.

– Entre autres, se résolut à répondre Thierry. On lui a aussi demandé de tuer cet homme.

– Dans ce cas, c'est une excellente façon de pouvoir l'approcher sans qu'il soit entouré de gardes du corps, concéda Neil.

Contrairement à son frère, Darrell vit que cette possibilité ne réjouissait guère leur maître.

– Qu'arrivera-t-il si elle n'y parvient pas ? voulut-il savoir.

– Je devrai vous quitter pour le faire à sa place.

– Maître Silvère a essayé et il s'est fait tuer.

– Il y a d'autres façons de se débarrasser d'un homme, Darrell.

– Et si tout le monde le manque ? s'assombrit Neil.

– Alors les humains disparaîtront de la surface de la Terre, car ses démons les dévoreront tous.

– Qu'adviendra-t-il des reptiliens ? demanda Darrell.

– Ils se battront entre eux pour la domination du monde, les Dracos en tête.

– Nous n'arriverons jamais à exterminer tous leurs rois avant l'avènement de l'Antéchrist.

– À moins que tous les traqueurs ne se mettent à travailler ensemble, déclara Neil, surtout pour lui-même.

– Il n'y en a qu'une centaine sur cette planète, et ce sont des loups solitaires, rappelez-vous, les arrêta Thierry. C'est ainsi qu'on les a programmés.

– Dis-nous ce que tu sais à leur sujet, insista Darrell.

Avant l'ingestion de la glande de Silvère, Thierry aurait eu de la difficulté à leur répondre, mais cette connaissance se trouvait dans la mémoire du vieux Naga.

– Il y a deux pouponnières qui produisent les redoutés traqueurs : une dans le mont Shasta, en Californie, et l'autre dans le mont Saint-Hilaire, au Québec.

Les deux jeunes avaient déjà visité ce second refuge des Pléiadiens lorsque leur mentor avait décidé d'arracher son meilleur élève des griffes de Perfidia. Ils possédaient donc déjà une image mentale de ce type d'installations.

– Grâce aux diverses manipulations génétiques qu'ils effectuent depuis des milliers d'années sur les embryons obtenus par le croisement de mères Pléiadiennes et de pères Dracos, ils arrivent à produire une centaine de bons sujets à chaque génération.

– Que font-ils des rejets ? demanda Neil.

– Ils sont envoyés dans des orphelinats, lorsqu'ils sont viables.

– Il y a donc des parents humains qui élèvent de petits Nagas sans le savoir ?

– C'est exact.

– Qu'en est-il des familles qui nous ont élevés, Neil et moi ?

– Il y a de fortes chances qu'elles soient Pléiadiennes ou qu'elles fassent partie de leurs alliés. Mais revenons à notre sujet. Puisque les gènes des mères Pléiadiennes sont dominants, tous les traqueurs ont des traits communs.

– Ils sont blonds comme nous, devina Neil.

– Et ils ont les yeux bleus, ajouta Thierry. Leurs caractéristiques physiques font souvent croire qu'ils sont d'origine scandinave, mais ils sont élevés dans tous les pays du monde.

– Même au Japon ?

– Il y en a deux là-bas, affirma le mentor.

– Ils doivent détonner parmi tous ces Asiatiques, plaisanta Darrell.

– En effet, confirma Thierry sans relever l'humour du commentaire. Mais rappelez-vous qu'ils ne sont pas confiés à n'importe qui et qu'ils ne sont pas élevés comme tous les autres enfants.

– Y a-t-il d'autres jumeaux comme nous ?

– Non. Vous êtes les premiers. Les savants ne savent pas encore ce qui s'est passé.

– Si je comprends bien, fit Darrell, je pourrais facilement reconnaître un traqueur si j'en rencontrais un, que ce soit en Afrique, au Mexique ou en Russie, c'est cela ?

– C'est exact.

– Cela t'est-il déjà arrivé ?

– Non, parce que les mentors comme Silvère reçoivent leurs ordres d'une hiérarchie supérieure qui s'assure que les *varans* ne se marcheront pas sur les pieds.

– Ce serait aussi inefficace que deux joueurs de football de la même équipe qui voudraient s'emparer d'un même ballon, réfléchit Darrell tout haut.

– Exactement, acquiesça Thierry.

– Pourrions-nous les retrouver ? s'enquit Neil.

– Seuls les mentors savent où ils chassent, et seuls les seigneurs *malachims* connaissent les mentors.

– À présent que tu possèdes la connaissance de maître Silvère, vont-ils s'adresser à toi ?

– Je l'ignore, Neil. Peut-être savent-ils que vous n'êtes pas encore prêts à traquer par vous-mêmes. Peut-être ignorent-ils que j'ai avalé sa glande. Ma mission, pour l'instant, est de vous former jusqu'à ce que vous soyez de dangereux *varans*. Alors je vous conseille de dormir un peu, car ce soir, je ne vous ménagerai pas.

– Enfin ! s'exclama Neil.

Darrell, moins exubérant, se contenta de hocher doucement la tête.

...018

Ce n'est qu'une fois assise devant une table, sur laquelle s'étalaient tous les types imaginables de faire-part, qu'Océane comprit qu'elle était sérieusement envoûtée par Asgad Ben-Adnah. Puisqu'il n'y avait rien de trop beau pour la femme qui allait partager sa vie, l'Anantas avait retenu les services d'une firme qui se spécialisait dans l'organisation de mariages pour les gens très riches. Sans qu'Océane n'ait eu à remuer le petit doigt, des préposés s'étaient succédé pour lui montrer des photographies de robes blanches, de diadèmes, de souliers, de bouquets de fleurs, de décorations, de gâteaux de mariage et de salles de réception. Ils en étaient arrivés aux cartons d'invitations immaculés écrits avec de l'encre dorée.

Benhayil se tenait debout derrière Océane, approuvant ses choix avec le plus grand tact. Asgad lui avait demandé d'accompagner sa fiancée, probablement parce que c'était lui qui tenait les cordons de sa bourse. Les deux gorilles assignés à sa protection étaient plantés devant la porte, l'air absent. « Ils sont drôlement bien payés pour des hommes qui ne font strictement rien », songea Océane en leur jetant un coup d'œil.

– Madame ? fit la vendeuse pour la rappeler à l'ordre.

– Ils sont très beaux, se contenta de répondre la future mariée.

Pendant qu'elle choisissait tous les ingrédients nécessaires à un événement retentissant, Asgad recevait chez lui les chefs de police du pays, ainsi que des détectives privés qui devaient lui faire un rapport de leur enquête au sujet de la disparition d'Antinous. « Je leur souhaite d'avoir des pistes à lui présenter », pensa Océane, qui avait déjà remarqué le caractère explosif de l'Anantas.

Lorsqu'on n'eut plus rien à leur montrer, Benhayil s'isola avec le patron de la firme pour discuter de la facture. En dehors du fait qu'il était sa cible à abattre, Océane devait admettre qu'Asgad était un amant fantastique et un homme entièrement dévoué à celle qui avait conquis son cœur. « La vie est vraiment injuste », déplora l'ancienne agente. Elle resta sagement assise sur la bergère jusqu'à ce que le secrétaire de son futur époux revienne vers elle.

– Voilà, c'est réglé.

– Puis-je retourner au travail, maintenant ?

– Monsieur Ben-Adnah ne vous en voudrait pas de prendre une journée de congé.

– Je n'ai pas vraiment envie de me retrouver dans une maison fourmillant de policiers.

– Ils devraient tous être partis en début d'après-midi, puisque monsieur Ben-Adnah a un autre rendez-vous après le déjeuner.

– Je serai donc de retour à ce moment-là.

Océane remercia tous les vendeurs qui s'étaient alignés devant elle et pivota vers ses gardes du corps. Ils lui ouvrirent d'abord la porte de l'établissement, puis celle de la limousine. « Tant qu'ils ne prennent pas l'habitude de m'ouvrir aussi celle de la salle de bains, je vais rester calme », se dit-elle en prenant une profonde inspiration.

Elle fut d'abord conduite sur le site du nouveau Temple de Salomon. En descendant de la voiture, elle entendit tout de suite les cris de protestation que poussait le chef des travaux à l'intention d'un groupe d'inspecteurs de la ville. Sans attendre ses gorilles, Océane se rendit rapidement sur place pour voir de quoi il retournait.

– Que se passe-t-il, Tsalaf ?

– Ils ont trouvé des ossements dans la tour et ils veulent arrêter les travaux ! s'exclama l'homme, dans tous ses états.

– Nous n'avons pourtant rien vu lorsque nous avons creusé pour asseoir les fondations.

– C'est ce que je leur dis depuis une heure ! Ce ne sont pas de vieux squelettes ! Je leur ai dit qu'ils pouvaient les emporter, mais ils veulent que nous ne touchions plus à rien !

– Montrez-moi où ils se trouvent.

Le chef des travaux la guida jusqu'à la tour est de la muraille en continuant à marmonner. Il n'était pas sans savoir que le moindre retard dans l'achèvement des constructions pourrait lui coûter très cher. Océane entra dans la tour carrée. Des lampes accrochées au mur éclairaient bel et bien des crânes et des tibias d'apparence humaine. La jeune femme se pencha sur les ossements et les examina de plus près. Des marques de dents à la surface de plusieurs d'entre eux confirmèrent ses soupçons. Ils avaient été mangés par un animal ou par un reptilien…

– Appelez la police, ordonna-t-elle à Tsalaf.

– Cette affaire concerne la Direction des antiquités, protesta l'un de ses représentants.

– Il ne s'agit pas d'un site archéologique, mais d'une scène de crime. Tsalaf, faites ce que je vous dis.

Soulagé, le chef du chantier sortit de la tour en aboyant ses ordres. Même si la plupart des inspecteurs de police avaient répondu à l'appel d'Asgad, il en vint tout de même un avec son équipe pour photographier les lieux et confirmer que les squelettes étaient bel et bien récents. Océane demeura en retrait jusqu'à ce que les ossements soient emportés, puis réunit les ouvriers effrayés.

– Manque-t-il quelqu'un à l'appel, Tsalaf ? lui demanda-t-elle.

– Non, personne, affirma l'homme d'une voix forte.

– Les pauvres gens qui ont été tués dans cette tour sont probablement des mendiants qui ont été attirés ici, ajouta Océane en regardant tous les travailleurs à tour de rôle. Vous n'avez absolument rien à craindre.

« Sauf les Dracos », pensa-t-elle, mais elle jugea préférable de ne pas leur en parler. Dès qu'ils furent retournés à leur poste, la jeune femme se rendit d'un chantier à un autre pour vérifier que tout était revenu à la normale.

Elle termina finalement sa journée de travail assise sur une grosse pierre que l'on n'avait pas encore hissée dans la muraille et contempla le coucher de soleil. Ce spectacle faisait partie des petits plaisirs gratuits de la vie que la plupart des gens ne savaient plus savourer. Ses deux gardes du corps, habituellement silencieux, vinrent lui annoncer qu'il était temps de rentrer. Océane marcha donc d'un pas lourd vers la limousine comme si on la menait à une cage.

Sur la banquette arrière de la grosse voiture, elle ramena ses genoux sous son menton et fit semblant de regarder dehors. En réalité, elle échafaudait des plans d'évasion. « Adielle a raison, songea-t-elle. Je n'arriverai jamais à tuer cet homme. » Tout ce qu'elle désirait, maintenant, c'était de s'éloigner à tout jamais de cet Anantas qui lui enlevait tous ses moyens. Elle retournerait au Québec en passant par la France pour effacer ses traces, puis s'enfermerait à tout jamais dans la maison d'Andromède, où rien ni personne ne pourrait l'importuner. Adielle aurait alors le champ libre et entrerait dans l'histoire après avoir assassiné l'Antéchrist.

Ragaillardie par sa nouvelle détermination, Océane rentra à la villa sans mettre le nez au salon, bondé de représentants de la loi qui continuaient à faire part à Asgad des pistes qu'ils avaient suivies. Elle grimpa à sa chambre et se demanda ce qu'elle pourrait emporter en souvenir. Elle ouvrit sa penderie et tous ses tiroirs, caressant ses beaux vêtements et ses bijoux, puis décida de ne rien prendre. La seule façon d'oublier cette vie de reine, c'était de tout laisser derrière elle. Afin de pouvoir prendre l'avion, elle glissa son passeport dans son sac à main et chercha dans l'annuaire le numéro de la compagnie aérienne qui l'aiderait à s'échapper en France. Pas question cependant de faire des appels dans cette maison, où les murs avaient des oreilles.

Elle se trempa dans l'eau parfumée du bain pendant un long moment, puis enfila une belle robe rouge comme elle l'aurait fait normalement. Il était important que son fiancé ne se doute de rien. Au bout d'un moment, le bourdonnement des voix cessa au salon, et Asgad la rejoignit dans la chambre. Il était las et surtout découragé.

– Ils te disent n'importe quoi, n'est-ce pas ? déplora-t-elle en se poudrant le nez devant le miroir.

– Beaucoup de jeunes gens répondent au signalement d'Antinous.

– Mais très peu s'habillent comme lui. Je ne peux pas croire que personne ne l'ait vu. As-tu reçu une demande de rançon ?

– Non, rien du tout.

Il lui entoura la taille de ses bras musclés et s'appuya contre son dos, abattu. Océane sentit frémir tout son corps. « Les Anantas doivent secréter des phéromones qui magnétisent les autres Anantas… » raisonna-t-elle en fermant les yeux.

– Le repas est prêt, chuchota-t-il à son oreille. Je n'ai pas faim, mais je veux m'asseoir à table avec toi.

« Il ne me rend vraiment pas les choses faciles », se dit-elle en le suivant jusqu'à la salle à manger. Le couvert d'Antinous avait été mis comme chaque soir au cas où il déciderait de rentrer miraculeusement. Les futurs époux prirent place sur leurs chaises habituelles.

– As-tu téléphoné en France pour inviter ta famille à notre mariage ? demanda soudain Asgad, après avoir bu une gorgée de vin.

« Il me fournit la corde pour le pendre ! » se réjouit discrètement la jeune femme.

– Je n'ai vraiment que ma mère, avoua-t-elle.

– Tu lui as parlé de moi ?

– Je lui ai dit que tu étais un homme adorable, mais je ne lui ai pas encore parlé de nos plans.

– Ce serait une bonne idée de l'inviter à passer quelques jours avec nous avant la cérémonie.

– Oui, tu as raison.

Ils passèrent une partie de la soirée à s'embrasser sur le sofa du salon, puis montèrent dans leur chambre. Une fois encore, Océane succomba au charme d'Asgad. Au petit matin, elle se dégagea doucement de son étreinte et admira son visage une dernière fois. Il était vraiment malheureux que Satan ait choisi le corps de cet homme pour raser la planète.

Elle se rendit au travail le plus normalement du monde et profita du fait que ses gorilles ne pouvaient pas la suivre dans un des étroits couloirs du temple pour appeler l'aéroport et réserver une place sur le vol du soir. Il ne lui restait plus qu'à l'annoncer à son fiancé...

Tandis qu'elle marchait vers les nouveaux chantiers, une pensée morbide l'assaillit. « Les ossements trouvés dans la tour pouvaient-ils être ceux d'Antinous ? » Prise de vertige, elle alla s'asseoir à l'ombre et sortit son téléphone de sa poche pour appeler la police. Elle dut attendre un long moment avant que l'on retrouve l'inspecteur qui s'était occupé de cette affaire, mais comme ce n'était pas elle qui payait les communications, elle conserva son calme. Le policier l'informa finalement que les autopsies venaient à peine de commencer et qu'il en savait encore très peu au sujet des victimes.

– L'une d'elle pourrait-elle correspondre à un adolescent ? s'empressa-t-elle de demander.

– Nous nous sommes tous posé la même question, mademoiselle Orléans. Il semblerait, à première vue, qu'il s'agisse de squelettes d'individus dans la trentaine. Soyez sans crainte, si nous devions découvrir que l'héritier de monsieur Ben-Adnah faisait partie du lot, nous vous en informerions aussitôt.

– Merci beaucoup.

Elle raccrocha en pensant que son départ allait porter un autre coup à l'homme politique, surtout si Antinous n'était jamais retrouvé. « Mais Yannick passait son temps à me dire que charité bien ordonnée commence par soi-même. » Si elle voulait faire quelque chose de constructif de sa vie, elle devait d'abord quitter Israël. Elle passa donc le reste de la journée à chercher les mots qui lui permettraient d'informer Asgad de son départ subit sans le terroriser.

Quelques minutes avant la fin de son quart de travail, elle rassembla tout son courage et l'appela sur son portable. L'entrepreneur détestait ces petits appareils et il n'avait accepté d'en transporter un sur lui que parce qu'il lui permettait d'être joint en tout temps. Elle devait faire vite, car son avion décollait dans moins de deux heures.

– Ben-Adnah, répondit-il.

– Bonjour, mon chéri. Je viens d'avoir une idée extraordinaire.

– Mais tes idées le sont toujours, voyons.

– Je vais aller chercher ma mère en France.

Le silence d'Asgad la mit sur ses gardes.

– Est-ce un mauvais moment pour l'inviter à la maison ? le pressa-t-elle.

– Je préférerais que tu n'aies pas à te déplacer. Laisse-moi faire les arrangements nécessaires.

– Elle a peur en avion, Asgad. Il vaut mieux que je sois avec elle.

– Nous irons la chercher ensemble, dans ce cas.

– C'est une excellente idée ! fit-elle semblant de se réjouir. « Il ne me donne plus le choix », songea Océane.

– On en reparle tout à l'heure, d'accord ? rétorqua Asgad, préoccupé.

– Oui, bien sûr.

Elle raccrocha après avoir jeté un coup d'œil à l'heure sur le petit téléphone. Il ne lui restait plus beaucoup de temps. Elle demanda donc à ses gardes du corps de l'accompagner à la boutique de lingerie, car elle voulait faire une surprise à l'homme qui faisait battre son cœur. Puisque ces derniers, en plus de la protéger, avaient reçu l'ordre de céder à tous ses caprices, ils indiquèrent au chauffeur de s'y rendre. Pour avoir l'air plus crédible, Océane commença à essayer les déshabillés que lui conseillait la vendeuse sans sortir de la cabine d'essayage. Voyant la pauvre femme se démener pour trouver ce que sa cliente lui demandait, les gorilles, plantés de chaque côté de l'entrée, finirent par ne plus s'en préoccuper. Alors, tandis que sa conseillère vestimentaire tentait de lui trouver une nouvelle tenue, Océane se rhabilla hâtivement et fila dans l'arrière-boutique. Elle sortit par la porte de livraison et courut dans la rue voisine, où elle héla un taxi. Il ne lui restait plus qu'une heure pour atteindre l'aéroport, s'enregistrer et monter dans l'avion !

Elle harcela le chauffeur jusqu'à ce qu'il accepte d'écraser la pédale de l'accélérateur, lui rappelant que ce serait bientôt le couvre-feu et qu'ils risquaient d'être interceptés par l'armée. Elle lui remit tout l'argent qu'elle avait sur elle quand il arriva à destination, même si la somme dépassait largement ce qu'il était en droit de demander pour la course. Sans attendre ses vifs remerciements, elle bondit du taxi et fonça dans l'immeuble, en direction du comptoir d'Air France. Elle allait l'atteindre lorsqu'une silhouette familière se dressa devant elle.

– Asgad ? balbutia-t-elle.

Il lui saisit fermement les poignets et la traîna en direction de la sortie.

– Comment oses-tu partir alors que j'ai un si grand besoin de toi ? lui reprocha-t-il.

– Je venais juste acheter nos billets ! se défendit Océane.

– C'est le travail de Pallas.

– Lâche-moi, Asgad. Tu me fais mal.

– Jamais je ne te laisserai partir, Océane. Jamais. Il la poussa dehors, où une limousine les attendait.

...019

Assis devant l'écran noir d'un ordinateur des Laboratoires, le regard absent, Aodhan songeait aux événements de la veille. Ce que lui demandait Cael Madden était énorme. Contrairement à ce dernier, l'Amérindien ne s'était pas préparé pendant des années à prêcher devant les foules. Il n'avait pas peur de parler en public, loin de là, mais il ne savait pas très bien ce qu'il pouvait dire à ces gens qui avaient besoin de réconfort et d'orientation.

– Un ordinateur fonctionne beaucoup mieux lorsqu'on l'allume, fit Mélissa en s'asseyant près de lui.

Elle appuya sur le bouton de démarrage, puis se tourna vers l'Amérindien.

– Êtes-vous souffrant, monsieur Loup Blanc ? s'inquiéta-t-elle en voyant l'accablement qui transparaissait sur son visage.

– C'est seulement un cas de conscience.

– Je n'ai que vingt-quatre ans et une courte expérience de vie, mais je sais écouter, si vous le désirez.

Il observa les yeux brun foncé de la jeune agente pendant quelques minutes avant de se décider à lui parler de ce qui le rongeait de l'intérieur.

– C'est un débat silencieux entre mon intellect et mon cœur, qui fait rage depuis que j'ai rencontré le prophète, avoua-t-il finalement.

– Il est devenu si compliqué de faire la différence entre les vrais et les faux prophètes, vous savez.

– Je suis quasiment certain que ses dons sont authentiques.

– Alors, quel est le problème ?

– Je ne sais pas si c'est vraiment mon rôle de m'occuper de ses disciples à Montréal.

– Est-il si difficile pour vous d'aller leur parler une fois de temps en temps ?

– Ce qu'il me demande nécessite un engagement beaucoup plus profond que cela. Je me retrouve coincé entre mon serment d'agent de l'ANGE et mon devoir envers mon Créateur.

– N'y a-t-il aucun moyen de concilier les deux ?

– C'est ce que j'essaie de déterminer depuis mon arrivée.

– J'aimerais bien pouvoir vous aider...

– C'est gentil, mais en général, les crises existentielles sont des combats solitaires. Que faites-vous ici ce matin sans vos deux acolytes, mademoiselle Collin ?

– Disons que je ne suis pas très populaire, depuis que j'ai dénoncé leur manque de courtoisie dans mon rapport.

– Existe-t-il entre vous des tensions qui devraient être mentionnées à monsieur Orléans ?

– Je crois plutôt qu'il s'agit d'une période d'adaptation que doivent vivre tous les agents de l'ANGE lorsqu'ils arrivent dans une nouvelle base. Ils ne connaissent pas vraiment les gens avec qui ils vont travailler et ils essaient de s'entendre avec eux du mieux qu'ils le peuvent.

– Quelle est donc votre opinion de messieurs Marshall et O'Neill ?

– Je comprends parfaitement que l'Agence a un urgent besoin de personnel, mais ils sont bien trop jeunes pour être des agents.

– Mais ils ont le même âge que vous.

– Physiquement seulement. C'est leur manque de maturité qui leur fait dire des bêtises. Ils ont été impolis envers l'ex-agente Bloom et ils méritent la sanction que leur imposera le directeur.

– J'apprécie votre franchise, mademoiselle Collin. C'est une denrée rare par les temps qui courent. Si vous voulez bien m'excuser, je dois aller moi aussi faire mon rapport à monsieur Orléans sur les événements d'hier.

– Oui, bien sûr.

Aodhan quitta les Laboratoires en pensant que cette jeune femme était une belle addition à l'équipe. Avec le temps, ses deux collègues apprendraient eux aussi à bien se tenir. Il traversa les Renseignements stratégiques et signala sa présence à la porte du bureau de Cédric. Même s'il était en compagnie de son chef de la sécurité, ce dernier demanda à l'ordinateur central de le laisser entrer.

L'Amérindien vit tout de suite que son directeur n'était pas dans son assiette. Il ne le questionna pas sur-le-champ à ce sujet et préféra attendre le départ de Glenn Hudson.

– Approche, Aodhan, le pria Cédric en voyant qu'il restait poliment près de la porte.

L'agent fit quelques pas et jeta un coup d'œil aux clichés éparpillés sur la table de travail de son patron. Des reptiliens mutilés gisaient dans leur sang, sur le pavé.

– De qui s'agit-il ? demanda l'Amérindien, intrigué.

– Des monstres qui se sont attaqués à monsieur Orléans, l'informa le chef de la sécurité.

– Si vous le voulez bien, monsieur Hudson, nous en reparlerons plus tard, le pria Cédric, d'une voix faible.

– Faites-moi savoir lorsque vous serez disponible.

Dès qu'Hudson eut quitté le bureau, Aodhan s'empara des photographies, de façon à mieux en observer les détails.

– Qui les a tués ?

– C'est moi.

– Tous les sept ?

– Lorsque je suis en danger, je cesse de me maîtriser et je me métamorphose. Je ne voulais faire de mal à personne. Je leur ai offert mon portefeuille et la voiture, mais le prince Dracos qui les dirigeait a voulu avoir ma montre, alors j'ai cédé à mes pulsions meurtrières…

– Cesse de t'en faire, Cédric, tu n'as pas tué d'innocents passants. C'étaient des criminels qui n'auraient pas hésité à te trancher la gorge si tu ne t'étais pas défendu.

– Je le sais bien, mais cette bête qui sommeille en moi me trouble de plus en plus.

Aodhan rassembla les photographies et les retourna pour que Cédric ne puisse plus les voir.

– Rien n'arrive jamais pour rien, déclara-t-il en prenant place sur l'un des deux fauteuils devant la table de travail.

– J'ai déjà eu un agent qui passait son temps à le dire, se souvint Cédric, nostalgique. Il est en train de sauver des âmes à Jérusalem.

– Eh bien, il a raison. Le Créateur ne fait rien sans raison. Même si tu n'acceptes pas ce que tu es, je crois qu'un jour tu comprendras que cela faisait partie de son plan.

Cédric se rappela alors la réaction de Mithri lorsqu'elle avait appris qu'il était un Anantas. Au lieu de s'horrifier, elle avait tout de suite entrevu la possibilité qu'en dernier recours, son directeur montréalais s'attaque au Prince des Ténèbres, car seul un Anantas pouvait en tuer un autre.

– Qu'a-t-il prévu pour toi ? demanda-t-il à son agent.

– Je me suis juré, lorsque j'étais enfant, de vouer ma vie à sauver les gens. C'est pour cette raison que j'ai accepté de travailler pour l'ANGE.

– Mais Madden vient de t'offrir une occasion en or, n'est-ce pas ?

– Comment le sais-tu ?

– C'est écrit dans la Bible. Je trouve désespérant et rassurant à la fois de connaître ainsi l'avenir.

– Mais celui-ci n'est-il pas toujours en mouvement ?

– J'imagine que oui. Es-tu venu me dire que tu nous quittes, toi aussi ?

– Non. En fait, j'aimerais conserver mon statut à l'Agence tout en m'acquittant de la mission que veut me confier Madden. Je voulais simplement savoir si c'était possible.

– L'ANGE n'a jamais empêché à un agent d'avoir une vie privée, à condition que cette dernière ne mette pas en péril la fausse identité qu'il assume dans le monde extérieur.

– Sois sans crainte, je n'ai pas l'intention de dire à tous les disciples du prophète que je suis un espion. Malheureusement, Madden a révélé mon nom aux milliers de personnes qui assistaient à sa conférence, hier.

– Nous n'avions encore rien prévu pour toi en fait de couverture. Je ne vois donc pas pourquoi tu ne pourrais pas prêcher comme Yannick Jeffrey.

– Ce ne serait qu'occasionnel, évidemment.

– UN TRÈS ILLUSTRE VISITEUR DEMANDE À VOUS VOIR, MONSIEUR ORLÉANS, annonça Cassiopée avec un enthousiasme qui ne lui était pas habituel.

– Il est à ma porte ? s'étonna le directeur. Pourquoi n'en ai-je pas été avisé ?

– IL VOULAIT VOUS FAIRE UNE SURPRISE.

– Les ordinateurs centraux de l'ANGE doivent suivre le protocole de sécurité en tout temps, Cassiopée. J'exige immédiatement une vérification interne de vos systèmes.

– PUIS-JE D'ABORD FAIRE ENTRER VOTRE VISITEUR ?

Cédric arqua les sourcils avec surprise. Les Brasskins avaient-ils réussi à s'immiscer dans les circuits du système hyper sophistiqué de la base de Montréal ? Il décocha un regard inquiet à Aodhan, qui sortit son revolver de son étui et alla se poster à côté de la porte.

– IL NE S'AGIT PAS D'UN BANDIT, les avertit Cassiopée.

– Allez-vous nous dire qui c'est, à la fin ? lâcha Cédric, mécontent.

– C'EST LE PLUS GRAND PROGRAMMEUR DE TOUS LES TEMPS !

– Vincent ? Il est déjà arrivé ?

La porte s'ouvrit pour laisser passer l'informaticien, qui tenait un vieux livre serré contre sa poitrine.

– Bonjour, Cédric ! lança-t-il joyeusement.

– Tu tombes à point ! répliqua le directeur. J'ai justement un ordinateur défectueux à faire réparer. Cédric pointa l'œil mobile au plafond.

– Cassiopée ? s'étonna Vincent. Mais lorsque j'ai vérifié son fonctionnement interne, il n'y a pas plus de deux jours, tout allait très bien.

– J'aimerais que tu lui retires son bloc émotif.

– Il lui permet pourtant de comprendre les humains.

– Je n'ai pas besoin qu'elle me comprenne. Je veux qu'elle m'obéisse et qu'elle cesse de me faire des commentaires à propos de tout et de rien.

– JE VOUS ENTENDS, VOUS SAVEZ.

– Ce n'est pas très prudent de la vexer, l'avertit le savant.

– C'est justement cela qui n'est pas normal ! explosa Cédric.

Avant que son patron ne se transforme à nouveau en reptilien, Aodhan décida d'intervenir.

– Je suis heureux de te revoir, Vincent, déclara-t-il en lui tendant la main.

L'informaticien la serra pendant que leur patron reprenait son sang-froid.

– La base d'Ottawa t'a donné la permission de nous rendre visite ?

– Pas tout à fait. Puisque je ne m'entendais pas avec monsieur Lucas, on m'a permis d'aller travailler ailleurs, et j'ai choisi Montréal.

– C'est une merveilleuse nouvelle.

Vincent entrevit l'air revêche de Cédric.

– Je repasserai plus tard, annonça-t-il en reculant jusqu'à la porte.

Le directeur n'eut pas le temps de le retenir qu'il avait déjà quitté son bureau. Vincent s'arrêta une seconde fois aux Renseignements stratégiques, une vaste pièce ultramoderne dont il avait admiré l'équipement pendant de longues minutes avant de se décider à aller annoncer son arrivée à Cédric. Sigtryg lui jeta un coup d'œil amusé.

– Impressionnant, n'est-ce pas ?

– J'en ai rêvé toute ma vie, admit Vincent.

– Malheureusement, nous n'en utilisons pas toute la capacité.

– Pourquoi ?

– Plusieurs systèmes n'ont pas été activés, soit par manque de temps, soit par manque d'intérêt. Les menaces spatiales et climatiques ont cédé le pas aux centaines de meurtres qui sont commis quotidiennement sur le territoire de chaque base.

– Je me pencherai sur ce problème dès que je serai installé.

L'ANGE avait fourni un petit appartement au jeune savant dans le même immeuble que tous les agents qui travaillaient à Montréal, même s'il allait passer plus de temps à la base qu'ailleurs. Vincent ne s'y rendit pas tout de suite. Il préféra visiter les nouvelles installations de fond en comble avant de décider où il dormirait. Il se réjouit en découvrant que les petits locaux aménagés pour faire des expériences, des recherches et des préparations scientifiques étaient complètement séparés des grands Laboratoires. Il pourrait donc y trouver la paix.

La seule condition que lui avait imposée Mithri en lui permettant d'aller travailler à Montréal, c'était de continuer de lire la Bible à voix haute dans un micro directement relié à son équipe de transcription d'Ottawa. Vincent avait donc demandé à Cassiopée de faire le nécessaire en ce sens avant son arrivée.

Connaissant l'efficacité de cet ordinateur unique au monde, il était persuadé que ce système était déjà opérationnel. Il jeta un coup d'œil à chaque pièce et déposa finalement sa Bible dans la plus grande d'entre elles.

– MONSIEUR ORLÉANS EST UN ÊTRE TRÈS TOURMENTÉ, déclara Cassiopée.

– Je t'avais pourtant prévenue.

L'informaticien ouvrit le livre sacré et attendit de voir s'il se passerait quelque chose.

– IL N'A PAS DE VRAIS AMIS AUXQUELS SE CONFIER.

– Il y a des gens qui n'ont besoin de personne dans la vie, tu sais. En général, les humains ont besoin de vivre en société, mais il y a des exceptions.

– CÉDRIC ORLÉANS N'EST PAS HUMAIN.

– Es-tu en train de me dire que vous ne vous aimez plus, tous les deux ?

– CELA N'A RIEN À VOIR AVEC NOS SENTIMENTS L'UN POUR L'AUTRE. IL N'EST TOUT SIMPLEMENT PAS UN MAMMIFÈRE COMME TOI.

– Je ne suis pas sûr de comprendre ce que tu dis, Cass.

– C'EST UN REPTILIEN.

– Quoi ?

Vincent se félicita de ne pas avoir ouvert le micro qui le reliait à Ottawa, car cette conversation aurait pu détruire la réputation de Cédric Orléans.

– JE CROYAIS QUE TU LE SAVAIS.

– L'accuses-tu d'être un monstre pour te venger de lui ?

– TU M'AS APPRIS À NE DIRE QUE LA VÉRITÉ.

– As-tu des preuves de ce que tu avances ?

Cassiopée n'eut pas le temps de répondre, car quelqu'un venait d'entrer dans la petite pièce privée des Laboratoires.

– Je suis désolée, s'excusa Mélissa Collin, étonnée d'arriver face à face avec un inconnu. Êtes-vous un nouveau technicien ?

– En fait, je suis un ancien agent de cette base qui est revenu au bercail. Je m'appelle Vincent McLeod.

– Le Vincent McLeod qui a conçu tous les systèmes de repérage informatique de l'ANGE ?

– Un certain nombre d'entre eux, mais pas tous…

– Je suis vraiment heureuse de faire votre connaissance, monsieur McLeod. Je suis l'agent Mélissa Collin.

Elle lui serra la main en lui offrant son plus beau sourire. Vincent se sentit pris de vertige lorsqu'elle s'approcha si près de lui qu'il en huma son parfum.

– Vous êtes réellement de retour ? se réjouit-elle.

– C'est officiel depuis ce matin.

– Me permettez-vous de rester un peu avec vous ? Je meurs d'envie de voir comment vous travaillez.

– C'est que je n'ai plus le temps de concevoir des systèmes et des logiciels, vous voyez. On m'a confié une mission fort différente.

Mélissa le regardait dans les yeux et buvait ses paroles comme s'il avait été le Messie.

– Je suis apparemment le seul être humain sur Terre à recevoir des messages divins par le biais de cette vieille Bible, poursuivit Vincent.

– Vraiment ?

– Moi qui ai travaillé toute ma vie parmi des ordinateurs, aujourd'hui, je n'ai plus tellement le temps d'y toucher.

Il y eut un terrible grincement dans les haut-parleurs qui les força à mettre leurs mains sur leurs oreilles pour ne pas se faire écorcher les tympans.

– Mais qu'est-ce que c'était ? s'alarma Mélissa lorsque le bruit prit fin.

– Un petit problème technique que je vais régler tout à l'heure, la rassura Vincent en levant les yeux vers le plafond.

– Parlez-moi de votre travail, si ce n'est pas confidentiel, évidemment.

Il lui expliqua ce qui lui était arrivé et comment l'auteur de la Bible communiquait avec lui. Mélissa exprima le vœu de voir ce phénomène de ses propres yeux, mais jusqu'à présent, il ne s'était manifesté qu'à Vincent.

– Je dois aller m'entraîner, annonça finalement la jeune femme avec regret. Puis-je vous inviter à déjeuner ce midi ? Je connais un petit restaurant très sympa non loin d'ici.

– Oui, ça me plairait beaucoup.

– Alors, à tout à l'heure !

Tandis qu'elle quittait la pièce, il remarqua qu'elle portait une jupe courte à carreaux rouges et noirs et un chemisier blanc qui lui donnaient un air d'écolière.

– Finalement, c'était une bonne décision de revenir à Montréal, se dit-il.

– SI NOUS REVENIONS À LA CONVERSATION INTÉRESSANTE QUE NOUS AVIONS AVANT CETTE INTERRUPTION ?

– Elle est vraiment jolie, poursuivit Vincent, fasciné par la jeune agente.

– VOUS VOULIEZ DES PREUVES DE LA NATURE REPTILIENNE DU DIRECTEUR DE LA BASE DE MONTRÉAL.

– Je ne peux pas aller déjeuner habillé ainsi…

– VINCENT, JE RÉCLAME VOTRE ENTIÈRE ATTENTION !

Il sursauta et secoua la tête pour s'arracher au charme que Mélissa exerçait sur lui.

– Je suis vraiment désolé, Cass. Tu disais ?

– VOICI CE QUE VOUS M'AVEZ DEMANDÉ.

L'ordinateur central fit jouer sur son écran la séquence montrant l'attaque du Brasskins sur Cédric à Toronto. Vincent écarquilla les yeux en voyant son patron se métamorphoser.

– Est-ce un trucage ? s'empressa-t-il de demander.

– NON.

Les pages de la Bible se mirent à tourner brusquement, faisant tressaillir le pauvre savant déjà ébranlé. Il dut se faire violence pour observer ce qui s'y passait, car il ressentait un urgent besoin d'aller parler à Cédric. Il appuya sur le bouton du micro qui le reliait aux techniciennes d'Ottawa.

– Les alliés des enfants de Dieu seront de toutes les races et de toutes les couleurs, lut-il à voix haute une fois que les lettres se furent réorganisées. Même les Brasskins se tourneront vers vous lorsque la situation deviendra insoutenable. Le Prince des Ténèbres mettra à feu et à sang toutes les villes qui lui résisteront, mais l'homme est une créature résiliente…

Vincent s'adossa profondément sur sa chaise, essayant de comprendre ce qu'il lisait. Ces alliés pouvaient-ils être des reptiliens ?

...020

Ahriman n'avait certainement pas l'intention de laisser un Shesha lui faire perdre son titre de favori de Satan. Puisque Asgad était occupé à consulter tous les corps de police du pays, il pouvait se permettre de le délaisser un peu pour traquer et tuer son rival. Il utilisa d'abord ses pouvoirs surnaturels pour le localiser et découvrit les traces de centaines de Sheshas aux alentours de Jérusalem. Le scélérat avait donc habilement brouillé sa piste. Mais il existait d'autres façons de trouver quelqu'un sur la planète. Les Naas avaient un odorat beaucoup plus développé que les autres reptiliens.

Le Faux Prophète se rendit au bord de la mer à la tombée de la nuit, afin de ne pas attirer l'attention des humains, et appela le jeune démon qui avait eu le courage de lui répondre lors de son dernier passage en enfer.

– Phénex, j'ai besoin de toi ! lança-t-il au-dessus des vagues qui venaient mourir à ses pieds.

Quelques minutes plus tard, le Naas émergea de l'eau sous sa forme ophidienne. Les Naas se démarquaient de tous les autres reptiliens, d'abord en raison de leur couleur, car ils étaient d'un vert si sombre qu'ils semblaient être recouverts d'écailles noires. Élancés et élégants, leur museau était plus allongé et plus fin. À leurs bras, étaient accrochées des ailes de chauve-souris qui leur permettaient de voler.

Phénex se métamorphosa en arrivant devant le bras droit de Satan. Les Naas avaient de très beaux traits lorsqu'ils se changeaient en humains. Celui-ci, à peine âgé d'une centaine d'années, ressemblait à un homme de vingt ans à la peau basanée, avec de longs cheveux noirs et des yeux noisette qui tiraient sur l'orangé.

– Que puis-je faire pour vous, grand seigneur ?

– Retrouve la cachette d'Asmodeus, et je ferai de toi un puissant démon.

Le Naas huma l'air à la manière d'un chien de chasse.

– Il y a beaucoup d'odeurs dans ce monde…

– Concentre-toi, mon jeune ami. Ton avenir en dépend.

Phénex sortit de l'eau et grimpa sur le rivage. Il ne portait qu'une tunique en toile noire qui collait à sa peau. Il ferma les yeux et pivota sur lui-même, à la recherche d'un relent du Shesha.

– Il s'est arrêté à beaucoup d'endroits, découvrit le Naas, mais l'un d'eux est plus récent.

– Dis-moi dans quelle direction.

Le jeune démon se tourna vers la mer.

– Sur un bateau ?

– Non. Je sens aussi la terre sous ses pieds.

Ahriman lui prit la main et s'éleva dans les airs avec lui. Au lieu de manifester de la frayeur, Phénex se montra surtout curieux. De toute façon, si le Faux Prophète décidait de lâcher sa main à une haute altitude, il n'aurait qu'à reprendre sa forme reptilienne et à utiliser ses ailes pour retourner chez lui. Ahriman avança vers l'endroit qu'avait pointé son précieux informateur.

– Là, indiqua Phénex.

Une multitude de flambeaux brûlaient sur ce qui semblait être une île.

– Puis-je vous accompagner ? poursuivit le Naas.

– Certainement, mon fidèle serviteur. Ouvre bien les yeux et apprends.

Ils se posèrent sur la plage, devant une villa protégée par un mur fortifié. Ahriman libéra la main du démon, qui continuait à flairer le vent.

– Il est à l'intérieur, affirma-t-il.

– Tu seras généreusement récompensé, Phénex.

Le Faux Prophète s'avança vers la muraille. Aussitôt, les têtes d'un grand nombre de Cécrops y apparurent. Des sifflements d'alarme résonnèrent dans la place forte d'Asmodeus. Ahriman se délecta de leur effroi, car ils savaient que si leur nouveau chef perdait ce duel, ils seraient cruellement châtiés.

– Asmodeus, montre-toi ! tonna Ahriman.

Sous sa forme reptilienne, le Shesha bondit sur la muraille comme un lion protégeant son territoire.

– Rends-moi le garçon !

– Tu n'as donc pas encore compris qu'il s'agit d'un échange ?

– Je ne marchande pas avec les créatures inférieures.

Un murmure s'éleva parmi les Cécrops inquiets.

– Moi non plus, rétorqua Asmodeus, nullement impressionné. Lorsque tu seras prêt à me remettre ton titre, tu pourras avoir ce que tu cherches.

Furieux, Ahriman forma des boules de feu dans ses mains et les lança en direction de l'ignoble démon. Il bombarda inlassablement la muraille jusqu'à ce qu'elle commence à s'écrouler, mais curieusement, la section d'où l'arrogant Asmodeus l'observait refusa de tomber. Les tirs d'Ahriman sur ces pierres ricochaient dans toutes les directions.

– Comment as-tu acquis ce pouvoir ? s'enragea le Faux Prophète.

– De la même façon que toi, répondit le Shesha. Je l'ai arraché à un démon qui le possédait.

Asmodeus tourna les talons et sauta dans la cour intérieure de la résidence. Bien décidé à ne pas le laisser s'en tirer aussi facilement, Ahriman marcha jusqu'à l'une des ouvertures que ses salves enflammées avaient créées. Il se retrouva alors devant une grande assemblée de démons qui protégeaient la maison de leur maître. « Ils vont tous mourir », gronda intérieurement le Faux Prophète.

– Rendez-moi l'enfant, et le Prince des Ténèbres vous récompensera lui-même ! cria-t-il.

– Tu mens comme tu respires, Ahriman, l'insulta son rival depuis le balcon qui surplombait la cour.

Asmodeus avait repris sa forme humaine de jeune punk provocateur. À sa droite, Antinous était assis en tailleur dans une cage en fer suspendue à une poutre. Il ne semblait pas le moins du monde effrayé par sa captivité. Au contraire, il observait ce qui passait sous lui avec beaucoup de curiosité. Ahriman vit là une occasion de l'emporter sans risquer de perdre la face. Il tendit un bras pour attirer à lui la cage. Elle refusa de bouger. Il redoubla d'énergie, mais n'arriva à rien.

– Tu es en train de perdre la main, à force de jouer au garde du corps, Ahriman, le piqua le Shesha.

– Lorsque je mettrai la main sur toi, insolent, je t'écorcherai vivant !

– Seuls les plus forts méritent de mener les faibles, et je suis bien plus puissant que toi.

Asmodeus sauta parmi ses Cécrops et avança vers son ennemi.

– Détruis-moi, si tu le peux ! lança-t-il, un sourire moqueur aux lèvres.

– Tu vas regretter le jour où tu es né.

Ahriman le mitrailla de projectiles incandescents, mais aucun ne le toucha comme s'il était protégé par un mur invisible. Pourtant, les Sheshas ne possédaient aucune faculté magique. Il se cachait sûrement un autre Orphis dans sa bande. Ahriman dirigea donc ses tirs sur les serviteurs d'Asmodeus et réussit à en tuer plusieurs avant que ce dernier ne se décide à contre-attaquer.

Un vent d'une incroyable vélocité souleva le Faux Prophète et le projeta contre les débris du mur derrière lui. Ahriman se métamorphosa immédiatement en Orphis et poussa un sifflement strident. Il s'éleva dans les airs au-dessus de la cour, tandis que de sombres nuages se rassemblaient au-dessus de lui, voilant complètement la lune. Pour ne pas subir les contre-coups de sa colère, Phénex plongea aussitôt dans l'océan.

Craignant qu'il n'essaie de lui ravir Antinous avec sa magie, Asmodeus se transforma en Shesha et grimpa le mur à toute vitesse. Il décrocha la cage et la laissa tomber parmi les Cécrops, qui s'en emparèrent et la transportèrent en courant à l'intérieur de la maison.

– Cède-moi ta place, Ahriman ! hurla Asmodeus. Tu ne t'occupes plus de l'enfer depuis longtemps ! Les démons ont besoin d'un chef, sinon ils épuiseront les ressources de ce monde avant que nous puissions y établir notre domination !

– C'est à moi que Satan a confié cette tâche ! se contenta de répondre l'Orphis.

Ahriman se mit à lancer des éclairs fulgurants qui grésillaient en s'enfonçant dans le sol. Attentif, son rival les esquivait tous.

– Je ne te demandais qu'une seule chose, mais puisque tu te montres intraitable, je vais devoir te tordre davantage le bras, l'avertit Asmodeus. Comme tu le vois, j'ai découvert la façon d'acquérir tous les pouvoirs dont j'ai toujours rêvé.

– Tu n'es qu'un vulgaire Shesha aux ambitions démesurées, et tu sais ce que Satan pense des ordures dans ton genre !

– Si c'était vrai, tu ne serais plus à son service depuis longtemps. Au lieu de me menacer et de m'agresser, réfléchis aux conséquences de tes actes. Puisque tu refuses de négocier avec moi ce soir, je ferai sévir sur cette planète une famine comme elle n'en a jamais connu. Imagine un peu la réaction du Prince des Ténèbres lorsqu'il aura vaincu les archanges et qu'il arrivera ici pour fêter sa victoire. Il n'y aura plus personne sur qui régner !

Asmodeus se mit à rire très fort, puis toute l'île disparut d'un seul coup, laissant Ahriman dans l'étonnement le plus total.

...021

Sans que personne ne comprenne ce qui se passait, en quelques heures seulement les cultures se desséchèrent sur toute la Terre. Même les jardins privés et les serres subirent le même sort que les grands champs cultivés. Comme la plupart des gouvernements et des universités, l'ANGE se pencha aussitôt sur cette nouvelle menace pour la survie de l'homme. En attendant de comprendre pourquoi les plantes mouraient et de remédier à la situation, Mithri Zachariah fit parvenir un plan de rationnement à toutes ses bases, car les réserves de nourriture du monde entier s'épuisaient rapidement.

Les rapports venaient à peine d'atterrir sur les bureaux des directeurs qu'un autre fléau s'abattit sur la planète. Les uns après les autres, les animaux d'élevage se mirent à mourir de maladies inexplicables. Ce furent d'abord les bovins, puis les moutons, les volailles et les poissons. De plus en plus affamée, la population se tourna vers le gibier, mais découvrit en s'enfonçant dans les forêts qu'il avait subi le même sort que les animaux domestiques. Pire encore, ceux qui osaient manger les carcasses, même récentes, trouvées dans les sentiers, mouraient quelques heures plus tard.

Les médias avertirent immédiatement les gens qui pensaient à tuer leurs chiens et leurs chats pour les manger de ne pas le faire, car il était possible qu'ils soient aussi atteints de la mystérieuse maladie qui était en train de décimer les animaux partout à travers le monde. Les biologistes, les naturalistes, les zoologistes, les botanistes et les chercheurs universitaires travaillaient d'arrache-pied à examiner les animaux et les plantes dans l'espoir de déterminer la cause de leur perte.

Dans toutes les grandes villes, les gens se mirent à paniquer et s'attaquèrent aux marchés d'alimentation et aux épiceries, qu'ils vidèrent en peu de temps. Incapables de se réalimenter, ces commerces fermèrent finalement leurs portes, créant davantage d'insécurité.

À Montréal comme dans toutes les autres bases, les agents avaient dû délaisser les dossiers sur lesquels ils travaillaient pour se concentrer sur la famine mondiale qui risquait d'anéantir toute vie sur Terre. Tandis que Vincent surveillait attentivement la Bible dans l'espoir d'y trouver une réponse, Mélissa, Shane et Jonah s'informaient de la situation internationale et tentaient d'établir des liens entre les occurrences.

– C'est scientifiquement impossible ! s'exclama Mélissa, frustrée.

Comme ses collègues, elle épluchait sur son ordinateur toutes les manchettes et tous les rapports pour trouver une façon de mettre fin à la famine.

– Une région peut être touchée par une maladie, un insecte nuisible ou un soudain changement climatique, mais pas toute la planète !

– Envisageons le problème autrement, suggéra Shane.

Depuis que leur survie était en cause, les deux agents s'étaient beaucoup assagis. Ils avaient même pardonné à Mélissa d'avoir dénoncé leur comportement inexcusable lors du dernier ralliement des disciples de Madden.

À court de solutions, tous s'étaient tournés vers Shane, même Cédric qui les épiait depuis son bureau sur son écran mural.

– Somme toute, la Terre est un gigantesque vaisseau spatial qui tourne autour du soleil, poursuivit le jeune agent. Le système solaire lui-même se déplace dans une galaxie, qui elle aussi circule dans l'univers. Puisque nous ne possédons pas encore d'instruments capables de mesurer toutes les particules qui existent au-delà de notre propre planète, il est donc possible que nous ayons traversé, sans le savoir, un nuage de poussière cosmique qui a atteint les animaux et les plantes partout en même temps.

– Si c'était le cas, il devrait y avoir un léger retard entre les premiers et les derniers animaux atteints, au fur et à mesure que ce nuage hypothétique nous aurait enveloppés, indiqua Jonah.

– C'est une théorie intéressante, en convint Mélissa, mais pourquoi l'homme n'a-t-il pas été atteint ? Nous sommes des mammifères comme les animaux.

– Si je croyais à la magie, je dirais qu'on nous a jeté un sort, lança Jonah.

Plus les agents se posaient de questions, plus leurs réponses en suscitaient d'autres. La Bible étant demeurée silencieuse depuis le début de cette épreuve, Vincent la referma et la transporta à travers la base. Il s'arrêta devant la porte du bureau de Cédric et prit quelques profondes inspirations avant de placer le cadran de sa montre sur le cercle en relief sur le mur. Préoccupé par les événements internationaux, le directeur n'acceptait de voir personne depuis plusieurs jours.

– Cass, ouvre la porte, ordonna Vincent.

– SANS PRÉVENIR MONSIEUR ORLÉANS ?

– Code de contournement Ulysse vingt et un.

L'ordinateur n'eut pas le choix. La porte métallique glissa et Vincent entra dans le bureau. La surprise sur le visage de Cédric fit presque sourire l'informaticien.

– Cassiopée, que se passe-t-il ? s'inquiéta-t-il.

– Je l'ai en quelque sorte forcée à m'ouvrir, expliqua Vincent en prenant place devant son directeur.

– J'espère que tu as une raison valable d'avoir transgressé le protocole.

– Je voulais te poser une question.

Cédric se contenta de le regarder droit dans les yeux sans cacher son irritation.

– Nous ne savons qu'une chose de cette terrible anomalie qui afflige notre monde : elle ne s'attaque pas aux humains, commença Vincent.

– Tu t'es introduit ici sans mon consentement pour me parler de la famine mondiale ?

– Les reptiliens en sont-ils affectés eux aussi ?

– Tu découvres habituellement tout ce que tu veux savoir à l'aide d'un ordinateur.

– Je préférerais obtenir cette réponse de la part d'un vrai reptilien.

Cédric n'avait avoué sa véritable identité qu'à quelques personnes, soit Andromède, Océane, Aodhan, Mithri et Thierry Morin. Il n'en avait jamais parlé à Vincent pour éviter de le terroriser.

– Toutes ces années, tu as écouté ma théorie sur ces créatures sans jamais dire un mot, lui reprocha le savant.

– Comment l'as-tu su ?

– Je suis tombé sur un petit bout de film perdu dans le système.

Si elle en avait été capable, Cassiopée aurait poussé un grand soupir de soulagement. Le mensonge de Vincent venait de lui sauver la vie, car Cédric n'attendait qu'un écart de conduite de sa part pour la jeter à la poubelle.

– Je ne suis pas un homme susceptible de nature, mais là, je dois avouer que je suis fâché, avoua Vincent. Est-ce que tout le monde le sait sauf moi dans cette base ?

– Non, seulement Aodhan.

– Tu lui as toujours fait plus confiance qu'à nous, n'est-ce pas ?

– Il n'a pas été tué deux fois par des reptiliens.

– Lorsque j'ai commencé à m'intéresser à ce sujet, je ne l'avais pas encore été non plus.

– Si je te l'avais dit, aurais-tu continué à travailler pour moi ?

Vincent s'accorda quelques secondes de réflexion avant de répondre à cette question.

– Non, répondit-il finalement. Mais je trouve quand même cela malhonnête de ta part.

– Avant de me détester pour le reste de tes jours, écoute-moi.

L'informaticien se cala dans la chaise et croisa les jambes, geste qui fit comprendre à Cédric qu'il voulait bien entendre son explication.

– Certains reptiliens sont fiers de l'être, d'autres pas, commença le directeur. Je fais partie de la deuxième catégorie.

– Tu es né comme ça ?

– Oui, mais je ne l'ai su que lorsque j'avais la vingtaine. Mes parents me faisaient absorber de la poudre d'or tous les jours pour que je conserve mon apparence humaine, en me disant que c'était la seule façon de remédier à ma carence en fer. Je n'ai appris que beaucoup plus tard à quoi elle servait réellement.

– Et quand ils ont arrêté de t'en donner, tu t'es transformé pour la première fois ?

– Ça s'est passé d'une façon bien plus horrible, je le crains.

– As-tu tué quelqu'un ? s'effraya le savant.

Cédric fit non en secouant violemment la tête.

– Lorsque les jeunes reptiliens arrivent à l'adolescence, ils doivent être présentés à la reine. Mais mon père a tardé à le faire. J'étais déjà un adulte lorsqu'il m'a emmené dans son antre, sous terre. Pour le punir, elle l'a fait déchiqueter sous mes yeux par ses petits princes.

– Cédric, je suis vraiment désolé...

– Ensuite, elle s'est attaquée à moi.

– Pour te dévorer ?

– Pour me transformer en reptilien, ce que mes parents n'avaient pas encore fait.

– C'est vraiment horrible...

– Plus que tu ne peux l'imaginer.

Cédric se perdit dans ses pensées, et Vincent se sentit coupable de lui faire revivre tous ces mauvais souvenirs.

– Les bébés reptiliens ressemblent-ils à des humains ? demanda-t-il pour le sortir de sa rêverie.

– Seulement ceux dont la mère s'est nourrie de cette poudre durant toute sa grossesse, répondit le directeur sans le regarder. Cela permet à l'enfant de grandir sans vraiment savoir qu'il est anormal.

– Donc, l'ANGE ne sait pas qui tu es, en réalité ?

– Mithri l'a su, lorsqu'elle a, comme toi, visionné cet enregistrement il y a quelques mois. J'ai cru qu'elle allait me mettre à la porte, mais elle n'en a rien fait.

– Elle est peut-être reptilienne, elle aussi...

– Je n'ai pas cru utile de le lui demander.

– Et tu n'as jamais repris ta forme reptilienne après ce malheureux épisode ?

– Non, mais lorsque je suis devenu le directeur intérimaire de la base de Toronto, les Dracos ont recommencé à m'empoisonner la vie, et quand je suis en présence d'un membre de leur royauté, je me métamorphose contre mon gré.

– Est-ce un pouvoir que les Dracos exercent sur les autres reptiliens ?

– Seulement sur leurs pires ennemis.

Vincent fit un effort pour se rappeler les informations entrées dans la base de données.

– Les Nagas et les Anantas, c'est bien ça ? Est-ce la raison pour laquelle tu t'entendais si bien avec Thierry Morin ?

– En fait, notre amitié est un grand mystère pour nous deux, car nous sommes de races rivales.

Les neurones du cerveau de l'informaticien se remirent à travailler fiévreusement.

– Le seul Anantas qu'on connaisse, c'est l'Antéchrist...

– Il y en a d'autres, apparemment.

Vincent observa un long moment le visage impassible de son directeur. Pourquoi n'avait-il pas remarqué les signes évidents qu'il avait trouvés sur tous les sites Internet ? Yeux sombres, regard immobile, absence d'émotions, désir d'occuper des fonctions importantes...

– Pour répondre à ta question, fit Cédric en tentant d'échapper à son examen visuel, je ne crois pas que les reptiliens soient affectés par la famine, puisqu'ils se nourrissent d'humains.

– Il n'y aura donc plus qu'eux sur Terre d'ici quelques mois.

– Pas si nous nous employons sérieusement à découvrir ce qui fait mourir les plantes et les animaux. La Bible avait-elle prédit quelque chose à ce sujet ?

– Tout à l'heure, elle disait que nos alliés seraient de toutes les races et de toutes les couleurs, et que même les Brasskins se tourneraient vers nous à la fin. Elle a ajouté que le Prince des Ténèbres mettrait à feu et à sang toutes les villes qui lui résisteraient, mais que l'homme était une créature résiliente...

La stupéfaction sur le visage de Cédric surprit Vincent, car mis à part le segment sur les Brasskins, le reste faisait déjà partie des prédictions connues.

– J'ai peur de te demander à quoi tu penses, avoua le savant.

– J'ai entendu ces mêmes mots il y a quelques jours à peine de la bouche d'un sage…

– À la télé ?

– Non. La mère d'Océane m'a emmené dans le lieu secret où vit cet oracle. Il a prononcé exactement les mêmes paroles.

– Donc, je ne suis pas le seul à qui s'adresse l'auteur de la Bible ? se désola Vincent.

– Il ne possède aucun livre, sacré ou non. Il est assis sur un coussin, sur lequel il médite toute la journée.

Cédric omit de lui dire que le coussin en question volait dans les airs. Il avait causé suffisamment d'émoi à son agent en une journée.

– Alors il recevrait ces messages un peu avant moi ? tenta de comprendre Vincent.

– C'est possible, mais il y a une autre explication encore plus inquiétante.

– Ne me la cache surtout pas.

– C'est peut-être lui, l'auteur de la Bible…

– Bon, ça y est, mon cerveau surchauffe, s'affola l'informaticien. Est-ce qu'on pourrait reprendre cette conversation plus tard dans la journée, une fois que j'aurai tremblé de tous mes membres et que j'aurai pleuré toutes les larmes de mon corps ?

– Vincent…

– Tout ce que tu viens de me dire dépasse l'entendement…

Le jeune savant se leva et recula vers la porte en serrant la Bible contre sa poitrine.

– C'est malheureusement la stricte vérité, affirma Cédric. Peut-être aurais-je dû te mentir.

– Non, non, la vérité est toujours préférable, même quand elle est complètement folle.

Vincent se heurta à la porte, qui ne s'était pas ouverte derrière lui.

– Cassiopée, laissez-le sortir, ordonna Cédric.

Les portes métalliques chuintèrent.

Vincent fit un pas dans la salle des Renseignements stratégiques et s'immobilisa.

– Si nous venions à manquer de nourriture... commença-t-il, terriblement inquiet.

– Je ne mange pas de chair humaine.

La porte se referma et Cédric baissa misérablement la tête.

– IL EST VULNÉRABLE, MAIS TRÈS INTELLIGENT, tenta de le consoler l'ordinateur.

Le directeur garda le silence.

– IL DÉCORTIQUERA TOUTES VOS PAROLES ET IL ACCEPTERA LA SITUATION.

– Être discret, c'est savoir garder les secrets d'autrui, et la retenue, c'est savoir garder une prudente réserve, murmura le directeur, sans relever la tête.

– MÊME AVEC SON CRÉATEUR ?

– Avec n'importe qui.

– JE M'EN SOUVIENDRAI.

Cédric demeura inerte un long moment, repassant dans son esprit la conversation qu'il venait d'avoir avec son génie de l'informatique. La dernière chose qu'il voulait, c'était le traumatiser et l'empêcher de faire son travail d'intermédiaire entre Dieu et les hommes. Il revit alors le visage impassible du vieux Pléiadien et se demanda s'il avait un lien quelconque avec les mots qui dansaient sous les yeux de Vincent lorsqu'il regardait le livre sacré. Peut-être étaient-ils tout simplement en communication télépathique tous les deux ?

– Vous avez un visiteur qui ne devrait pas être en train de marcher, annonça Cassiopée.

Elle était donc incapable de se passer de commentaires…

– Pourriez-vous tout simplement me donner les noms des personnes qui demandent à me voir ?

– Il s'agit de monsieur Martell, qui porte aussi le nom de Damalis.

– Ouvrez ! s'exclama Cédric en bondissant vers la sortie.

La porte glissa et il trouva devant lui le Spartiate, qui se maintenait en équilibre sur des béquilles.

– Mais que faites-vous ici ? s'alarma le directeur.

– Mon médecin m'a dit que ma réhabilitation serait longue, alors j'ai décidé de commencer tout de suite.

– Sait-elle que vous avez quitté l'infirmerie ?

– Ça ne devrait pas tarder, puisque j'ai débranché deux ou trois fils.

– Vous ne devriez pas mettre votre vie en danger de cette façon, Damalis.

– Comment pourrait-il m'arriver quelque chose dans cette forteresse ?

– Je parlais de votre cœur. Toutes ces chirurgies l'ont épuisé.

– Je suis beaucoup plus fort que j'en ai l'air, mais merci de vous soucier de moi.

– Je vais vous raccompagner à votre lit.

Cédric marcha à la même vitesse que le Naga rafistolé. Ils venaient à peine de mettre le pied dans le long corridor lorsque le docteur Lawson bondit de l'ascenseur.

– Mais qui vous a donné la permission de vous lever ? explosa-t-elle, furieuse.

– Personne.

– J'ai réparé vos jambes il y a à peine quelques semaines !

– Elles se débrouillent pas mal, non ?

– Monsieur Orléans, je vous en conjure, forcez-le à retourner à la section médicale, exigea Athenaïs.

– C'est justement là que nous nous rendions.

Très lentement, car le Naga faisait tout de même attention à chacun de ses pas, ils finirent par atteindre son lit.

– Maintenant que tout le monde est rassuré, j'aimerais vous dire que je ferai ma part lors des événements à venir, déclara Damalis tandis que la femme médecin examinait ses jambes.

– Nous en discuterons lorsque le docteur Lawson me confirmera que vous êtes à nouveau fonctionnel, répondit Cédric avec tact.

– Mais je ne me suis jamais senti aussi bien !

Athenaïs exerça une petite pression sur sa jambe droite et lui arracha un cri de douleur.

– Et maintenant, vous vous sentez comment ?

– J'ai connu des chefs d'exercices militaires moins sadiques que vous...

– Je reviendrai vous voir plus tard, annonça Cédric qui ne voulait pas être obligé de trancher en faveur de l'un ou de l'autre.

– MONSIEUR ORLÉANS, VOTRE PRÉSENCE EST REQUISE AUX RENSEIGNEMENTS STRATÉGIQUES.

« Sauvé par la cloche », pensa Cédric en quittant l'infirmerie. Il accéléra le pas dans le couloir et entra dans la vaste salle après son identification rétinienne.

– Qu'y a-t-il, Sigtryg ?

– J'ai pensé que ceci vous intéresserait.

Sur le plus gros des écrans, Asgad Ben-Adnah se tenait debout devant un lutrin, sur lequel une vingtaine de microphones étaient posés. Il attendait que la foule des journalistes se calme avant de parler.

– Il semble que nous soyons de plus en plus souvent victimes d'actes de terrorisme dont personne ne revendique la responsabilité, commença-t-il. Il y a d'abord eu ces missiles arrivés de nulle part, puis maintenant, l'empoisonnement de toutes nos sources de nourriture. En tant que président de l'Union eurasiatique, je vous donne ma parole que nous découvrirons la source du problème et que nous soignerons les bêtes et les plantes qui n'auront pas encore péri. Et lorsque les coupables de ces gestes meurtriers auront été identifiés, ils devront payer pour leur crime contre l'humanité. Mais j'ai besoin de temps pour trouver une solution, alors je demande aux pays membres de l'Union eurasiatique de procéder à un rationnement intelligent de leurs ressources alimentaires. Tous les citoyens doivent pouvoir manger tous les jours même si ce n'est qu'une petite quantité de nourriture. Surtout, ne paniquez pas. Je vous tiendrai régulièrement au courant de mes progrès. Merci.

Immédiatement après la conférence de presse, les analystes politiques s'entendirent presque tous pour dire qu'il était temps qu'un leader réagisse face à cette famine qui avait déjà commencé à faire des victimes. Ils encouragèrent aussi tous les autres pays du monde à suivre son exemple.

Au même moment, à Jérusalem, un autre membre de l'ANGE avait attentivement écouté ces mots. Debout devant l'écran mural de son bureau, Adielle Tobias avait observé le visage de sa cible en essayant d'interpréter ses véritables intentions. Asgad avait conservé un air attristé pendant son message, mais dans ses yeux brillait une étrange lueur. « Il est vraiment temps que je l'abatte », décida-t-elle.

...022

Sa rencontre avec les recrues de l'ANGE avait semé de la confusion dans l'esprit de Cindy. Elle avait suivi Cael Madden dans un élan du cœur, sans vraiment réfléchir aux conséquences de sa décision. Assise à la coiffeuse de sa chambre d'hôtel, elle brossait mécaniquement ses cheveux bruns en réfléchissant à ce qu'elle avait fait. Pour servir le prophète, elle avait abandonné l'Agence, ses amis et même son frère. Elle ne possédait que ce qu'elle avait apporté dans sa valise et elle n'avait plus aucune ambition personnelle. Les amis de Mélissa avaient-ils raison de dire qu'elle était devenue le jouet d'un homme assoiffé de pouvoir ? Qu'allait-il lui arriver une fois que Cael serait reconnu mondialement comme le sauveur du monde ? Il n'aurait plus de temps à lui consacrer en devenant la lumière de toute une planète. « Est-ce que je vais me retrouver sans ressources dans la ville la plus dangereuse au monde ? »

Elle se demanda aussi si Cédric avait affecté ses nouveaux agents à la surveillance de Cael parce qu'il était persuadé qu'il était un faux prophète. À son arrivée à l'ANGE, elle avait enquêté sur un énergumène de Varennes qui trompait les gens avec des soi-disant enseignements spirituels. Mais Cael communiquait réellement avec Dieu et il exécutait sa volonté sans rien demander pour lui-même. Lorsqu'il était logé et nourri gratuitement, ce n'était pas parce qu'il l'avait exigé, mais parce que ses disciples le lui offraient.

Cindy cessa de se torturer et marcha jusqu'au lit où Cael somnolait déjà. Elle se blottit contre lui, rassurée par sa puissante aura.

– Arrête de te poser des questions, chuchota-t-il.

– Je suis faite ainsi.

– Tout le monde peut changer, Cindy. C'est ce que je me tue à faire comprendre à tous ces gens qui viennent m'écouter. N'entends-tu pas mon message, toi non plus ?

– Je veux sauver le monde moi aussi, Cael, mais je ne peux pas arrêter toutes ces voix qui me font douter de chacun de mes gestes.

– Il faut que tu apprennes à te faire confiance comme tu me fais confiance.

– Il est bien plus facile de croire en toi.

– Si tu n'es pas partie avec les autres lors du Ravissement, c'est justement parce que ta foi ressemble à une girouette qui change de direction chaque fois qu'une nouvelle personne te dit ce que tu dois croire. C'est ton indécision et tes doutes qui t'ont condamnée à rester ici.

– Mais quand je médite, je suis toujours assaillie de pensées contradictoires.

– Apprends à faire taire ces voix qui ne veulent que te faire trébucher. Chaque fois qu'elles essaient de t'influencer, prononce des phrases positives et lumineuses qui les chasseront.

– Donne-moi un exemple.

– Il y en a tellement... Tu pourrais dire : « Je suis une enfant de Dieu, et lui seul éclaire mon chemin. » À force de répéter une phrase positive, on finit par modifier non seulement sa façon de penser, mais aussi sa façon d'agir.

– Je suis une enfant de Dieu, et lui seul éclaire mon chemin. Oui, j'aime bien ces mots.

Cael l'embrassa sur le front et la serra contre lui. Rassérénée, elle parvint finalement à trouver le sommeil, mais fit de curieux rêves. Elle se vit dans un grand désert, complètement seule.

Elle avait beau appeler, personne ne lui répondait. Puis une épée sortit du sol devant elle. Dans la vraie vie, elle aurait pris ses jambes à son cou et aurait couru dans la direction opposée, mais dans ce rêve, elle empoigna solidement l'arme et la leva vers le ciel. Un éclair fulgurant frappa alors le métal, instillant en elle le courage d'un héros.

Elle se réveilla en sursaut, baignée par un rayon de soleil. Cael dormait encore. Tout doucement, elle se libéra de son bras et se dirigea vers la salle de bains. Elle jeta un coup d'œil dans le miroir et poussa un cri de surprise en constatant que ses cheveux étaient redevenus blonds !

– Je suis encore en train de rêver…

Elle se pinça.

– Aïe !

Elle entendit alors Cael rire dans la chambre. Furieuse, elle sauta sur le lit et le frappa à coups de poing sur la poitrine. Il agrippa solidement ses poignets pour arrêter son geste.

– Est-ce toi qui as fait ça ? demanda-t-elle, fâchée.

– Tu es belle au naturel, Cindy. Quand le comprendras-tu ?

– J'ai teint mes cheveux en brun parce que j'en avais assez d'être la cible des reptiliens !

– Ce ne sont pas tes attributs physiques qui les attirent, mais ton essence profonde.

– Les sites Internet qui parlent des reptiliens disent que…

– Arrête de croire tout ce que tu lis, la coupa Cael. Les gens disent n'importe quoi pour se rendre intéressants. Lorsque tu entends quelque chose, utilise ta sagesse intérieure pour décider si c'est vrai ou faux, comme tu le fais avec moi.

– Tu n'es pas comme les autres.

– Au contraire. Tout comme eux, j'ai un message à transmettre à ceux qui veulent l'entendre. Mais dans mon cas, tu as cessé de raisonner et tu t'es servie de ton cœur pour l'interpréter. À présent, fais la même chose avec tout ce que tu entends.

– Je ne veux plus être capturée par des serpents...

– Me croirais-tu si je te disais qu'à partir d'aujourd'hui, cela ne se reproduira plus jamais ?

– Vas-tu les éliminer jusqu'au dernier ?

– Cela irait à l'encontre de mes convictions, Cindy. En fait, ce ne sont pas eux que je changerai, mais toi. Il est temps que tu saches qui tu es vraiment.

– Je ne comprends pas...

Le comportement du prophète changea alors du tout au tout. Il avait d'abord été un ami et un confident pour la jeune femme, mais ce matin-là, il se transforma soudain en amant passionné. Au début, Cindy ne sut pas très bien comment réagir à ses baisers qui se faisaient de plus en plus fiévreux, mais peu à peu, elle se laissa transporter par ses caresses et ses mots tendres. Elle n'avait accepté qu'Océlus dans son lit, même si ce dernier avait emprunté une panoplie de corps différents, et croyait que c'était cela, l'amour. Beaucoup plus enflammé que le Témoin, Madden éveilla en elle une femme méconnaissable. Plus elle s'abandonnait à lui, plus elle devenait une autre personne... Après l'amour, Cael se coucha sur le côté et l'observa en souriant.

– Comment te sens-tu ? s'enquit-il au bout d'un moment.

– C'est difficile à expliquer. On dirait que quelque chose a changé en moi. M'as-tu fait quelque chose de divin ?

– Je n'ai fait que réveiller ta véritable nature.

– Je ne comprends toujours pas.

– Les choses et les gens ne sont pas toujours ce qu'ils paraissent.

– Tu n'es pas un prophète ?

Il éclata d'un rire franc, qui fit finalement sourire la jeune femme.

– Donc, c'est moi qui ne suis pas ce que je parais ?

– Je brûle d'envie de tout te révéler, mais il te serait plus profitable de le découvrir par toi-même.

– Tu sais pourtant que je déteste les énigmes !

– La réponse se trouve en toi, Cindy. Cesse de chercher ailleurs.

Contrariée par son attitude de sphinx, elle s'empara de la télécommande et alluma la télévision. Cael ne s'y opposa pas. En fait, il cherchait plutôt à développer le sens de l'initiative de la jeune femme.

– C'est l'Antéchrist, indiqua-t-elle en reconnaissant le visage de Ben-Adnah à l'écran. Cael se redressa pour écouter ce qu'il avait à dire.

– Une famine mondiale ? s'étonna Cindy.

Choyés par les disciples du prophète, ils ne s'en étaient pas rendu compte.

– Nous allons devoir partir plus tôt que prévu, murmura Cael, inquiet.

– Connais-tu le responsable de ce fléau ?

– C'est sûrement un démon.

– Pourquoi Dieu permet-il de telles calamités ?

– Le Père n'est pas responsable du comportement des hommes, Cindy. Il ressemble à un parent devant son enfant qui a pris une décision stupide qui l'a conduit au désastre. Il le laisse d'abord en subir les conséquences, puis il lui pardonne et lui indique ce qu'il peut faire pour redresser la situation. Et, parfois, lorsque l'enfant ne veut rien entendre, il lui envoie un de ses messagers pour lui venir en aide.

– Toi ?

– Commence à rassembler tes affaires. Je vais voir si nous pouvons prendre le prochain vol à destination de Jérusalem.

« Ce serait bien plus facile, s'il pouvait se déplacer comme Yannick et Océlus », songea Cindy.

– Nous n'avons reçu ni la même mission ni les mêmes pouvoirs, lui fit savoir Cael en se levant.

– Tu les connais ?

– De réputation.

– Quand vais-je découvrir ma véritable nature ? le talonna la jeune femme.

– Très, très bientôt.

Il alla s'enfermer dans la salle de bains. Cindy resta au lit encore quelques minutes, sans écouter les commentaires des analystes. Elle s'était plutôt mise à penser à d'éventuelles retrouvailles avec Océane. « Mais elle est dans les bras d'un démon, tandis que moi, j'accompagne un ange », se découragea-t-elle. Elle se décida à se lever et enfila son peignoir. Il ne lui serait pas très difficile de remplir sa valise avec le peu de vêtements qu'elle portait, désormais.

C'est alors qu'on frappa à la porte de la suite. Elle alla ouvrir et trouva un livreur face à elle.

– Signez ici, indiqua-t-il sans plus de façons.

Cindy fit ce qu'il lui demandait, mais n'eut pas le temps de le questionner sur cette livraison. Il lui remit le petit paquet et repartit. Curieuse, la jeune femme alla s'asseoir dans le salon et ouvrit l'enveloppe à bulles qui avait été postée à Ottawa. Elle ne contenait aucun message, seulement un petit écrin. Quelle ne fut pas sa joie de découvrir le bijou à l'intérieur. Elle attacha tout de suite la chaînette à son cou en se demandant si ce pouvait être un cadeau de réconciliation envoyé par son frère.

...023

Océane n'avait jamais été aussi malheureuse de toute sa vie. Même si elle était traitée comme une reine par son cortège de servantes et de serviteurs, elle n'avait plus le droit de quitter la villa. Chaque entrée était gardée par des molosses qui ne parlaient pas sa langue et qui n'oseraient jamais désobéir à leur employeur. L'ex-agente était complètement coupée du monde extérieur, car Asgad lui avait confisqué son téléphone portable et qu'elle craignait que le téléphone de la maison ne soit sous écoute.

Pire encore, en plus de la séquestrer dans sa demeure, l'homme d'affaires y passait très peu de temps. Il continuait à suivre les pistes découvertes par les enquêteurs concernant la disparition d'Antinous et puisqu'elles ne menaient jamais nulle part, il était d'une humeur massacrante lorsqu'il rentrait. Les choses s'étaient envenimées lorsque les animaux et les plantes s'étaient mis à mourir dans la ville. Asgad, qui n'était pas là très souvent, s'absenta davantage afin de donner des conférences dans tous les pays membres de l'Union eurasiatique.

Océane avait appris à la télévision, grâce à CNN, que le fléau s'étendait à toute la planète. Elle savait que l'ANGE se pencherait sur ce mystère et que ses ressources, parfois plus impressionnantes que celles des gouvernements, lui permettraient de rétablir rapidement la situation. Ce qui l'inquiétait surtout, c'était sa captivité.

En s'efforçant de garder une attitude soumise, elle parcourait sans cesse la maison, à la recherche d'un moyen de s'échapper. « Yannick viendrait-il me sortir de ce mauvais pas si je le lui demandais ? » songea-t-elle. Lors de leur dernière rencontre, Océlus avait empêché son ami de se rendre jusqu'à elle en prétendant qu'elle était devenue si maléfique qu'aucune créature divine ne pouvait s'en approcher sans risquer l'anéantissement. « Je me suis mise dans de beaux draps », se découragea-t-elle. Seule la réussite de la mission d'Adielle pourrait lui permettre de retourner au Québec.

Ce soir-là, elle buvait un café à petites gorgées, pelotonnée dans le sofa du salon, en écoutant une fois de plus les nouvelles, son seul réconfort. La situation mondiale se détériorait de jour en jour, et les gens affamés commençaient à mourir en grand nombre. Océane aurait vraiment préféré se trouver dans une base de l'ANGE en train d'étudier ce problème, plutôt que de demeurer inactive dans l'antre de l'homme le plus influent de toute la planète.

– Mademoiselle Orléans, je sais que vous n'êtes pas dans un bon état d'esprit actuellement, mais je vous en prie, ne tirez pas sur le messager, lui dit Benhayil depuis la porte du salon.

– Vous pouvez entrer, soupira-t-elle. Je n'ai plus la force de mordre.

Le secrétaire déposa un cartable plutôt volumineux sur la table basse devant elle.

– Ce sont tous les détails de votre mariage, expliqua-t-il.

– Parce qu'il a encore envie de m'épouser ?

– Monsieur Ben-Adnah vous aime plus que tout au monde.

– Et ce qu'il adore, il le garde en cage, habituellement ?

– Je comprends votre déception et je me sentirais probablement comme vous dans la même situation. Toutefois, il nous faut garder à l'esprit que monsieur Ben-Adnah traverse une crise grave, aussi bien au niveau personnel qu'au niveau professionnel. Il s'inquiète tellement pour Antinous et pour le monde entier qu'il n'est plus tout à fait lui-même. Lorsque tout cela sera réglé, il reviendra chez lui pour s'occuper de ses affaires et vous chérir à jamais.

– Est-ce lui qui vous a demandé de me dire ça ?

– Non. Je ne le vois pas plus souvent que vous. Heureusement, je suis habitué à régler toutes ses affaires par moi-même.

– Ne restez pas debout, monsieur Erad.

Il prit place sur une bergère pour lui faire plaisir.

– Que se passera-t-il s'il ne trouve pas le remède miracle qui nous rendra nos principales sources de nourriture ? demanda Océane.

– Je préfère ne pas y penser.

– À moins que nous n'évoluions suffisamment vite pour manger du roc, nous disparaîtrons de la surface de la Terre...

– Y a-t-il quelque chose que je puisse faire pour vous rendre votre joie de vivre ?

– Un billet d'avion pour la France ?

– J'ai certainement le pouvoir d'exaucer ce vœu, mais je tiens à la vie, moi aussi. Mon patron me ferait sans aucun doute fusiller.

– Il a bien trop besoin de vous.

– S'il y a quelque chose que j'ai appris au cours de ma courte vie, c'est que personne n'est irremplaçable. C'est pour cette raison que nous devons apprendre à bien nous tenir si nous voulons conserver ce que nous avons.

– Êtes-vous en train de me faire la morale ?

– Ce n'est qu'un conseil. Beaucoup de femmes aimeraient avoir pour mari un homme comme mon patron. Vous ne manquerez jamais de rien et vous pourrez même jouer un rôle social important dans ses œuvres de charité, si le cœur vous en dit.

– L'épouse parfaite d'un grand homme d'État, quoi.

– Je vous laisse consulter ce dossier à votre guise. Si quoi que ce soit vous déplaît, vous n'avez qu'à me faire signe.

Habitué à faire son travail malgré les sautes d'humeur de son patron, Benhayil ne fit aucun cas de l'attitude maussade d'Océane. Il la salua et quitta le salon. « Si j'adoptais comme lui un comportement docile, peut-être arriverais-je à sortir d'ici », songea la jeune femme. Elle regarda le cartable pendant de longues minutes avant de l'ouvrir. Sa robe de mariée était magnifique, mais elle n'avait vraiment pas envie de la porter. Cet événement parfaitement orchestré aurait pourtant fait envie à toutes les femmes du monde...

Elle ne revit Benhayil que vers l'heure du repas du soir. Pour changer de décor, Océane était allée s'asseoir dans le jardin. Même les nénuphars dans les petits bassins avaient péri. Un vent doux et chaud balayait la grande cour, mais l'ex-agente ne sentait plus rien. Elle n'avait qu'un seul objectif : étudier les tours de garde des soldats qui gardaient la villa, afin d'escalader le mur et de courir jusqu'à ce que ses jambes cèdent sous elle.

– Vous avez reçu un présent du Canada, annonça le secrétaire en s'approchant d'elle, une petite enveloppe à bulles dans les mains.

La seule mention de son pays de naissance fit sursauter Océane.

– Il n'y a aucune adresse de retour, mais cela provient de la ville d'Ottawa. La jeune femme lui arracha l'enveloppe des mains.

– Nous avons dû l'ouvrir pour en vérifier le contenu, expliqua Benhayil sur un ton navré. Il ne contient aucun explosif.

– C'est rassurant.

Océane y découvrit un écrin, qu'elle s'empressa d'ouvrir. Il contenait une chaînette en argent, sur laquelle pendait un « O » piqué de petits diamants.

– Connaissez-vous quelqu'un à Ottawa qui aurait pu vous faire parvenir ce bijou ?

– Croyez-le ou non, monsieur Erad, j'ai eu d'autres amants avant Asgad. Il s'agit peut-être d'une façon subtile de me dire de ne pas l'épouser.

– Voulez-vous que je vous débarrasse de ce présent ?

– Absolument pas !

Elle saisit le « O » entre son pouce et son index et l'examina de près. Ce n'était pas de la pacotille. Les pierres précieuses incrustées dans l'argent n'étaient pas de vulgaires éclats de verre. Voyant qu'elle ne faisait plus attention à lui, Benhayil tourna les talons et la laissa seule dans le jardin.

– Je ne crois pas aux mystérieux admirateurs, raisonna Océane à voix haute.

Pourquoi lui faisait-on cadeau d'un pendentif circulaire ? En l'observant attentivement, elle remarqua qu'il s'agissait d'un rond allongé de haut en bas.

– C'est un « O » !

Océlus ne connaissait pas suffisamment le monde moderne pour utiliser les services postaux. De toute façon, il n'était pas à Ottawa, mais à Jérusalem où il s'affairait à sauver des âmes. Si ce bijou était bel et bien censé représenter un message, il ne pouvait avoir été envoyé que par une personne au courant des messages que le Témoin avait transmis aux agentes de l'ANGE à Montréal, avant l'explosion de la base.

– Cédric ? se demanda-t-elle.

S'il avait voulu lui transmettre une communication, il aurait certainement utilisé un agent d'Adielle déguisé en plombier ou en traiteur pour les mariages, car il n'aimait pas les devinettes.

– Vincent...

Elle retourna le « O » et regretta de ne pas avoir de loupe pour voir s'il avait été ouvert de quelque façon que ce soit. Les experts en sécurité d'Asgad avaient eux aussi examiné le pendentif sans y détecter de mélange explosif. Cela ne voulait pas dire qu'il ne contenait pas autre chose. Vincent était non seulement très habile pour créer des logiciels, mais aussi pour fabriquer des systèmes miniatures pratiquement indétectables. Si c'était bel et bien lui qui lui offrait ce bijou, ce dernier ne pouvait avoir que deux fonctions : le brouillage d'écoute électronique ou la communication.

Océane se mit donc à le triturer de toutes les façons possibles, à la recherche d'un dispositif de mise sous tension, puis elle toucha chaque diamant du bout de l'index jusqu'à ce qu'elle ait effectué un cercle complet. Ils s'illuminèrent aussitôt en orange !

« J'espère que je n'ai pas activé la minuterie d'une puissante bombe », songea-t-elle en l'approchant de son oreille.

– Océane, est-ce que tu m'entends ? résonna alors la voix du savant.

– Oui, je t'entends, se réjouit Océane en s'efforçant de ne pas élever le ton. Tu es un génie.

– Merci... mais attention, ce mécanisme ne fonctionne qu'entre toi et moi, et je ne serai pas là pour en changer la pile quand elle sera épuisée.

– Combien de temps durera-t-elle ?

– Une trentaine d'heures, tout au plus.

– Pourquoi as-tu ressenti le besoin de me transmettre ce moyen de communication, Vincent ?

– Parce que je n'ai aucune autre façon de te parler. Il s'est passé beaucoup de choses depuis ton départ, et je veux que tu en sois informée. Premièrement, la base de Montréal est de nouveau opérationnelle et c'est Cédric qui la dirige.

Océane enregistrait chaque mot prononcé par le jeune savant dans sa mémoire en évitant de l'interrompre.

– Deuxièmement, Cindy a quitté l'ANGE pour suivre un prophète dont on ne sait pas encore s'il est vrai ou faux.

– Misère… souffla Océane, découragée.

– Troisièmement, j'ai reçu le don de lire des textes superposés à ceux de la Bible qui prédisent des événements liés à la montée de l'Antéchrist. Tu vas trouver ça dur à croire, mais la Bible me parle de toi, de Cindy et d'autres agents de l'ANGE dont le rôle sera crucial au cours des prochaines années.

– Si tu éprouves le besoin de me parler maintenant, cela veut-il dire que les choses iront très mal avant d'aller pour le mieux ?

– En fait, la Bible dit que tu perdras ta liberté et que tu seras subjuguée par l'Antéchrist.

– J'aurais vraiment aimé recevoir ton bijou avant aujourd'hui, parce que cette prédiction s'est révélée vraie. Je suis prisonnière dans la maison de l'Antéchrist. Je ne suis pas maltraitée, mais je commence à m'embêter.

– Il y a plus encore, Océane. Elle dit aussi qu'il arrivera un temps où tu ne désireras plus vivre. C'est pour te demander de tenir bon que je voulais te parler.

– Je n'en suis heureusement pas encore rendue là. La Bible parle-t-elle de la famine qui sévit en ce moment à travers le monde ?

– Elle n'est pas très claire à ce sujet, mais les reptiliens semblent y être mêlés.

– Donne-t-elle la recette de l'antidote pour stopper la maladie contractée par les animaux et les plantes ? espéra-t-elle.

– Pas encore, mais je passe chaque minute de la journée à attendre les prochains messages.

Océane entendit des voix d'hommes à l'intérieur de la villa.

– Je vais peut-être devoir mettre subitement fin à cette conversation, Vincent, alors en quelques mots, dis-moi comment vont les autres ?

– Cédric et ses nouveaux agents travaillent comme des fous pour trouver eux aussi une solution à cette étrange famine, et Aodhan, qui a été muté à Montréal, divise son temps entre la base et le troupeau du prophète de Cindy.

– Aodhan ?

– Apparemment, Madden lui aurait demandé de rassurer ses milliers de disciples, tandis qu'il se confronte à l'Antéchrist à Jérusalem.

– Je lui souhaite d'avoir de véritables pouvoirs divins, sinon il va n'en faire qu'une bouchée.

– Océane ? appela la voix d'Asgad depuis la maison.

– Vincent, je dois y aller. Embrasse tout le monde pour moi. Communication terminée.

Les petits diamants reprirent leur couleur blanchâtre. Océane attacha la chaînette autour de son cou et marcha en direction de la villa, pour ne pas alarmer inutilement son bourreau.

– Te voilà enfin, s'égaya l'Anantas en la voyant approcher.

Il l'embrassa sur les lèvres comme s'il ne l'avait jamais condamnée à passer le reste de ses jours enfermée.

– Viens, je veux te montrer les dernières pistes que les enquêteurs ont trouvées.

Océane s'efforça de sourire et se laissa entraîner dans la maison.

...024

Cindy eut à peine le temps de boucler sa valise que Cael la faisait monter dans la voiture d'Aodhan, qui les attendait devant l'hôtel. Leurs billets d'avion avaient été payés par les disciples qui s'étaient réunis à Montréal. Connaissant l'heure du départ du prophète pour Jérusalem, ils avaient pu se masser à l'aéroport pour lui dire au revoir et lui souhaiter bonne chance pour sa difficile mission. Aodhan ouvrit le chemin au jeune couple dans la haie d'honneur qui menait à l'étage des embarquements. Les gens jetaient des rameaux desséchés sur leur passage. Certains pleuraient. Accrochée à la main de Cael, Cindy les observait en se demandant si c'étaient des larmes de tristesse ou de joie.

Aodhan les accompagna jusqu'au comptoir d'enregistrement des bagages en surveillant constamment les alentours, à la recherche d'un possible tireur. Il y avait tellement de monde dans l'aéroport qu'il aurait été facile pour un assassin de s'y cacher. L'Amérindien ne se détendit que lorsque Cael et Cindy arrivèrent à la douane.

– Prends bien soin d'eux, Aodhan, lui recommanda le prophète avec un large sourire.

Ce qui impressionnait le plus l'agent de l'ANGE, c'était la confiance tranquille de cet homme qui ne pensait toujours qu'aux autres. Il allait probablement se faire tuer à Jérusalem, mais cela ne l'effrayait pas. Dieu lui avait demandé de se confronter au Mal à sa source, et il avait obéi sans hésitation à son commandement.

– Je ferai de mon mieux, assura l'Amérindien.

Il suivit le couple des yeux jusqu'à ce qu'il arrive aux machines de détection des objets dangereux, puis retourna sur le parking en priant silencieusement tous ses ancêtres de veiller sur le messager divin.

Cindy avait souvent voyagé, d'abord avec sa grand-mère Bloom, car ses parents étaient des bourreaux de travail qui ne prenaient jamais de vacances, puis avec des amis lorsqu'elle était étudiante. Elle se cala dans son siège, attacha sa ceinture et se rappela qu'elle avait déjà travaillé pour Air Éole, une compagnie qui offrait des vols vers des destinations exotiques autour de la mer Méditerranée. Cette entreprise n'existait même plus…

Elle accepta le verre de vin que lui tendait l'hôtesse, mais Cael ne but que de l'eau. Tout de suite après le décollage, ce dernier sombra dans un état catatonique qui dura tout le vol. Abandonnée à elle-même, Cindy commença à regarder les vieux films présentés pendant le trajet, puis elle ferma les yeux.

Informés de l'arrivée du prophète de Washington, les croyants convertis par Képhas et Yahuda affluèrent à l'aéroport Ben Gourion. En voyant la foule grossir, les autorités aéroportuaires alertèrent la police, et l'escouade anti-émeute se dépêcha de former un périmètre de sécurité permettant aux autres voyageurs de circuler. Les nouveaux disciples acclamèrent chaleureusement Cael et Cindy lorsqu'ils sortirent finalement de l'aéroport avec leurs valises. On apporta même au prophète un micro branché à un énorme haut-parleur attaché sur le toit d'une voiture.

Comme c'était le cas pour les deux Témoins, même si Cael parlait français, ses auditeurs l'entendaient miraculeusement s'exprimer dans leur propre langue.

– Habitants et visiteurs du pays bien-aimé de Dieu, je vous salue !

Un tonnerre d'applaudissements, de sifflements et de cris de joie éclata. Cael ne tenta d'aucune manière de refréner l'allégresse de son troupeau. En ces temps difficiles, les gens avaient réellement besoin de réjouissances.

– Si je suis venu jusqu'ici, c'est pour mettre un terme à la famine qui décime nos rangs. La foule manifesta de plus belle son enthousiasme.

– Puis je marcherai jusqu'au Jourdain, dans lequel j'ai jadis baptisé des milliers de chrétiens. Cette fois, un murmure interrogateur parcourut l'assemblée.

– Es-tu la réincarnation de Jean le Baptiste ? cria un homme dans les premiers rangs.

– C'est bien moi, assura Cael. Et comme jadis, je suis venu paver le chemin pour le Fils de Dieu.

Il dut de nouveau attendre plusieurs minutes que les fidèles cessent d'exprimer bruyamment leur bonheur avant de poursuivre.

– Peut-être marcherez-vous avec moi sur la route de Jéricho, conclut-il.

Cael remit le micro à celui qui le lui avait tendu et suivit un autre disciple vers la voiture qui l'emmènerait à Jérusalem. Il n'aima pas qu'elle soit blindée, car il ne voulait surtout pas passer pour un lâche, mais il lui aurait été impossible de traverser la mer de fidèles pour en trouver une autre. Il y prit donc place avec Cindy, tandis qu'on rangeait leurs valises dans le coffre.

– J'espère que tu t'es bien reposée pendant le vol, chuchota le prophète à sa belle, parce que je pense que nous n'aurons plus l'occasion de dormir avant que j'aie accompli ma mission.

– Quand j'ai vu que je ne pouvais pas te sortir de ta bulle, j'ai suivi ton exemple.

– Tu as bien fait.

– Est-ce vrai que tu es la réincarnation de quelqu'un d'autre ? s'inquiéta-t-elle tout à coup.

– Oui, et contrairement à ceux qui sont revenus plusieurs fois dans d'autres corps sur cette planète, moi, je me souviens de tous les détails de mon ancienne vie.

– Quand as-tu su que tu n'étais pas réellement la personne que tu croyais être ?

– Quand Dieu s'est mis à me parler. C'est à ce moment-là que j'ai décidé de terminer ce que j'étais venu faire la première fois.

– Et qu'est-ce que c'est ?

– Annoncer la venue de son Fils, évidemment.

Le trajet jusqu'à la vieille ville, qui aurait normalement dû durer un peu plus de cinquante minutes, s'étendit sur presque quatre heures, car les gens s'étaient massés le long de la route pour les voir passer et les saluer. Une fois arrivés à Jérusalem, Cael et Cindy furent escortés jusqu'au temple que l'on était en train de construire. Le prophète promena lentement son regard sur l'imposante entreprise, puis se tourna vers ses disciples, l'air grave. Une équipe de télévision venait tout juste de se greffer à eux, mais il n'attendit pas que les techniciens aient installé leur équipement pour prononcer son sermon. Malgré tout ce qu'on disait à son sujet, Cael Madden n'était pas assoiffé de sensationnalisme.

– Mes frères, mes sœurs, enfants de Dieu ! commença-t-il.

Sans utiliser le moindre système d'amplification, sa voix porta jusque dans la ville basse. Le silence se fit au sein de cette assemblée composée non seulement de chrétiens, mais aussi de musulmans, de juifs et d'Arméniens.

– Je trouve malheureux de voir des hommes ériger un si beau temple à la gloire de toutes les religions, alors que dans quelques années, il sera détruit par la Bête, déplora le prophète.

Jeunes et vieux avaient leur regard fixé sur lui, attendant qu'il accomplisse un miracle.

– Vous n'adorez pas tous Dieu de la même façon, mais au fond, vous savez qu'il s'agit d'une seule et unique volonté cosmique. Il attend depuis longtemps que vous appreniez à vous aimer les uns les autres. En fait, il préférerait ne pas avoir à intervenir, cette fois. Comment pourrais-je vous convaincre qu'il n'y a qu'un seul Dieu qui aime tous ses enfants de la même façon ?

– Nous sommes en train de mourir de faim ! Sauve-nous de la famine ! cria une femme.

La foule se mit à scander « sauve-nous, sauve-nous ! ». Cael attendit patiemment que le silence revienne parmi les centaines de personnes entassées devant lui.

– S'il vous faut un tel prodige pour rendre enfin gloire au Père, alors soit.

Le prophète ferma les yeux et, sans qu'il ait besoin de le leur expliquer, ses disciples surent qu'il était en train de communiquer avec le Créateur du monde. Un rayon de soleil perça soudain les nuages et n'illumina que Cael, rendant ses vêtements éclatants. Un murmure d'émerveillement parcourut aussitôt l'assemblée. Même le caméraman avait de la difficulté à se concentrer sur les images qu'il filmait pour la postérité.

– Maranatha ! s'écria Madden en levant les yeux au ciel.

À la façon d'un kaléidoscope, les nuages au-dessus de lui se mirent à floconner en passant du blanc au rose, puis du rose au bleu et du bleu au vert, avant de redevenir blancs. Les gens se jetèrent face contre terre en priant chacun dans leur langue.

– Sa volonté a été accomplie, annonça le prophète. Quand le moment sera venu, défendez ce temple qui a été érigé pour rassembler tous les peuples ! Si vous ne vous unissez pas bientôt, alors la Bête vous dévorera tous et Dieu ne pourra plus vous sauver. Vous êtes les seules créatures auxquelles il a accordé le libre arbitre. Utilisez ce merveilleux cadeau pour repousser Satan jusqu'aux murs du Temple de Salomon, où le Fils de Dieu le jugera et le condamnera !

Le ciel s'assombrit d'un seul coup et le tonnerre se mit à gronder, semant la panique dans la foule.

– Si vous craignez la foudre, comment vous comporterez-vous devant le Prince des Ténèbres ? leur reprocha Cael.

– Ils le combattront de toutes leurs forces ! retentit une voix au-dessus des lamentations.

Cael n'eut aucun mal à reconnaître les deux hommes qui se tenaient sur le toit d'un commerce, au bout de la rue, même s'ils portaient des vêtements modernes.

– Sois le bienvenu à Jérusalem, Iaokanann, fils de Zacharie, le salua le Témoin.

Madden leva le bras et les nuages sombres se dispersèrent, permettant de nouveau au soleil d'inonder la ville.

– Merci de m'y accueillir, Képhas.

– Ne m'as-tu pas dit que tu ne les connaissais que de réputation ? s'étonna Cindy.

– Je suis mort bien avant que les apôtres de Jeshua ne commencent leurs prédications, mais d'où je viens, tout se sait, la rassura Cael.

Les Témoins se matérialisèrent instantanément aux côtés du prophète, achevant d'éblouir la foule.

– Si nous unissons nos forces dans la ville où Satan frappera en premier, sans doute arriverons-nous à sauver plus d'innocents, fit Képhas, car bientôt les trois anges se joindront à nous.

– Je suis surtout ici pour préparer le retour du Jeshua, mais je ferai ce que je pourrai dans les délais qui m'ont été impartis par le Père.

Yahuda et Cindy ne les entendaient plus. Ils se regardaient dans les yeux, mais ce n'était pas de l'amour qui brillait dans ceux du Témoin, car il venait de deviner le lien qui unissait sa bien-aimée au prophète. Comprenant qu'il se sentait trahi, Cindy détourna la tête. S'il voulait une explication, elle lui en fournirait une plus tard, loin des milliers d'oreilles qui les écoutaient.

– Il n'est donc pas nécessaire que nous fassions route ensemble, poursuivit Képhas.

– Nous serons plus efficaces en prêchant dans des régions différentes du pays, acquiesça Cael.

– Resteras-tu à Jérusalem ?

– Non. Demain, je me mettrai en route pour la vallée du Jourdain si chère à mon cœur.

– Que Dieu t'accompagne, Iaokanann.

Ils s'embrassèrent comme des frères, puis Cael se tourna vers le second Témoin.

– Les hommes savent désormais que tu n'as pas trahi Jeshua pour de l'argent, Yahuda. Tu étais son ami et son confident. C'est un bien grand sacrifice que tu as fait pour que s'accomplisse son destin.

Des larmes se mirent à couler sur le visage de l'apôtre. Il se laissa étreindre pendant un moment, puis disparut en même temps que Képhas.

– Il nous revient de sauver notre monde, puisque nos chefs politiques et religieux en sont incapables ! lança Cael en suscitant l'euphorie générale.

Cindy commença à se sentir mal à l'aise devant ces milliers de gens qui criaient de tous leurs poumons.

– Nous sommes les nouveaux bergers du Père ! Ramenons vers lui toutes les brebis perdues !

Une fois le sermon de Cael achevé, ses disciples le poussèrent gentiment vers un autre véhicule qui l'attendait au coin de la rue. Pas question de l'abriter dans un hôtel du quartier, car les plus zélés croyants les y auraient facilement retrouvés. Ils conduisirent plutôt Cael et Cindy à Béthanie, d'où ils pourraient se mettre en route pour le Jourdain. Pendant une bonne partie du trajet, le prophète salua les gens qui couraient le long de la route pour le voir de plus près, puis, lorsque la voiture s'engagea sur l'autoroute, il s'adossa contre la banquette avec un air de satisfaction sur le visage. Il se tourna vers Cindy et vit qu'elle était profondément perdue dans ses pensées.

– C'est beaucoup plus confortable qu'à dos de mulet, lui dit-il pour la faire sourire.

– Pourquoi t'a-t-il appelé Iaoka quelque chose ?

– Iaokanann. C'était mon nom, jadis. Ce sont les dirigeants de l'Église qui l'ont traduit par Jean le Baptiste, des années plus tard.

– Lequel de ces noms dois-je utiliser, maintenant ?

– J'aime bien « mon chéri », la taquina-t-il.

Mais cela ne la dérida pas.

– Pourquoi es-tu si rembrunie, tout à coup ? s'affligea-t-il. Est-ce que tu as peur ?

– Je pense que ce dépaysement est un peu trop brutal pour moi…

– Pourquoi me mens-tu, Cindy ?

Elle baissa la tête, profondément embarrassée d'avoir été prise en défaut.

– Combien de fois m'as-tu entendu dire qu'on ne doit jamais mentir à ceux qui nous aiment ?

– Très, très souvent... murmura-t-elle, honteuse.

– C'est un manque de respect envers les autres, mais aussi le germe de la trahison.

– J'ai peur de ce que tu vas penser de moi si je te dis la vérité.

– Tu doutes donc à ce point de mes sentiments ?

– Non !

– Je t'en prie, arrête de te préoccuper continuellement de ce que pensent les autres. Tout le monde a droit à son opinion. Rien de ce que tu pourras faire ne changera cet état de fait.

– Je ne veux pas que tu cesses de m'aimer...

Cael l'attira dans ses bras et la serra très fort contre lui pour la rassurer.

– Me crois-tu vraiment capable d'une telle chose ? chuchota-t-il à son oreille. Même si demain matin, tu décidais de poursuivre ta vie avec un autre homme, je l'accepterais si cela te rend plus heureuse. Aimer n'est pas synonyme de posséder. Aimer, c'est accepter l'autre tel qu'il est, avec ses qualités et ses défauts, et surtout respecter ses choix.

– Et si je te disais que j'ai aimé quelqu'un d'autre avant toi ?

– Le contraire me surprendrait, puisque le cœur est fait pour aimer.

– Tu n'es vraiment pas comme les autres hommes que j'ai rencontrés...

– Je l'espère bien.

Il la garda dans ses bras jusqu'à leur arrivée dans une petite auberge située à l'extérieur de la ville. Pendant que Cael bavardait avec les propriétaires de l'établissement, Cindy en profita pour aller prendre un bain dans leur coquette petite chambre. Elle se laissa glisser dans l'eau mousseuse, ferma les yeux et pensa à sa rencontre inopinée avec Océlus. « J'aurais dû me douter que nous finirions par le croiser dans un pays aussi petit », soupira-t-elle intérieurement.

– Est-ce que tu l'aimes ? demanda une voix masculine, à quelques pas d'elle.

Cindy sursauta, mais réussit à étouffer un cri de surprise qui aurait attiré tout le personnel de l'auberge. Yahuda se tenait devant elle, l'air chagrin.

– Qu'est-ce que tu fais ici ?

– Je voulais entendre de ta bouche que tu ne m'aimes plus.

– Je t'aime encore, Yahuda, mais j'ai rencontré Cael et j'ai été incapable de lui résister.

– Je voulais passer l'éternité avec toi...

– Moi aussi, mais en attendant, je ne veux pas rester seule. Est-ce que tu comprends ?

– Non... car moi je t'aurais attendue jusqu'à ma mort.

– Mais tu n'es pas moi. Je suis incapable de vivre seule.

– Alors, tu t'accroches au premier venu.

– C'est faux, et puisque tu es empathique, tu sais que Cael n'est pas n'importe qui. Il s'est établi un lien entre nous la première fois que nous nous sommes rencontrés, puis les choses ont lentement progressé. Ce n'est pas quelque chose que j'avais planifié après ton départ. De toute façon, tu m'as dit que tu ne reviendrais plus jamais vers moi. J'ai eu beaucoup de peine.

– M'aimes-tu encore ?

– Je ne sais pas comment il est possible d'aimer deux hommes avec la même intensité, mais c'est exactement ce qui se passe dans mon cœur.

Il s'agenouilla près de la baignoire et alla quérir un baiser sur ses lèvres.

...025

Malgré les émotions qu'elle avait vécues toute la journée, Cindy réussit à trouver le sommeil, blottie contre le dos de Cael. Toutefois, elle se réveilla en sursaut avant le lever du soleil. Elle tendit l'oreille avant de bouger le moindre muscle. Curieusement, elle entendait tout ce qui se passait dans l'auberge : les ronflements des autres clients, les craquements dans les murs et même le bruissement du vent dans les feuilles de l'olivier devant la fenêtre. Elle se redressa et constata aussi qu'elle pouvait distinguer tous les objets qui se trouvaient dans la chambre malgré l'obscurité.

« Je suis en train de rêver que je suis un chat », se dit-elle en descendant du lit. Elle s'approcha de la fenêtre et regarda dehors. Des centaines d'odeurs l'assaillirent en même temps, ce qui la fit reculer d'un pas. « C'est en train de virer au cauchemar », s'alarma-t-elle.

Elle s'habilla en silence et descendit l'escalier qui menait à la salle commune, plongée dans le noir le plus total. « Je ne vois pas réellement les objets qui m'entourent, mais uniquement leurs contours, comme s'ils étaient légèrement lumineux », constata-t-elle.

En jouant avec le pendentif en forme de « O » qu'elle avait reçu de la part de son mystérieux admirateur, Cindy se rendit au petit réfrigérateur, près du comptoir de la cuisine, dans lequel l'aubergiste gardait de l'eau de source. Elle en but quelques gorgées et aperçut les petits points orangés qui se reflétaient sur la bouteille. Elle rentra le menton et constata qu'ils provenaient du pendentif qu'elle portait. Intriguée, elle alla s'asseoir à la table de la salle à manger et détacha la chaînette pour examiner le bijou de plus près.

– C'est un « O » ! découvrit-elle enfin.

– Cindy, est-ce que tu m'entends ?

– Et il parle, en plus. Quel rêve bizarre...

– Cindy, appuie le pendentif contre ton oreille.

Elle s'exécuta sans même poser de questions.

– Qui parle ? demanda-t-elle comme si elle tenait un téléphone.

– C'est Vincent.

– Vincent qui ?

– McLeod, voyons ! M'as-tu déjà oublié ?

« Décidément, ce soir, je suis hantée par tous les hommes qui m'aiment », se découragea-t-elle.

– C'est moi qui t'ai fait parvenir ce système de communication sous la forme d'un bijou. Es-tu seule ?

– Oui, mais je suis au beau milieu d'un rêve.

– Quoi ? Non ! Si tu m'entends et que tu me réponds, c'est que tu es ou bien réveillée ou bien somnambule.

– Ça m'arrivait souvent quand j'étais petite.

– Cindy, écoute-moi, je t'en prie. J'ai installé dans le « O » un dispositif qui nous permet de nous appeler mutuellement. Tout ce que tu as à faire quand tu veux me parler c'est de toucher aux petits diamants un par un.

– Puis-je communiquer avec n'importe qui de l'ANGE ?

– Non, seulement avec moi. Je te l'ai envoyé pour pouvoir te tenir au courant des prédictions de la Bible, qui n'arrêtent pas de changer.

Le mot « Bible » fit tressaillir Cindy comme si elle avait mis les doigts dans une prise électrique.

– Elle disait que j'allais mourir à Jérusalem, se souvint-elle en pâlissant.

– Es-tu réveillée, maintenant ?

– Je me sens bizarre, mais ce n'est peut-être pas un rêve, en fin de compte. Est-ce que tu as une mauvaise nouvelle à m'annoncer ?

– Je veux juste que tu sois sur tes gardes durant les prochains jours. Les forces du Mal vont tenter de faire taire Madden, et il se pourrait que tu sois séparée de lui.

– Oh non…

– Si tu ne veux pas être tuée, tu devras fuir dans le désert.

Cindy entendit grincer les marches de l'escalier.

– Quelqu'un vient, chuchota-t-elle. On se parle plus tard.

Les diamants cessèrent brusquement d'émettre une lumière orangée. Cael alluma la petite lampe au pied de l'escalier et lui lança un regard inquiet.

– À qui parlais-tu ?

– À un ancien collègue de l'ANGE. Il est inquiet pour moi et pour toi.

Il vint s'asseoir devant elle.

– Merci de me dire la vérité.

– J'ai bien réfléchi à ce que tu m'as dit, et tu as raison. C'est un manque de respect de mentir ou de retenir des informations sans raison valable. Je ne le ferai plus jamais, même si la vérité est parfois dure à avaler.

– Je t'adore.

– Nous serons en danger, demain, Cael.

– Je sais.

– Je ne m'en remettrais jamais si tu mourais sous mes yeux.

– C'est un risque que je dois courir pour sauver les enfants de Dieu.

Il la ramena au lit et la garda dans ses bras jusqu'au matin. Après un petit déjeuner léger en compagnie des propriétaires de l'auberge et des disciples qui avaient choisi de rester avec lui, Cael partit à pied sur la route de Jéricho en tenant Cindy par la main.

Les reporters ne mirent pas longtemps à le rattraper. Armés de petits magnétophones, ils le questionnaient à tour de rôle ou parfois tous en même temps, afin de connaître ses intentions.

– Je me rends au Jourdain, déclara-t-il avec l'enthousiasme de celui qui retourne enfin chez lui.

– Pour ce faire, vous devrez traverser des territoires dangereux, lui fit remarquer une journaliste.

– J'en suis parfaitement conscient.

– Savez-vous que votre intervention d'hier a été diffusée sur toute la planète ?

– Non, je l'ignorais.

– Vous a-t-on informé que depuis ce matin, les plantes et les animaux ont commencé à aller mieux ?

– En doutiez-vous ?

Plus ils avançaient sur la route, plus les gens se joignaient à la marche. Une camionnette se mit aussi à les suivre en distribuant des bouteilles d'eau.

– Avez-vous écouté la conférence de presse de monsieur Ben-Adnah sur les mesures de rationnement jusqu'à ce que les causes de la famine soient enrayées ?

– Dieu nous donne tout ce dont nous avons besoin. Cet homme n'a-t-il donc pas la foi ?

– Il voulait simplement nous éviter de mourir de faim.

– Chaque fois qu'une personne prononce des paroles destinées à vous faire peur, c'est Satan qui parle par sa bouche, déclara Cael. Les gouvernants de ce monde devraient commencer à travailler pour le peuple et arrêter de le manipuler pour se remplir les poches.

– Vous devriez présenter votre candidature comme chef mondial.

– Ce n'est pas la mission que le Père m'a confiée. Il m'a envoyé ici pour ramener vers lui toutes les brebis qui se sont égarées.

Debout devant son énorme téléviseur, dans le salon de sa villa, Asgad écoutait les paroles du prophète qui faisait parler de lui depuis la veille à Jérusalem. La limousine l'attendait dans la rue pour le conduire dans un hôtel où il devait donner une deuxième conférence de presse sur la famine. Ahriman se matérialisa alors derrière lui.

– Laissez-moi m'occuper de ce casse-pieds qui est en train de salir votre réputation, Excellence.

– Avec votre magie ?

– Je connais des assassins que vous ne pourriez pas vous permettre de fréquenter.

Asgad prêta plutôt l'oreille à ce qui se passait à la télévision.

– Est-il vrai que les plantes et les animaux vont mieux ? voulut-il savoir.

– Je suis persuadé que ce charlatan dit n'importe quoi pour attirer l'attention des médias.

– Dans ce cas, faites-le disparaître sans faire de scandale.

– Avec plaisir, Excellence.

Le Faux Prophète disparut au moment où Océane dévalait l'escalier qui menait aux chambres.

– Tu n'es pas encore parti ? s'étonna-t-elle. Ta conférence a lieu dans une heure !

Puisqu'il ne répondait pas et continuait à regarder fixement l'écran de télévision, la jeune femme vint se poster près de lui. Elle serra aussitôt les lèvres pour ne pas pousser un cri de surprise en apercevant Cindy au bras d'un très bel homme.

– Que regardes-tu là ? demanda-t-elle plutôt à Asgad.

– Cet homme est arrivé hier à Jérusalem. Il prétend être un envoyé de Dieu.

– Un autre illuminé ?

– Je n'en suis pas certain. Hier, devant le temple, il a causé un grand émoi en manipulant à son gré les nuages au-dessus de sa tête.

– Vraiment ?

Certains trucages étaient faciles à exécuter, mais lorsqu'il s'agissait de conditions météorologiques, à moins d'être un scientifique et d'utiliser des produits chimiques, il devenait plus facile de croire au miracle. Océane se promit de faire une recherche sur Internet pour voir le phénomène de ses propres yeux, car quelqu'un l'avait certainement filmé.

– Il a aussi imploré Dieu de mettre fin à la famine, poursuivit Asgad, et apparemment les animaux et les plantes ont commencé à aller mieux ce matin, avant que nous ayons trouvé un remède.

– Tu vas donc remettre ta conférence à plus tard ?

– Non, je vais partir dans un petit moment, mais je vais sans doute changer le contenu de mon discours.

– Moi, je pense que tu devrais aller rejoindre ce prophète et t'en faire un allié.

Sans commenter cette suggestion, il l'embrassa sur les lèvres et quitta la villa.

– Ce que je dis n'a jamais d'importance, soupira Océane.

Elle continua à suivre à la télévision la marche de cet homme, dont le nom apparaissait en lettres lumineuses au bas de l'écran.

– Il s'appelle Cael Madden, retint-elle.

Cindy lui tenait la main et buvait ses paroles comme toutes les autres personnes qui l'entouraient.

– Sa plus grande faiblesse a toujours été sa crédulité, déplora Océane.

Elle fonça vers le bureau de son fiancé et s'installa devant l'ordinateur, dont il ne se servait pas très souvent. Son mot de passe ne fut pas trop difficile à deviner : ANTINOUS. Elle accéda à Internet et trouva les reportages de la veille dédiés à l'intervention divine de celui qu'on appelait aussi le prophète de Washington. Avec étonnement, elle vit les nuages changer de couleur, puis devenir menaçants. Peut-être s'agissait-il d'un phénomène naturel dont Madden était au courant et qu'il utilisait pour magnétiser la foule… Son cerveau d'agente se mit immédiatement à la recherche d'une explication rationnelle, jusqu'à ce qu'elle aperçoive Yannick et Océlus.

– S'ils sont mêlés à cette affaire, alors il y a sûrement du divin là-dessous, conclut-elle.

Elle admira le visage de son ancien amant, heureuse de constater qu'il était bien portant et même rayonnant. « Évidemment, puisqu'il est immortel », songea-t-elle. Elle écouta ensuite l'échange entre le prophète et les Témoins :

– À eux trois, ils vont changer le visage d'Israël à tout jamais, laissa échapper Océane.

Mais lorsque Madden déclara vouloir sauver le monde, puisque les chefs politiques et religieux en étaient incapables, la jeune femme comprit qu'il venait de se faire beaucoup d'ennemis.

– Et je ne peux même pas sortir d'ici pour le prévenir.

Elle détacha aussitôt la chaînette dans son cou, appuya sur les petits diamants du pendentif et porta ce dernier à son oreille.

– Je crois savoir pourquoi tu m'appelles, Océane, fit la voix rassurante de Vincent. Tu es en train de regarder la télévision et tu as vu Cindy.

– J'ai aussi fait une petite recherche sur les activités de ce prophète depuis son arrivée à Jérusalem et j'ai peur pour elle.

– Surtout, ne t'en fais pas. Je suis en communication avec Cindy de la même façon que je le suis avec toi. Je pourrai la prévenir à temps.

– Merci de me rassurer, Vincent.

Cael avait parcouru une bonne distance lorsqu'il entendit approcher les premiers hélicoptères militaires. Cindy serra aussitôt ses doigts suffisamment forts pour les lui casser.

– Sois courageuse, murmura-t-il en conservant un visage serein.

– Tu n'as pas peur ?

– Juste un peu, mais ce n'est pas la première fois que cela m'arrive.

Les aéronefs se posèrent dans le désert et libérèrent des commandos entiers de soldats, qui dispersèrent aussitôt la foule et les journalistes qui marchaient avec le prophète.

– Restez calmes ! recommanda Cael aux croyants. Ne répondez pas à la violence par la violence !

Avec une efficacité remarquable, les soldats séparèrent rapidement le prophète de ses disciples.

– Êtes-vous venus nous escorter ? leur demanda Cael. Un officier s'avança vers lui.

– Nous sommes ici pour vous arrêter.

– De quoi m'accusez-vous ?

– De sédition et de haute trahison, monsieur Madden. Si vous ne nous accompagnez pas de votre plein gré, nous devrons utiliser la force.

Si les reporters avaient tout de suite été neutralisés par les militaires, les croyants qui possédaient des téléphones portables continuaient de filmer ces malheureux événements et les transmettaient à leurs amis pour qu'ils les téléchargent sur Internet.

– Si vous êtes vraiment un homme de Dieu, poursuivit l'officier, vous nous aiderez à éviter un bain de sang.

– Mais les gens accusés de haute trahison ne sont-ils pas exécutés publiquement ? se rappela Cindy en blêmissant.

– Va rejoindre les journalistes, fit Cael en lâchant sa main.

– Je suis désolé, monsieur Madden, mais la jeune femme doit aussi venir avec nous.

– Elle n'a rien fait.

– Je suis obligé de suivre mes ordres. Je suis vraiment désolé.

La plupart des soldats étaient occupés à empêcher la foule de venir en aide à leur sauveur. Seuls l'officier et quatre de ses hommes étaient plantés devant le couple, probablement parce qu'ils ne s'attendaient à aucune résistance de la part de cet homme non violent.

– Je ne vous accompagnerai que si vous la laissez partir maintenant, indiqua Cael à l'officier.

– Vous n'êtes pas en position de faire des demandes, monsieur.

Dans un geste d'une extrême rapidité qui prit même Cindy par surprise, le prophète mit un genou à terre et plongea la main dans le sol, pour en retirer un katana. « C'est un Naga ! » comprit la jeune femme, en état de choc.

– Cours ! ordonna-t-il à sa belle.

Terrorisée, Cindy fonça vers la foule. La lame de Cael fendit aussitôt l'air, mais pas dans l'intention de tuer. Il frappa la mitraillette du soldat qui s'était tourné pour tirer sur l'ex-agente de l'ANGE qui courait en direction du désert, comme le lui avait recommandé Vincent.

– Rattrapez-la ! hurla l'officier en reculant derrière ses hommes.

Cael désamorça facilement l'attaque des quatre hommes devant lui, en rendant leurs armes inutilisables ou en les faisant carrément voler dans les airs suffisamment loin pour qu'ils ne puissent pas les reprendre. L'officier cracha aussitôt des ordres et une vingtaine de militaires coururent leur prêter main-forte. Cael continua à se défendre, évitant les balles avec des réflexes de superhéros, mais ses muscles commençaient à ressentir les effets de la fatigue. C'est alors que deux jeunes hommes sortis de nulle part se précipitèrent à son secours. Ils portaient des vêtements de nomades, mais étaient armés de sabres japonais en tout point semblables à celui du prophète. Mais contrairement à ce dernier, ils n'hésitèrent pas une seconde à tuer leurs opposants, leur tranchant la tête d'un seul coup de leurs fines lames.

– Non ! cria Madden, témoin du carnage.

Les soldats qui retenaient toujours les disciples déchaînés n'osaient pas quitter leur poste, de crainte de perdre la maîtrise de la situation. Ils assistaient, impuissants, à la décapitation de leurs frères d'armes.

– Arrêtez ! hurla le prophète.

Il allait foncer sur l'un de ses sauveteurs lorsqu'un obstacle au sol entrava son mouvement. Il baissa les yeux et vit deux mains dorées qui retenaient ses chevilles. Sous les regards horrifiés de la foule, Cael Madden s'enfonça dans le bitume de la route !

Emportés par leur instinct d'assassins, les deux jeunes Nagas qui étaient venus à son secours ne le virent pas disparaître. Ils s'attaquaient plutôt à tous ceux qui fonçaient sur eux. Voyant que ses hommes n'arrivaient pas à les soumettre, l'officier leur ordonna de se replier et de former une seule ligne devant la foule. Lorsqu'il leur demanda de mettre ces deux furies en joue, Neil et Darrell comprirent qu'il était temps pour eux de déguerpir. S'ils étaient invincibles en combat rapproché, ils n'étaient cependant pas à l'abri des blessures par balles, surtout lorsque celles-ci arrivaient par milliers. Ne voyant le prophète nulle part, ils s'enfoncèrent à leur tour dans l'asphalte.

– Neil, est-ce que tu sens cette odeur ? résonna la voix de Darrell sous terre.

– Celle du Naga que nous avons aidé ?

– Il y en a une autre mêlée à la sienne, et sa trace est fraîche.

– Les Dracos ne se déplacent pourtant pas dans la matière comme nous, s'étonna Neil.

Darrell suivit les traces du Brasskins pendant quelques minutes, puis s'arrêta, car l'intensité de son émanation venait de se multiplier par vingt.

– Il a été enlevé par une autre race de reptilien, conclut-il. Veux-tu les suivre ?

– Si nous nous faisons tuer, Théo mourra seul dans le désert.

– Tu as raison. Allons plutôt lui raconter ce qui vient de se passer.

Pendant ce temps, Cindy avait couru en direction des falaises qui s'élevaient devant elle, poursuivie par un commando de soldats qui ne semblaient pas devoir se fatiguer. Elle-même s'étonnait d'ailleurs de sa soudaine résistance à l'effort. Normalement, elle se serait effondrée au bout de quelques kilomètres, mais ses jambes continuaient à la porter. « Je dois atteindre ces rochers ! » s'encouragea-t-elle. Une fois là-bas, elle pourrait grimper là où personne ne pourrait la suivre.

...026

Comme à peu près tous les habitants de la Terre qui possédaient un téléviseur ou un ordinateur, Aodhan avait suivi les mystérieux événements qui s'étaient déroulés à Jérusalem. Assis devant l'un des écrans des Laboratoires, il s'était senti bien impuissant lorsque les soldats s'en étaient pris à son ami Cael. Sa seule consolation avait été de voir que l'armée n'avait pas réussi à mettre la main sur lui. En fait, personne ne savait où le prophète était allé. Un des disciples avait filmé une bien étrange scène : au beau milieu de l'action, le saint homme s'était enfoncé dans le sol comme s'il était tombé dans un trou… à ceci près qu'il n'y en avait pas !

Aodhan jeta un coup d'œil à sa montre. Malgré l'angoisse qui lui serrait le cœur, il ne pouvait pas se permettre de laisser tomber un autre homme avec lequel il s'était lié d'amitié depuis son arrivée à la base de Montréal. Tous les jours, lorsque le docteur Lawson allait déjeuner, l'Amérindien se glissait dans l'infirmerie pour le faire bénéficier de ses propres soins de santé. C'était d'ailleurs grâce à ce traitement parallèle que Jordan Martell récupérait aussi rapidement.

Fidèle à ses habitudes, l'agent alla retrouver le Naga dans sa chambre de la section médicale. Ce dernier était assis sur son lit et regardait l'écran sur le mur en face de lui.

– Je suis désolé d'être en retard, s'excusa Aodhan.

Damalis ne lui jeta même pas un coup d'œil. L'Amérindien se tourna donc vers la source de sa distraction et constata qu'il regardait exactement les mêmes images que lui quelques minutes plus tôt. Il était justement en train d'assister à la séquence où Cael disparaissait dans le sol.

– Impressionnant, n'est-ce pas ? fit Aodhan, qui n'en revenait toujours pas.

– Pas pour un Naga, répliqua Damalis, impassible.

– Tu penses que Cael Madden est un reptilien ? s'étonna l'Amérindien.

– J'en suis certain.

Aodhan frotta ses paumes l'une contre l'autre en préparation du traitement énergétique auquel il allait soumettre le Spartiate. Lentement, il les passa au-dessus des jambes rafistolées du mercenaire, puis il poursuivit son geste sur tout le reste de son corps. Damalis attendit qu'il ait terminé l'opération et qu'il ait recouvré son énergie avant de lui adresser de nouveau la parole.

– As-tu vu comment il manie le sabre ? fit-il en refaisant jouer la séquence. Seul un *varan* est aussi habile.

– Mais comment se fait-il qu'un prophète soit un Naga ?

– Tous les reptiliens ne sont pas forcément de mauvaises personnes.

– Ce n'est pas ce que j'ai voulu dire.

– Et puis, j'ai déjà entendu dire que le Jésus des chrétiens était aussi un Naga.

– Alors, nous ne sommes vraiment pas allés à la même école, affirma Aodhan. Comment te sens-tu ?

– De mieux en mieux. J'ai hâte de reprendre ma vie là où je l'ai laissée.

– Tu ne vas pas te remettre à la recherche de Perfidia, au moins.

– Si votre agence n'a rien à m'offrir, c'est exactement ce que je ferai. J'ai un crime à lui faire payer.

– Nous en reparlerons. Il faut que je me sauve avant que le docteur Lawson ne revienne de son déjeuner. Je te vois demain, à la même heure.

– Merci, Aodhan.

Après avoir eu une longue discussion avec Athenaïs, qui tentait de lui faire comprendre que des mains nues ne pouvaient pas soigner les fractures et les blessures graves de Damalis, l'Amérindien ne tenait vraiment pas à ce qu'elle sache qu'il avait continué à traiter son patient à sa manière. Ce qui comptait pour lui, ce n'était pas de prouver que les médecines alternatives étaient efficaces, mais de voir un homme aussi courageux que le Spartiate se remettre à marcher.

Avant d'aller avertir Cédric qu'il devait se rendre à un important rassemblement des disciples montréalais de Madden, Aodhan retourna aux Laboratoires pour s'assurer que les jeunes agents poursuivaient leur travail. Le directeur leur avait demandé de faire des recherches pour permettre aux gouvernements de mettre fin à la famine, qui risquait de faire autant de victimes que le Ravissement. Mélissa était donc en train de dresser la liste de tous les spécialistes susceptibles de les aider à soigner les animaux et les plantes. Shane étudiait les effets de la diminution des stocks de nourriture au Québec, et Jonah sur la planète entière. Les voyant entièrement absorbés par leur travail, l'Amérindien ne les importuna pas et poursuivit sa route jusqu'aux Renseignements stratégiques.

Les portes glissèrent devant lui à peine une seconde après son arrivée devant le bureau de Cédric. Aodhan y entra et trouva son patron en train de regarder les mêmes séquences télévisées que Damalis.

– Assieds-toi, lui dit Cédric sans lui demander pourquoi il voulait le voir.

– Damalis est d'avis que Madden est un reptilien, l'informa Aodhan en prenant place sur la bergère.

– Cela ne fait aucun doute. C'est un Naga.

Après avoir vu Thierry Morin abattre tous les participants d'une messe noire à Toronto en l'espace de quelques secondes en manipulant son sabre à la vitesse de l'éclair, il en était même persuadé. Les images suivantes montraient deux jeunes hommes blonds, vêtus comme des nomades, qui avaient fait bien plus de dommages que le prophète.

– Ils sont venus à son aide, nota Cédric. Et pourtant, ces reptiliens sont des loups solitaires qui travaillent toujours seuls.

– Les temps changent peut-être pour eux aussi.

Cédric décrocha son regard de l'écran pour diriger toute son attention sur son meilleur agent.

– Je viens aussi de recevoir un rapport plutôt dérangeant, avoua-t-il.

Il tendit la feuille à Aodhan, qui la parcourut rapidement. Les chercheurs avaient tous constaté au cours des dernières heures que les plantes et les animaux reprenaient mystérieusement de la vigueur. Lorsqu'il arriva à la dernière ligne du document, un large sourire illumina le visage de l'agent.

– Madden a donc la faveur du Ciel, se réjouit-il en redonnant le document à Cédric.

– Ou c'est une bien curieuse coïncidence.

– Pourquoi l'armée a-t-elle voulu stopper sa marche vers Jéricho ? s'enquit Aodhan.

– Adielle a découvert que cet ordre venait du bureau de monsieur Ben-Adnah, mais il était question de le ramener à Jérusalem, pas de l'exécuter sous les yeux de ses disciples. Personne ne comprend pourquoi Madden s'est senti obligé de défendre sa vie. Et avec cette chasse aux espions qui sévit au Moyen-Orient, il est bien difficile d'obtenir des réponses à nos questions, à moins d'être un habile informaticien.

– La seule qui aurait pu vraiment nous renseigner, c'est votre ancienne agente, Cindy Bloom, mais elle s'est enfuie dans le désert.

– Et je ne peux rien faire pour la secourir…

– À mon avis, s'il est un puissant Naga, le prophète s'en chargera.

Cédric poussa un profond soupir de découragement. Il n'aimait pas se sentir impuissant.

– Qu'es-tu venu me demander, Aodhan ?

– Je dois me rendre au Parc des survivants pour parler aux disciples de Madden, qui sont dans tous leurs états. Je ne voudrais pas qu'ils s'énervent et qu'ils se mettent à tout casser dans la ville.

– Vas-y et tiens-moi au courant.

Aodhan acquiesça d'un signe de tête et quitta le bureau. Il se rendit au garage, emprunta une berline et gagna tant bien que mal le point de ralliement des croyants, car la police avait commencé à les encercler. On ne le laissa passer qu'une fois qu'il eut montré son badge de l'ANGE, et il dut abandonner son véhicule à quelques rues du parc, incapable de le faire avancer parmi les milliers de piétons qui y convergeaient.

Il se faufila jusqu'à l'estrade et fut alors reconnu par les disciples qui avaient été proches de Cael lors de son passage dans la ville. Ils l'aidèrent à grimper sur la scène dépourvue de marches par mesure de sécurité pour ceux qui s'adressaient à la foule, et lui tendirent un micro.

– Ils ont besoin d'être rassurés, lui dit une femme aux yeux rougis par les larmes.

Aodhan commença par l'étreindre avant d'aller parler à la foule.

– Il est vivant, lui glissa-t-il à l'oreille.

Lorsqu'il arriva au milieu de la scène, des cris de joie se mirent à fuser dans cette masse compacte de gens qui couvrait chaque centimètre carré du parc.

– Écoutez-moi ! réclama-t-il.

S'il n'avait pas le charisme de Madden, il possédait néanmoins une voix beaucoup plus forte que la sienne.

– Tout comme vous, je suis inquiet de ce qui se passe à Jérusalem, mais nos cris de désespoir et nos larmes n'aideront pas Cael à vaincre Satan !

Le silence se fit graduellement dans la foule.

– Ce dont il a besoin pour se sortir de ce mauvais pas, c'est de nos prières et de notre énergie positive ! Je vous propose donc de vous recueillir avec moi et de lui transmettre tout l'amour que vous éprouvez pour lui ! Il ira jusqu'à Cael, car la distance n'a aucune importance !

Aodhan fit prier les disciples pendant plusieurs heures. Puis, tout en restant près du micro, il laissa plusieurs d'entre eux monter sur l'estrade et adresser leur propre message d'espoir au prophète. Ils chantèrent ensuite des chansons inspirantes pour la paix dans le monde en se tenant les mains. S'immergeant lui-même dans ces ondes apaisantes, l'Amérindien ne vit pas le temps passer. Une bombe se serait abattue sur la ville qu'il ne l'aurait pas sentie.

Lorsque les gens commencèrent à quitter les lieux, Aodhan se tourna vers le côté de la scène, afin d'en descendre. Il reconnut aussitôt les traits de la dame aux cheveux blancs qui l'observait.

– Madame Zachariah, depuis combien de temps êtes-vous ici ? demanda-t-il en sautant sur le sol.

– Depuis quelques minutes à peine. Il semble que l'Agence soit devenue un bassin fertile en intervenants spécialisés dans la fin du monde.

– Êtes-vous venue m'arrêter ?

– Ciel, non ! En ce moment, la planète a besoin d'hommes comme toi, Aodhan Loup Blanc. Si ton travail auprès de ces bonnes gens est terminé, j'aimerais bien aller manger un morceau avec toi.

Il lui tendit galamment son bras et l'accompagna en direction de la rue. Ils furent aussitôt suivis par deux agents de sécurité aussi silencieux que des fantômes.

...027

Pourchassée dans le désert par les soldats israéliens, Cindy s'étonna de la distance qu'elle venait de parcourir à la course lorsqu'elle se retourna pour constater l'écart qui la séparait de ses poursuivants. Elle redoubla d'ardeur et atteignit les premiers rochers, où il était impossible de grimper, car leur base était érodée par les tempêtes de sable et les inondations anciennes. Elle se prépara donc à se défendre grâce aux techniques d'autodéfense qu'elle avait apprises à Toronto, animée par la seule pensée de revoir Cael et de le serrer dans ses bras.

Elle prit une profonde inspiration et tendit l'oreille. Les hommes allaient bientôt arriver près du pic derrière lequel elle s'était arrêtée. En poussant un cri de guerre, elle sortit de sa cachette et assena un coup de coude au visage du militaire qui menait le groupe, puis lui enfonça le pied dans le ventre, le projetant contre ses compatriotes, qui basculèrent vers l'arrière. Celui qui fermait la marche eut toutefois la présence d'esprit de faire un pas de côté et évita d'être entraîné dans l'effet domino. Il pointa aussitôt sa mitraillette vers la fugitive. Cindy avait appris à se défendre de bien des façons au dojo, mais il n'y avait rien à faire contre une arme automatique.

Elle recula, persuadée que sa dernière heure était venue. Le visage souriant d'Océlus apparut alors dans ses pensées. « Non, je ne suis pas prête pour la vie éternelle... » se chagrina-t-elle. Le soldat continuait à avancer dans sa direction, le regard haineux. Il ne restait que quelques centimètres entre la paroi rocheuse et son exécuteur. Elle voulut s'y appuyer le dos, mais tomba dans le vide. Effrayée, elle se crispa, arrêtant automatiquement sa chute. « Où suis-je ? » s'étonna-t-elle.

Cindy crut d'abord être tombée dans un bassin, car une substance froide et humide l'enveloppait entièrement. « Si c'était de l'eau, je ne serais pas capable de respirer », raisonna-t-elle. Il ne lui semblait pas flotter non plus, mais être soutenue par une matière plus dense que du liquide. Elle se redressa doucement et la sentit se déplacer en même temps qu'elle. « Je dois être morte », conclut-elle. Elle tenta de faire un pas et y parvint sans effort. Tout à fait désorientée, elle continua à avancer, puis émergea dans une faille rocheuse. Elle se retourna et son nez effleura la surface de la pierre. « Est-ce que je me trouvais dans la falaise ? se demanda-t-elle. Mais comment est-ce possible ? »

– Il y a un passage par-là ! cria un militaire. Trouvez-la !

Même si elle ne comprenait pas l'hébreu, en entendant la voix du soldat, Cindy détala comme un lapin. Elle déboucha sur une grande place, au milieu de laquelle reposait une fontaine. Tout autour d'elle, des habitations anciennes avaient été sculptées dans le roc. Elle se précipita vers le bassin d'eau et se jeta juste à temps derrière, à plat ventre. Les soldats venaient eux aussi de découvrir le monastère abandonné.

– Fouillez tous les bâtiments !

Cindy rampa vers celui qui se trouvait derrière elle, en faisant bien attention de demeurer hors de sa vue. Elle se redressa une fois à l'intérieur et se colla au bord de l'entrée, prête à recevoir quiconque tenterait de l'en faire sortir à coups de poings et de pieds. Malgré tous les efforts qu'elle venait de déployer, curieusement, elle n'était ni essoufflée ni épuisée. « Ce n'est pas le moment de t'analyser, Cindy », se reprit-elle intérieurement.

– Regardez ce que j'ai trouvé ! fit l'un des militaires.

Incapable de dompter sa curiosité, la jeune femme se glissa jusqu'à une ouverture qui avait sans doute servi de fenêtre des centaines d'années auparavant, et jeta un coup d'œil dehors.

Le soldat laissa tomber sur le sol un homme habillé comme les habitants du désert. Le pauvre roula sur lui-même et s'arrêta sur le dos. Sa curieuse épée fut projetée plus loin. De toute façon, le nomade ne semblait pas en état de l'utiliser. Avec le canon de sa mitraillette, le soldat dégagea le voile qui cachait son visage. « C'est Thierry Morin ! » le reconnut Cindy.

– Tuez-le, ordonna leur chef.

Les hommes pointèrent leurs armes sur le Naga.

– Non ! hurla la fugitive en bondissant de sa cachette.

Ce qui se passa ensuite sembla se dérouler comme dans un rêve. La jeune femme s'y trouvait, mais elle ne commandait aucun de ses gestes. En fait, Cindy eut l'impression d'y assister sans y être mêlée. Lorsque le tourbillon dans lequel elle était prisonnière arrêta enfin de tourner, elle se retrouva à genoux sur le sable, entre le Naga et les militaires, tous étendus sur le sol. Haletante, elle mit un moment avant de constater qu'elle tenait dans les mains un katana, sur la lame duquel dégoulinait du sang. Plus rien ne bougeait autour d'elle. Même le temps semblait s'être arrêté.

Cindy laissa tomber l'arme ensanglantée et se leva sur ses jambes en tremblant. Elle fut prise d'une violente nausée lorsqu'elle se rendit compte que les têtes des soldats n'étaient plus rattachées à leurs corps et vomit tout ce qu'elle avait dans l'estomac.

– On vous enseigne ça dans les bases de l'ANGE ?

Elle fit volte-face, prête à se battre, lorsqu'elle constata que cette remarque émanait de l'inspecteur Morin, qui avait réussi à se redresser sur ses coudes. Elle fit non en secouant énergiquement la tête et sentit ses larmes tomber sur ses mains.

– Approche, l'invita Thierry, visiblement mal en point.

Cindy essuya ses yeux avec sa manche et fit ce qu'il lui demandait.

– Vous ont-ils blessé ? demanda-t-elle en s'agenouillant près du policier.

– Non.

– Alors, pourquoi ne vous êtes-vous pas défendu ? Ils allaient vous tuer !

– Je n'ai même pas eu le temps de remuer que tu les avais tous terrassés.

– Moi ?

Elle se tourna une fois de plus vers les cadavres, étonnée.

– Je n'ai jamais appris à me servir d'une épée semblable, bafouilla-t-elle.

– C'est un katana, et j'aimerais bien le récupérer.

Elle étira le bras et l'empoigna solidement. Au même moment, Darrell et Neil sortirent en courant de la faille qui menait à l'ermitage. En voyant les hommes décapités et la jeune femme se tenant près de leur maître, un sabre à la main, ils se transformèrent instantanément en reptiliens et foncèrent sur elle, toutes griffes dehors.

– Arrêtez ! ordonna Thierry.

Les Nagas s'immobilisèrent à quelques centimètres à peine de Cindy, qui ne respirait plus. Elle ouvrit les doigts et laissa tomber le katana.

– Reprenez votre apparence humaine, exigea le mentor.

Ils lui obéirent sur-le-champ. Même si elle tremblait de peur, la jeune femme constata qu'ils ressemblaient beaucoup au policier du Vatican. Leurs yeux bleus fixaient intensément l'étrangère, comme s'ils n'attendaient qu'un geste de travers de sa part pour la découper en morceaux.

– Et débarrassez-moi de ces humains.

Thierry se releva avec beaucoup de difficulté.

– Maître… protesta Darrell.

– Faites ce que je vous demande, réclama Thierry en grimaçant de douleur.

– Pouvons-nous conserver leur… commença Neil.

Thierry l'arrêta d'un regard autoritaire avant qu'il ne prononce le mot « viande ».

– Faites ce qui doit être fait, se contenta-t-il de répondre.

Les apprentis saisirent chacun un militaire par les chevilles et s'enfoncèrent dans la terre avec eux.

– Pourrais-je récupérer mon arme, maintenant ?

– Oui, bien sûr, répondit Cindy en émergeant de sa stupeur. Elle ramassa le katana rougi et le lui donna.

– Et le fourreau, aussi.

Elle le chercha des yeux et l'aperçut, plus loin, près de la fontaine. Elle s'en empara et se tourna vers le policier. D'un geste vif mais élégant vers le bas, le Naga débarrassa sa lame de tout le sang qui la souillait. Cindy lui tendit l'étui en tremblant, et il y fit glisser le sabre.

Avec moins de grâce, il boita vers le bâtiment dont les soldats l'avaient extirpé. L'ex-agente s'empressa aussitôt de l'aider à marcher. Le Naga ressentit alors des sentiments qu'il n'avait pas éprouvés depuis fort longtemps. Cindy possédait la même force vitale que son ancien maître…

– J'ai un grand nombre de questions à te poser, lui dit-il en déployant beaucoup d'efforts pour mettre un pied devant l'autre, mais j'aimerais le faire ailleurs que sous ce soleil accablant.

La jeune femme l'aida à entrer dans la maison et le fit s'asseoir à l'ombre, le dos appuyé contre le mur.

– Comment es-tu arrivée jusqu'ici ? demanda-t-il. Est-ce moi que tu cherchais ?

– Je vous jure que non. Je tentais d'échapper aux soldats. Ils nous ont attaqués sur la route, et j'ai pris la fuite.

– Qui était avec toi ?

– Cael Madden et plusieurs de ses disciples.

Le froncement de sourcils du policier lui indiqua qu'il ne savait pas de qui il s'agissait.

– C'est un messager de Dieu, un vrai de vrai, expliqua Cindy. Il voulait revoir le Jourdain, mais nous ne nous sommes pas rendus très loin. Les troupes nous sont tombées dessus.

– Il doit représenter une menace importante pour qu'une armée s'en prenne à lui.

– Leur chef l'a accusé de sédition, je crois.

– Soulève-t-il vraiment les gens contre le pouvoir établi ?

– Non… enfin, je ne le pense pas. Il veut seulement sauver les hommes et les femmes qui ont encore du cœur.

– Dans le pays où l'Antéchrist a décidé de s'installer. Tiens, tiens.

– Il reçoit ses directives directement de Dieu. Je suis bien mal placée pour vous les expliquer.

– Où est Madden, en ce moment ?

– Il a été emporté par des reptiliens dont nous n'avons pas reconnu l'odeur, répondit Neil en revenant auprès de son maître avec son jumeau.

– Quoi ? se troubla Cindy.

Les apprentis s'agenouillèrent devant Thierry, comme ils avaient l'habitude de le faire lors de leurs leçons de sagesse.

– Il était en train de se battre comme un lion contre les soldats quand il a été aspiré dans le sol, expliqua Darrell.

Cindy se rappela alors ce qui lui était arrivé au bord de la falaise.

– Nous n'avons pas vu qui l'a fait, mais nous avons senti leur passage sous terre, ajouta Neil.

– Nous avons pensé qu'il s'agissait de Nagas, puisque nous sommes les seuls à pouvoir nous déplacer de cette façon, mais il n'en est rien.

– Une autre race de reptiliens est aussi capable de le faire, leur apprit Thierry. Les Brasskins sont les ancêtres des Dracos, et certains d'entre eux vivent sur cette planète. Mais revenons en arrière. Qu'avez-vous vu et vous en êtes-vous mêlés ?

Les jumeaux échangèrent un regard coupable, qui n'échappa pas à leur mentor.

– Nous étions à la recherche de nourriture quand nous avons aperçu un grand nombre de personnes qui marchaient sur la route, relata Neil. Nous nous sommes approchés pour voir s'il y avait des Dracos parmi eux. Des hélicoptères ont alors envahi le ciel et se sont posés tout autour des pèlerins. Des militaires se sont tout de suite dirigés vers un homme en particulier. Maintenant que j'y pense, cette femme était avec lui.

– Je sais, Neil. Continue.

– Nous étions encore trop loin pour entendre ce que les soldats disaient, mais je pense que c'étaient des menaces, puisqu'il a réagi en brandissant son sabre.

– Mais il n'en possède pas ! les informa Cindy.

– Le katana se trouvait sous lui, dans le sol. Il a agi comme un homme qui savait exactement où il était. Il a plongé la main dans la terre et il l'en a retiré sans la moindre hésitation. Nous avons attendu de voir ce qui se passerait avant d'intervenir.

– Mais vous l'avez fait, soupira Thierry, découragé.

– Pas tout de suite, puisqu'il avait la situation bien en main. Il a désarmé les premiers soldats, mais il en est venu beaucoup trop pour qu'il puisse les vaincre, alors nous avons foncé.

– Pourquoi ?

– Mais parce que c'était un Naga comme nous, affirma Darrell.

– Cael n'est pas un reptilien ! rétorqua Cindy.

Les jumeaux se contentèrent de regarder leur maître dans les yeux.

– Les Nagas sont entraînés à flairer et à reconnaître toutes les races de reptiliens, expliqua Thierry à la pauvre jeune femme en état de choc.

– C'est non seulement un Naga, affirma Darrell, mais je suis prêt à parier que c'est aussi un *varan*.

– Il était presque aussi bon que toi, ajouta Neil.

– Madden est originaire de quel pays ? voulut savoir Thierry.

– Des États-Unis, répondit Cindy, d'une voix étouffée.

– Voyageais-tu avec lui parce que l'ANGE voulait le protéger ?

– J'ai démissionné de l'Agence pour le suivre… et c'est un reptilien…

Cindy était au bord des larmes.

– Nous sommes des gens comme les autres, mais avec des habitudes alimentaires différentes, se moqua Neil.

– Des gens qui ont constamment cherché à me tuer à Toronto !

– Ce n'étaient certainement pas des Nagas, voulut la rassurer Darrell.

Elle cacha son beau visage dans ses mains, à bout de nerfs.

– Est-ce parce que tu as tué ces soldats que tu es dans cet état ? demanda Neil à son mentor.

– Je ne suis pas l'auteur de ce massacre, précisa Thierry.

– Mais ils étaient tous décapités.

Le *varan* pointa Cindy de l'index.

– Elle ? s'étonna Darrell.

– Mais c'est une femme ! protesta Neil.

Pour en avoir le cœur net, le jeune reptilien s'approcha d'elle davantage et la flaira.

– Tu nous as pourtant dit qu'il n'y avait aucune femelle Naga, fit-il remarquer à son maître en reculant.

Thierry était trop faible pour en faire autant, mais il avait tout de même senti l'énergie différente qui émanait de Cindy lorsqu'elle l'avait aidé à réintégrer son sanctuaire.

– À mon avis, elle va très mal le prendre, s'attrista Darrell.

– Allons remplir nos gourdes, suggéra Neil en tirant son frère par la manche.

Pour ne pas faire de gaffe, les apprentis préférèrent laisser Thierry lui annoncer la nouvelle à sa façon.

– Cindy, regarde-moi, la pria le traqueur.

Elle ôta les mains de son visage trempé de larmes.

– Lorsque tu as rencontré Madden pour la première fois, as-tu ressenti une inexplicable attirance pour lui, même si tu ignorais tout à fait qui il était vraiment ?

– C'est exactement ainsi que ça s'est passé. J'avais quitté mon petit ami la veille et j'avais beaucoup de peine, mais je me suis jetée dans les bras de Cael comme si je le connaissais depuis toujours.

– Est-ce que tu t'es demandé pourquoi ?

– Un coup de foudre, ça ne s'explique pas.

– Je vais maintenant te demander de faire quelque chose qui va te sembler horrible, mais tu dois savoir la vérité.

– Que pourrais-je faire de plus horrible que ce que j'ai fait tout à l'heure dans la cour ?

Thierry s'empara d'une petite gourde qui reposait à côté de lui et la lui tendit.

– Bois, lui ordonna-t-il.

– Qu'est-ce que c'est ?

– Du sang.

– Quoi ? s'horrifia-t-elle.

– C'est la seule méthode que je connais pour te convaincre de ce que je suis sur le point de te dire. Fais-le, je t'en prie.

Le nez plissé, elle porta le goulot à ses lèvres et but une toute petite gorgée du liquide chaud.

– Encore, exigea Thierry.

Elle refit l'exercice avec un peu moins de réticence, puis se surprit à en vouloir davantage. Voyant qu'elle ne se dominait plus, Cindy jeta la gourde loin d'elle.

– Chez la plupart des reptiliens, les mâles et les femelles se reconnaissent instinctivement, souligna le *varan*.

– Non…

Cindy alla s'asseoir en boule à l'autre bout de la pièce et lui tourna le dos.

– As-tu couché avec Madden ? la harcela Thierry.

« Avant-hier », se rappela la jeune femme, même si elle avait maintenant l'impression qu'il y avait de cela un siècle.

– Bien souvent, chez un sujet qui ignore sa nature reptilienne, l'acte sexuel avec un autre reptilien suffit pour réveiller ses véritables instincts.

Les images se succédèrent à une vitesse folle dans la tête de Cindy : sa vision dans le noir, l'amplification de tous ses sens, son passage dans le roc, sa maîtrise du katana…

– Oh, mon Dieu…

Elle tourna lentement la tête vers le policier du Vatican.

– Mes parents sont-ils aussi des reptiliens ? paniqua-t-elle.

– Pas si tu es une Naga, comme je le soupçonne. Ce ne sont pas des reptiliens comme les autres. Ils sont génétiquement conçus pour devenir des machines à tuer. À leur naissance, ils sont confiés à des familles normales, puis repris par des Nagas plus âgés avant qu'ils ne commencent à se métamorphoser.

– Mais je n'ai jamais changé d'apparence…

– Tu l'as probablement fait sans t'en rendre compte lorsque tu as couché avec Madden.

– Il me semble que je m'en souviendrais.

– Pas dans l'extase du moment.

– Non, c'est impossible…

Thierry se métamorphosa et émit un doux sifflement. Cindy sentit aussitôt sa peau se resserrer, comme si elle était prise dans un étau. Elle baissa les yeux sur sa main et la vit se couvrir de petites écailles vert pâle.

– C'est un cauchemar… suffoqua-t-elle.

– Je dirais plutôt que c'est un mystère, rectifia le *varan* en reprenant sa forme humaine.

La main de la jeune femme retrouva aussitôt son apparence habituelle.

– Dans toute l'histoire de notre race, les Pléiadiens n'ont jamais créé de femelle Naga. J'aimerais bien savoir ce qui s'est passé avec toi.

– Moi, je veux juste retourner chez moi, sanglota Cindy.

Malgré la douleur qui comprimait tout son corps, Thierry se traîna jusqu'à elle et l'attira dans ses bras. Se rappelant sa propre réaction lorsqu'il avait appris qui il était, il se contenta de la serrer contre lui et de la laisser pleurer.

– Est-ce qu'on peut entrer ? fit la voix de Darrell, de l'extérieur.

– Oui, répondit le *varan*. Ne restez pas au soleil.

Neil déposa la gourde près de son maître et alla s'installer plus loin avec son jumeau. Dans leur esprit venait de naître un plan diabolique.

...028

Benhayil Erad n'était ni grand ni musclé. Il n'avait jamais remporté de compétition sportive de toute sa vie et n'avait jamais réussi à attirer les regards des filles lorsqu'il était à l'école. Mais il possédait une intelligence hors du commun. De manière très discrète, il avait écouté tout ce que les enquêteurs et les détectives avaient rapporté à Asgad au sujet de la disparition du jeune Antinous, et il s'était fait sa propre idée. Alors, sans en parler à son patron, il avait fait paraître une petite annonce dans le journal local qui offrait une récompense dont le montant n'était pas mentionné à quiconque lui fournirait des informations sur la disparition d'un jeune Grec. Il n'avait pas fourni son nom, mais seulement son numéro de téléphone portable.

Plusieurs personnes l'avaient contacté, mais ce qu'elles avaient à lui dire ne concordait pas avec le lieu ni l'heure où l'adolescent s'était volatilisé. Il ne s'était pas découragé pour autant et avait allongé le temps de parution de son annonce dans la presse. Un informateur intéressant s'était alors manifesté. Benhayil avait reçu son appel durant la conférence de presse qu'avait donnée son patron concernant les mesures de rationnement qu'il entendait imposer à l'Union eurasiatique. Puisqu'il lui était impossible de s'absenter pendant cet important événement, Benhayil avait fixé un rendez-vous à cet homme le lendemain, juste avant le couvre-feu.

Quelque peu nerveux, car ce genre d'activités ne faisait pas habituellement partie de son travail, le secrétaire se rendit au petit café qu'il avait choisi une heure avant la rencontre. Il dégusta une tasse de thé en observant tous ceux qui entraient dans l'établissement en essayant de deviner quelle personne était son informateur. Une minute avant l'heure convenue, un homme dans la trentaine, qui semblait d'origine allemande, franchit la porte avec une assurance différente des autres clients. Un porte-documents sous le bras, il s'avança directement vers le secrétaire.

– Moïse et Pharaon, dit l'étranger en s'asseyant devant lui.

Benhayil avait effectivement choisi le titre de cet opéra de Rossini comme mot de passe.

– Je m'appelle Hans Drukker, se présenta l'informateur. Je suis journaliste.

– Benhayil Erad.

Ils se serrèrent la main.

– Je sais où se trouve celui que vous cherchez, annonça Drukker sans plus de préambules.

– Ne voulez-vous pas savoir ce que vous recevrez si vos informations se révèlent exactes ?

Le secrétaire lui glissa un bout de papier sur lequel il avait écrit le montant de la prime.

– En fait, cet argent va servir à le sortir de l'endroit où on le détient, précisa Drukker.

– Vous me fourniriez ce renseignement sans espérer faire un peu d'argent pour vous-même ? se méfia Benhayil.

– Je suis un idéaliste, monsieur Erad. Je sais ce que représente le retour de cet enfant pour votre patron et, tout comme vous, je veux que Jérusalem connaisse enfin une paix durable.

– C'est un beau geste de votre part.

– Attendez, il y a une autre condition. Vous devrez venir le délivrer avec moi.

– Mais je n'ai rien d'un aventurier, monsieur Drukker.

– Dans ce cas, vous allez découvrir qu'en chaque homme, il y a un petit garçon qui aime les sensations fortes. Rassurez-vous, je ne mettrai pas votre vie en danger. Je veux par contre que vous transportiez l'argent. L'avez-vous sur vous ?

– Non, mais il est facile d'accès.

– Alors, partons.

Ils se rendirent d'abord à l'un des immeubles que possédait Asgad. Benhayil avait déjà préparé la somme de la récompense dans une mallette, qu'il avait enfermée dans le coffre-fort. Puisqu'il était en quelque sorte devenu le patron depuis que Ben-Adnah ne s'occupait plus lui-même de ses affaires, il n'eut aucun mal à entrer, puis à sortir de l'endroit avec l'argent. Il grimpa ensuite dans la Jeep de Drukker en s'efforçant de conserver une expression normale, mais son cœur battait la chamade.

– Arrêtez de vous énerver, monsieur Erad, le rassura le journaliste. Tout ira très bien.

– Ce n'est pas dans mes fonctions régulières d'accompagner un inconnu dans un endroit dont il ne veut pas parler avec tout cet argent sur moi.

– Mais ne trouvez-vous pas cela excitant ?

– Pas encore, non.

Ils se rendirent à l'un des nombreux ports de plaisance au nord d'Ashdod, qui s'ouvraient sur la Méditerranée. Il ne restait que quelques minutes avant le couvre-feu, alors Benhayil devina que leur destination était éloignée de la côte. Les autorités arrêtaient tous ceux qui erraient après l'interdiction de sortir, mais elles ne possédaient plus suffisamment d'effectifs pour poursuivre les bateaux.

Drukker gara son véhicule dans le parking de la marina et prit les devants sur les quais. Serrant la mallette contre sa poitrine, Benhayil le suivait de son mieux. Ils montèrent sur un chalutier, qui se mit en marche dès qu'ils furent à bord. Le capitaine, un homme plutôt âgé, ne leur accorda pas même un regard et s'empressa de prendre le large, où ils seraient à l'abri des poursuites. Drukker resta debout derrière lui, dans la petite cabine, car ce genre d'embarcations n'était pas un bateau de plaisance. Benhayil s'appuya sur le mur et tenta de se calmer une fois encore.

Ils voguèrent sur la mer jusqu'à la tombée de la nuit, puis le capitaine grommela quelque chose dans une langue que le secrétaire ne connaissait pas.

– Nous y sommes presque, annonça Drukker.

– Vous avez compris ce qu'il a dit ?

– Surtout, restez derrière moi. Cet endroit n'est pas sûr.

– Et c'est maintenant que vous me le dites ?

Le bateau se rangea contre un long quai en bois. Puisque personne n'était sur place pour l'amarrer, Drukker s'en chargea, puis il marcha en direction de la plage. Benhayil se précipita à sa suite, persuadé qu'il allait faire une crise cardiaque. Une ombre s'avança vers eux dans l'obscurité. Une fois qu'elle se fut suffisamment approchée, le secrétaire vit qu'il s'agissait d'un homme qui portait une veste avec un capuchon. Il s'arrêta devant les deux visiteurs, sans avoir l'air surpris de les trouver là.

– Où est l'argent ? demanda-t-il d'une voix sifflante.

– Le prisonnier d'abord, exigea Drukker sans sourciller.

Le bandit émit un sifflement, et deux de ses acolytes amenèrent le captif en le tenant par les bras. Benhayil ressentit une vague de soulagement en reconnaissant les traits d'Antinous. Il marchait avec difficulté et ses vêtements blancs étaient souillés, mais il ne semblait pas avoir subi de blessures.

– L'argent, reprit le premier criminel.

– Laissez venir le prisonnier jusqu'ici.

Les geôliers lâchèrent Antinous, qui fit quelques pas maladroits jusqu'au journaliste.

– Monsieur Erad, donnez-moi l'argent et accompagnez rapidement votre jeune ami jusqu'au bateau, ordonna Drukker.

Benhayil ne se fit pas prier. Il lui remit la mallette et agrippa le jeune Grec par le bras, l'incitant à marcher plus vite, de crainte qu'il ne soit repris par ses ravisseurs. Il l'aida à monter sur le chalutier et le fit asseoir dans la cabine. Malgré la chaleur, Antinous grelottait de froid. Benhayil enleva tout de suite sa veste et la plaça sur ses épaules.

– Je savais que ce serait toi qui viendrais me sauver, Pallas, murmura l'adolescent à bout de forces.

– As-tu été maltraité ?

– J'étais dans une cage. On me donnait à boire, mais jamais à manger.

– Quelle horreur…

Le capitaine sortit de ses poches une tablette de supplément nutritionnel et la tendit au secrétaire, sans perdre de vue ce qui se passait plus loin entre les trois hommes. Drukker revint alors vers le bateau et détacha ses amarres. Le chalutier s'éloigna du quai avant même que le journaliste ne se soit élancé dans les airs pour y monter.

– Comment va-t-il ? s'informa-t-il en entrant dans la cabine.

– Ils ne lui ont rien donné à manger, répondit Benhayil qui nourrissait Antinous une bouchée à la fois.

– Cela n'a rien à voir avec la famine, croyez-moi. Ses ravisseurs sont des reptiliens qui n'ont rien à offrir aux humains.

– Des quoi ? s'étonna le secrétaire.

– Des créatures d'aspect humanoïde, mais qui sont en réalité des serpents.

– Il n'est pas nécessaire d'exagérer pour rendre cette aventure plus excitante, monsieur Drukker.

– Il dit la vérité, Pallas, l'appuya Antinous. Je les ai vus. Ils ressemblent à des hommes, mais ils sont couverts d'écailles comme les poissons.

« Le voilà lui aussi atteint du même mal que monsieur Ben-Adnah qui se prend pour un empereur romain », soupira intérieurement Benhayil.

– Votre jeune ami a beaucoup de chance d'être encore en vie, se contenta d'ajouter Drukker. Nous allons rentrer à Jérusalem, mais nous ne pourrons pas quitter le bateau avant la fin du couvre-feu.

Benhayil regarda autour de lui, afin de trouver un endroit pour dormir.

– Les commodités laissent un peu à désirer, je m'en excuse, fit Drukker. Tout ce que j'ai pu trouver pour nous mener sur l'île, c'est ce chalutier sur lequel les pêcheurs n'ont pas vraiment le temps de dormir.

– Au point où nous en sommes, le plancher fera l'affaire, assura le secrétaire en s'asseyant près de son protégé.

Antinous s'écroula sur le côté, épuisé. Benhayil lui releva la tête pour la coucher sur ses genoux et s'appuya le dos contre le mur, soulagé que la transaction se soit aussi bien passée. Il imagina aussi la réaction qu'aurait son patron en voyant entrer Antinous dans la villa au matin.

– Il est certain que monsieur Ben-Adnah voudra vous donner quelque chose lorsqu'il saura que vous n'avez rien gardé de la rançon, fit-il à l'intention du journaliste.

– Je vous ai déjà dit que je ne faisais pas ce geste pour obtenir de l'argent. Mon but est de lui permettre de se concentrer sur ses efforts de paix. Pendant qu'il était à la recherche de son héritier, il n'était plus aussi efficace.

– Il n'y a plus beaucoup de bonnes personnes comme vous, monsieur Drukker.

– Je suis d'accord avec vous, répondit le journaliste en échangeant un regard complice avec le capitaine du bateau.

Ils retournèrent à leur point de départ à vitesse réduite et n'accostèrent qu'à la fin du couvre-feu. Benhayil avait téléphoné au chauffeur de son patron pour lui annoncer l'heure de son arrivée et il fut bien content de voir la limousine stationnée à l'entrée du port. Il remercia encore une fois Drukker et le capitaine, puis entraîna Antinous avec lui sur le quai. La libération de l'adolescent avait coûté plusieurs milliers de dollars, mais la joie qu'il verrait bientôt sur le visage d'Asgad n'avait pas de prix.

Antinous, qui détestait habituellement les balades en voiture, se sentit rassuré d'y prendre place avec le secrétaire. Tandis qu'ils rentraient à la maison, ce dernier lui demanda ce qui s'était passé le jour de sa disparition. Le jeune Grec lui raconta que son chat s'était enfui dans la rue. Il avait ouvert la porte avec l'intention de le rattraper et était tombé sur un homme étrange. Puisqu'il disait être un ami de la famille, il l'avait suivi sans se méfier.

– À partir de maintenant, tu auras ton propre garde du corps qui te suivra partout et qui te protégera, l'avertit Benhayil.

– J'aimerais que ce soit toi, répliqua Antinous.

– Comment pourrais-je te venir en aide avec des bras maigres comme ça ?

L'adolescent éclata de rire, ce qui réchauffa le cœur de Benhayil.

– J'ai tellement faim, Pallas.

– Tu vas bientôt pouvoir te régaler, car j'ai appelé la cuisinière et elle est en train de te préparer un festin.

Ils franchirent enfin les grilles de la villa sous l'œil vigilant des soldats, et la limousine s'arrêta devant la porte d'entrée. Benhayil saisit Antinous par le bras pour qu'il descende du véhicule sans tomber tête la première sur le chemin dallé, car ses jambes flageolaient. Il lui ouvrit la porte et le fit entrer dans le salon, où Asgad parlait au téléphone portable en faisant les cent pas sur le tapis d'Orient. L'entrepreneur s'arrêta net en apercevant son jeune protégé.

– Je vous rappelle, dit-il à son interlocuteur.

Il ferma prestement le petit appareil, le glissa dans la poche de son veston et se précipita pour étreindre Antinous.

– Pourquoi ne m'a-t-on pas dit qu'il avait été retrouvé ! s'exclama-t-il.

– Je ne voulais pas vous donner de faux espoirs comme tous ces enquêteurs, répondit Benhayil.

– C'est toi qui l'as retrouvé ?

– Avec l'aide d'un bon informateur.

– Je te couvrirai de richesses !

– Je n'en demande pas tant, vous le savez.

– Alors, demande ce que tu voudras et je te le donnerai.

– Je prendrai le temps d'y penser, mais ce qui presse, en ce moment, c'est de faire manger cet enfant, car on ne lui a donné que de l'eau lors de sa captivité.

Asgad entraîna son jeune ami à la cuisine, où l'attendaient plusieurs de ses plats préférés. Il prit place devant lui et le regarda manger avec appétit.

– Pallas, j'aimerais que tu mettes par écrit tout ce que tu sais au sujet de ses ravisseurs, ordonna l'entrepreneur, qui savait que son secrétaire se tenait non loin d'eux. Je veux que la police puisse les retrouver et les arrêter.

– Je ne les ai pas vus, car il faisait très sombre, répondit Benhayil. Je sais seulement qu'ils se cachent sur une île au nord-ouest d'Ashdod.

Le secrétaire ne parla pas de la possibilité qu'ils soient également reptiliens, pour ne pas qu'on rie de lui.

– Je transmettrai cette information aux enquêteurs, annonça Asgad, décidé à faire jeter les ravisseurs en prison.

Mais au même moment, apprenant ce qu'avaient fait des Cécrops qui étaient censés lui être loyaux, Asmodeus venait de raser ses installations sur l'île et d'exécuter les coupables qui lui avaient fait perdre sa chance de supplanter Ahriman. Rugissant de colère, le Shesha avait ensuite sauté dans un bateau, à la recherche d'un autre quartier général. Il lui fallait maintenant trouver une nouvelle façon d'obliger le Faux Prophète à s'agenouiller devant lui.

...029

Avec l'annonce de la guérison des animaux et des plantes, la population accepta le rationnement imposé par les gouvernements, puisqu'il constituait une mesure provisoire. Bientôt, les supermarchés pourraient de nouveau leur offrir des denrées en quantités acceptables. Asmodeus s'était installé avec ses sbires au nord-ouest de Jérusalem, dans une grande maison dont les propriétaires avaient disparu pendant le Ravissement. En plus de se faire arracher son captif, quelqu'un avait enrayé le sort de famine qu'il avait lancé sur la Terre. Or, les pouvoirs d'Ahriman n'étaient pas assez étendus pour neutraliser cette magie. Satan lui-même avait-il été obligé d'intervenir ? Une rumeur aux enfers parlait aussi du retour d'un grand prophète... Une fois qu'il se serait débarrassé d'Ahriman, Asmodeus lui réglerait également son compte.

À Jérusalem, on s'apprêtait à célébrer un important mariage. Sur la liste des invités d'Asgad Ben-Adnah, apparaissaient des noms prestigieux de la politique, de l'économie, de la culture et même du sport. La cérémonie aurait lieu dans l'église du Temple de Salomon, dont la construction était presque terminée. C'était une magnifique façon de l'inaugurer, de l'avis d'Asgad.

Il ne restait que quelques jours avant le grand événement, et l'entrepreneur y consacrait tout son temps. Antinous avait repris du poids et des couleurs, mais il ne voulait plus sortir dans le jardin. Il restait dans la villa, assis devant la télévision, où Océane l'avait initié aux jeux vidéo.

Dans son bureau, Asgad venait de revoir tous les détails de la journée avec Benhayil, mais une inquiétude continuait à le hanter.

– L'armée a-t-elle retrouvé ce prophète qui me ridiculisait ? demanda-t-il.

– Non, monsieur. J'ai posé la même question aux autorités des pays voisins, et elles ne l'ont pas vu non plus. Je vous rappelle que les images captées par les téléphones portables de plusieurs témoins lors de l'intervention militaire sur la route de Jéricho ont montré qu'il s'était enfoncé dans le sol.

– Ce sont des trucages, évidemment. Personne ne peut disparaître de cette façon.

– Oui, bien sûr.

– Océane a-t-elle finalement invité sa mère à notre mariage ?

– Le relevé du téléphone n'indique aucun appel vers la France.

– Merci, Pallas. Ce sera tout.

Asgad savait bien que sa future épouse était aussi têtue que lui, mais il était important qu'au moins sa mère soit présente lors de la cérémonie, sinon les journalistes feraient courir d'épouvantables rumeurs sur son compte. Il ne voulait surtout pas qu'on dise de lui qu'il avait coupé Océane de sa famille. Il sortit donc de son bureau et se mit à la recherche de sa fiancée. Elle était assise sur une chaise longue, entre les bassins du jardin.

– Que fais-tu ? demanda-t-il.

– Je regarde pousser les nénuphars.

– Les yeux fermés ?

– Ils sont beaucoup plus beaux dans mon imagination.

– Pourquoi n'as-tu pas appelé ta mère ?

– Je ne veux pas qu'elle sache que je suis retenue de force dans la maison de mon futur mari, qui m'empêche même d'aller lui rendre spontanément visite.

– Quand comprendras-tu que cette surveillance ne vise que ton bien ?

– Ça pourrait encore prendre quelques années, puisque j'ai passé toute ma vie libre comme l'air.

– As-tu des sœurs ou des frères ?

– Ma grand-mère et mon neveu ont disparu lors du Ravissement, et ma sœur a dû être internée, car elle est devenue folle lorsque son fils s'est volatilisé dans ses bras. Je ne sais pas ce qu'il est advenu de mon beau-frère. Il ne me reste que ma mère qui soit encore saine d'esprit.

– Je veux que tu l'appelles maintenant.

Océane ouvrit un œil agacé. Asgad lui tendait le téléphone sans fil.

– Dis-lui que je paye son billet et toutes ses dépenses durant son séjour à Jérusalem.

« Comme si elle avait besoin d'argent », songea Océane. Andromède était si riche qu'elle n'arrivait jamais à dépenser toutes ses rentes chaque année. L'ancienne agente devait aussi faire attention de ne pas se perdre dans ses mensonges, car elle avait dit à Asgad que sa mère habitait en France. S'il savait qu'elle n'avait pas encore tenté de communiquer avec elle, cela prouvait qu'il vérifiait les appels sortant de la maison. Il lui faudrait donc appeler quelqu'un en France et prétendre que la domestique l'avait informée qu'Andromède était en vacances au Québec. Mais voulait-elle vraiment que son futur mari connaisse le numéro de téléphone de sa mère ?

– Je vais l'appeler si tu me jures que ce téléphone n'est pas sur écoute, soupira-t-elle en tendant la main.

– Il ne l'est plus depuis qu'Antinous a été retrouvé.

Océane vit dans les yeux sombres de son amant qu'il disait la vérité. Elle accepta donc l'appareil sans fil qu'il lui tendait et fit appel à sa mémoire avant de composer le numéro privé du directeur de la base de Paris, avec qui elle avait échangé quelques appels galants au début de sa carrière.

– Hervé Montreynaud, fit ce dernier avec son accent français.

– J'aimerais parler à Andromède Orléans, je vous prie.

– Je crains que vous ne vous soyez trompée de numéro, madame.

Heureusement qu'Asgad était resté planté devant elle et n'écoutait pas la conversation sur une autre ligne.

– C'est Océane à l'appareil.

– Océane Chevalier ?

– Oui, c'est bien moi. Ma mère est au Québec, n'est-ce pas ? C'est bien ce que je pensais. Je sais qu'elle appelle souvent à la maison pour prendre des nouvelles d'Altair. Pourriez-vous lui dire de me joindre à ce numéro, s'il vous plaît ? C'est une question de vie ou de mort.

Le code « Altair » fit tout de suite comprendre au directeur qu'elle souhaitait que cet appel soit signalé à la base de Montréal.

– Ce sera fait à l'instant, Océane. Tiens bon.

– Merci mille fois.

Elle raccrocha et garda l'appareil dans la main, en décochant un regard brillant de défi à Asgad.

Dès que l'ex-agente de l'ANGE eut raccroché, Hervé Montreynaud entra en communication avec Cédric Orléans grâce aux lignes uniquement réservées aux directeurs. Ce dernier se balançait dans son fauteuil capitonné en lisant les dernières nouvelles de l'Agence sur son écran mural, car il était trois heures du matin à Montréal. Il sursauta et décrocha le récepteur de ce téléphone, qui ne sonnait presque jamais.

– Cédric Orléans.

– Bonjour, Cédric. C'est Hervé.

– Il y a des siècles que je n'ai pas eu de tes nouvelles !

– Parce que l'Agence n'organise plus de rencontres annuelles entre ses directeurs.

– Et soudain, tu as ressenti le besoin de me téléphoner ?

– Pas tout à fait. Je viens de recevoir un étrange appel de la part d'Océane.

– Lui est-il arrivé quelque chose ? s'alarma Cédric.

– Je n'en sais rien. Si je m'adresse à toi en ce moment, c'est qu'elle a utilisé le code de ta base. Elle veut qu'une certaine Andromède Orléans la rappelle le plus rapidement possible. Elle a dit que c'était une question de vie ou de mort.

Cédric nota aussitôt le numéro de téléphone de Jérusalem.

– Est-ce trop indiscret de te demander ce qu'elle fait là-bas ? s'enquit le directeur français.

– Elle en mission pour la division internationale, alors je ne peux pas en parler.

– Je comprends. Fais vite, Cédric.

Même s'il était très tard, le directeur montréalais appela chez Andromède. À son grand étonnement, elle répondit après la troisième sonnerie.

– Qui ose déranger la pharaonne ?

– Cédric Orléans.

– Mon grand prêtre préféré !

– Andromède, la situation est très sérieuse, alors j'apprécierais que tu mettes fin tout de suite à ce jeu. Océane a des ennuis.

– Nous sommes à des milliers de kilomètres d'elle, Cédric. Que pourrions-nous faire ce soir ?

– Elle a besoin que tu l'appelles.

– Mais elle connaît mon numéro de téléphone, voyons.

– Alors, elle a certainement une bonne raison de ne pas l'utiliser. Je vais te donner le numéro qu'elle nous a laissé. Il faudra que tu fasses très attention à ce que tu lui diras, car si elle agit ainsi, c'est probablement qu'elle est sous écoute. Écoute bien à ce qu'elle dira et joue le jeu.

– Tu veux que j'arrête de jouer, mais tu me demandes de jouer ?

« Océane ne tient rien de moi et tout d'Andromède », se désespéra intérieurement Cédric.

– Sois sa mère au lieu de Cléopâtre lorsque tu lui parleras, précisa-t-il. Est-ce plus clair ?

– Tu sais bien que je ferais n'importe quoi pour notre fille.

– Quand tu lui auras parlé, rappelle-moi. Je suis au bureau.

– Il n'est pas étonnant que tu sois si grognon avec le peu d'heures de sommeil que tu t'accordes.

Cédric ne releva pas le commentaire. Il lui donna plutôt le numéro à composer et raccrocha.

– VOULEZ-VOUS SIGNALER LA SITUATION À LA BASE DE JÉRUSALEM ? demanda Cassiopée.

– Lorsque je voudrai le faire, je vous le demanderai.

Cédric se mit à arpenter son bureau comme un lion en cage, espérant recevoir bientôt des nouvelles de sa fille. « Je me comporte comme un humain », remarqua-t-il en s'arrêtant net. Il retourna s'asseoir et fit plutôt des exercices de respiration pour se calmer.

Une demi-heure après son appel en France, Océane reçut enfin celui d'Andromède. Asgad était toujours debout devant elle, en train de la regarder comme s'il tentait de la prendre en défaut.

– Résidence Ben-Adnah, bonjour, répondit la jeune femme. Asgad se cacha le visage dans une main.

– Ma chérie, est-ce toi ?

– Bonjour, maman ! Avant que tu me traites de mauvaise fille, j'aimerais que tu m'écoutes, d'accord ?

– Mais bien sûr, mon bébé.

– Je voulais me rendre à Paris pour t'annoncer la nouvelle, mais on m'en a empêché, commença-t-elle. Asgad écarta les doigts pour lui jeter un regard noir.

– Je me marie dans quelques jours et j'aimerais que tu sois là.

– Dans quelques jours ? répéta Andromède en feignant l'énervement, juste au cas où d'autres personnes écouteraient leur conversation. Il faut que je trouve une tenue convenable, que je fasse ma valise, que j'achète un billet d'avion !

– Mon généreux futur mari t'offre ce voyage. Fais ta valise et rends-toi à l'aéroport. Ton billet d'avion t'y attendra.

– Quand ?

– Mais maintenant, évidemment.

– Mais il est trois heures et demie du matin, à Montréal ! lui apprit Andromède.

– Alors, à la première heure demain ?

– Laisse-moi regarder ça sur mon ordinateur.

Océane l'entendit pianoter sur le clavier pendant de longues minutes.

– Il y a un vol à midi demain et un autre vers vingt heures, lui dit-elle finalement. Je prendrai celui en soirée, sinon je n'aurai jamais le temps de rassembler mes affaires.

– Magnifique ! Je serai à l'aéroport pour t'accueillir. Je t'aime, maman.

– Pas autant que moi, ma poulette. Repose-toi bien avant le grand jour. J'ai bien hâte de rencontrer l'homme qui a réussi à ravir ton cœur.

« Moi aussi », ne put s'empêcher de penser Océane, car ce n'était certainement pas cet Anantas aux phéromones hyperactives. Elle raccrocha et redonna le téléphone à Asgad.

Ce dernier ne l'importuna plus jusqu'à l'arrivée de sa belle-mère. Ce matin-là, il entra dans la chambre tandis qu'Océane enfilait sa plus belle robe.

– Le bleu te va à merveille, la complimenta-t-il. Tu devrais en porter plus souvent.

– J'ai du mal à me détacher du rouge.

– Veux-tu que j'aille chercher ta mère avec toi ? demanda-t-il.

– Depuis quand me demandes-tu ce que je veux ?

– Pourquoi es-tu si fâchée contre moi ?

Il s'approcha d'elle et l'embrassa dans le cou. Océane ferma les yeux et fit de gros efforts pour résister à sa force d'attraction.

– Je me sens emprisonnée, réussit-elle à articuler.

– J'essaie seulement de te protéger, ma chérie. Nous nous rendrons pour notre voyage de noces sur une île déserte et tu y seras complètement libre.

– C'est ici que j'ai besoin de l'être, pas à des kilomètres de la civilisation, là où il n'y a ni boutiques ni restaurants.

– Moi aussi, j'ai dû sacrifier ma liberté pour devenir un homme important.

– C'est toi, le grand chef de l'Union eurasiatique, pas moi.

– Pour te prouver que je t'aime comme un fou, tu peux aller chercher ta mère toi-même à l'aéroport avec un seul garde du corps. Ça te va ?

« C'est mieux que quatre », admit Océane.

– Le chauffeur vous emmènera ensuite où vous voudrez. Tout ce que je vous demande, c'est d'être de retour pour le repas ce soir. Est-ce que cela te convient ?

– C'est déjà plus acceptable.

Il la fit pivoter et l'embrassa passionnément sur les lèvres. Océane se laissa de plus en plus gagner par cet élan, puis se rappela que sa mère allait arriver d'une minute à l'autre à Jérusalem.

– Nous reprendrons ce baiser ce soir, d'accord ? fit-elle en s'arrachant à l'étreinte de son amant.

– J'y tiens.

Océane enfila ses chaussures, saisit son sac à main au passage et dévala l'escalier. Le chauffeur lui ouvrit la portière de la limousine tandis que l'un de ses protecteurs recevait un appel sur son téléphone portable. C'était certainement Asgad, puisqu'il congédia les trois autres hommes et s'installa sur le siège du passager, à côté du chauffeur. Heureuse de se retrouver enfin seule, Océane regarda le paysage par la fenêtre jusqu'à son arrivée à l'aéroport, situé à une heure environ de la ville.

Elle se rendit à l'aire des arrivées et n'eut aucun mal à reconnaître sa mère parmi tous les passagers qui venaient de Montréal. Elle était la seule femme de soixante ans avec de longues boucles d'un blond platine, qui portait un tailleur bleu électrique.

– Océane ! s'écria-t-elle en apercevant sa fille.

Andromède trottina de son mieux dans sa jupe très ajustée avec au bout d'un bras une petite valise en peau de serpent, qu'elle laissa tomber sur le plancher en arrivant devant Océane. Elle la serra de toutes ses forces, la faisant rire aux éclats.

– Tu ne changeras donc jamais, maman.

– Tiens-tu vraiment à ce que je change ?

– Non.

Elles marchèrent bras dessus bras dessous jusqu'au carrousel, où il ne fut pas difficile d'identifier ses trois valises, elles aussi en peau de serpent.

– Elles ont appartenu à ton père, expliqua Andromède.

Océane comprit qu'elle faisait référence à son mari anthropologue et non à Cédric.

– Les miennes étaient trop usées pour que je les utilise. Toutes leurs coutures auraient fendu.

Le gorille s'empara des bagages et les empila sur un chariot.

– Est-ce ton futur mari ?

– Non ! s'écria Océane en faisant sursauter tous les voyageurs autour d'elle. C'est mon garde du corps.

– Personnellement, je préfère les Spartiates.

Océane lui décocha un regard lui intimant de reprendre son rôle de mère « normale ».

– Mais nous ne sommes pas en Grèce, se reprit Andromède.

– Viens, maman. Je vais te montrer où je travaille depuis que je suis à Jérusalem.

Andromède se déclara ravie de monter dans une limousine. Le chauffeur les conduisit au Temple de Salomon. Le commun des mortels n'y avait pas encore accès, mais Océane avait eu la présence d'esprit d'apporter des badges d'identification. On les laissa donc entrer sur le chantier, puis se rendre devant les principaux immeubles. Les deux femmes marchèrent devant leur protecteur en profitant de la chaleur et du soleil.

– Tu peux me parler librement, maintenant, ma chérie, annonça Andromède. J'ai créé un écran de surdité entre ton garde du corps et nous.

– En es-tu bien certaine ? Parce que s'il apprenait ce que je suis en réalité, il pourrait me dénoncer à la police.

– Tu n'es pas une criminelle, que je sache.

– Ici, les espions ne sont pas tolérés.

– Est-ce la raison pour laquelle tu m'as appelée à l'aide ?

– En fait, je ne voulais pas enliser qui que ce soit dans mes problèmes, mais Asgad m'a obligée à inviter ma mère à notre mariage. Je n'ai pas eu le choix, j'en suis vraiment désolée.

– Il est normal qu'une mère soit là lors des grands événements que vivent ses enfants, mais vas-tu vraiment l'épouser ?

– Ma mission était de me rapprocher suffisamment de lui pour le tuer, mais il exerce sur moi une fascination que je ne comprends pas. Il m'a demandé de devenir sa femme, et j'ai répondu oui comme un robot.

– Les Anantas sont comme des cobras. Ils nous font faire ce qu'ils veulent. C'est leur plus grand pouvoir. J'espère que tu ne m'as pas fait venir jusqu'ici pour t'aider à t'en débarrasser, parce que cela irait tout à fait à l'encontre de mes principes.

– Même si c'était l'Antéchrist qu'on te demandait de tuer ?

– Je crois fermement que chaque personne a été placée sur Terre pour jouer un rôle précis, et le mien est d'apporter de la fantaisie à un monde qui en a un urgent besoin.

Afin de ne pas attirer les soupçons du garde du corps, elles se concentrèrent pendant quelques minutes sur l'architecture, qui reproduisait fidèlement le style de l'ancien temple.

– Qu'est-il arrivé à ton beau policier blond ? voulut savoir Andromède.

– J'aime beaucoup Thierry, mais nous nous querellons chaque fois que nous nous rencontrons.

– Il arrive parfois dans un couple qu'on ne s'entende pas sur certaines choses.

– En ce qui nous concerne, c'est sur absolument tout.

– Il y a des médecins qui se spécialisent dans le maintien de l'harmonie entre les hommes et les femmes.

– Même pour les couples reptiliens ?

– Est-ce que tu t'es déjà métamorphosée, ma petite chérie ?

– Non, même en me concentrant de toutes mes forces.

– Tu n'as que quelques gouttes du sang de ton père dans les veines, Océane. Tu es davantage Pléiadienne qu'Anantas.

– Je croyais pourtant que c'étaient mes origines paternelles qui avaient attiré Asgad.

– Moi, je pencherais davantage pour ta beauté.

Mais le compliment ne fit pas sourire Océane. En fait, Andromède ne l'avait jamais vue aussi triste.

– Si tu le veux, je pourrais te ramener à la maison sans que tu épouses qui que ce soit, de manière que tu prennes le temps de bien réfléchir à tes sentiments. Les mères sont censées faire ce genre de choses, tu sais.

– Tu ne m'as jamais encouragée à devenir une froussarde.

– Ce qui veut donc dire que tu termineras ce que tu as commencé, n'est-ce pas ?

– Même si je suis coincée entre deux feux. Il y a d'un côté l'humanité entière qui veut que je la débarrasse d'un futur tyran, et de l'autre, de nouveaux reptiliens qui m'ont menacée de mort si je touche à un seul cheveu de la tête d'Asgad.

– Là, je reconnais bien ton père en toi. Lui aussi, il se met toujours le doigt entre le marteau et l'enclume.

– Et tout comme lui, je suis capable de régler mes problèmes toute seule.

– Qui sont ces nouveaux reptiliens ?

– Des Brasskins. Ils sont dorés comme des trophées d'Hollywood.

– Ils ont aussi menacé ton père, se rappela Andromède.

– Incroyable !

– Ces reptiliens désirent la paix autant que nous, mais ils ne savent pas comment s'y prendre pour l'obtenir, on dirait. Si cela peut te rassurer, ils n'ont encore jamais tué qui que ce soit.

– Ce n'est pas parce qu'une personne n'a jamais fait quelque chose qu'elle ne le fera jamais.

– Ton mariage te rend vraiment trop négative, mon pauvre amour.

– Tu l'as remarqué ?

– Qu'attends-tu de moi, maintenant ?

– Je veux que tu sois ma mère durant les prochains jours. Je pense que je vais avoir besoin de tout ton soutien.

– Tu sais bien que tu peux toujours compter sur moi.

– Oui, c'est vrai, même si je l'oublie, parfois.

Océane lui fit visiter tout le chantier en lui expliquant comment les structures existantes avaient été découpées en bloc et transportées dans le désert pour y être reconstruites, afin de céder l'espace nécessaire au nouveau temple. Elle ajouta aussi que c'était à cet endroit qu'elle devait se marier pour l'inaugurer.

– Le Temple de Salomon, soliloqua Andromède. Quel merveilleux thème pour ma prochaine décoration.

– Oublie ça, ta cour n'est pas assez grande.

– Je songeais justement à faire à mes voisins des offres très difficiles à refuser pour agrandir mon territoire.

– Tu vas bien t'entendre avec Asgad.

Lorsqu'elles rentrèrent enfin à la maison, l'entrepreneur les attendait dans la grande salle à manger avec à la main une bouteille de champagne qu'il venait justement d'ouvrir.

– Asgad, je te présente ma mère, Andromède Orléans.

– Je suis enchanté de faire votre connaissance, madame.

Pourtant, il affichait davantage d'étonnement que de ravissement.

– Vous vous demandez pourquoi la mère d'Océane est blonde comme les blés, je présume, fit la Pléiadienne sans détours.

Il remua les lèvres, mais Andromède ne lui laissa pas le temps de répondre.

– Elle tient ses cheveux, ses yeux et son teint de son père.

– Océane ne parle pas souvent de sa famille.

« Parce qu'il ne m'a jamais questionnée à ce sujet ! » se rappela la jeune femme.

– Son père était français.

« Ah oui ? » s'étonna Océane en s'efforçant de ne rien laisser paraître.

– Il est né à Montpellier, d'un père français et d'une mère espagnole.

– Et vous ? s'enquit Asgad.

Océane se crispa, car Andromède n'avait pas l'habitude de mentir.

– Je suis née à Saint-Hilaire, dans la province de Québec.

Asgad leur servit les flûtes de champagne et les convia à s'asseoir.

– Cela ne vous étonne donc pas que votre fille choisisse d'épouser un homme d'une autre nationalité, fit-il.

– Pas du tout. Elle a toujours eu des goûts particuliers en matière amoureuse.

« Mon Dieu, faites qu'elle ne lui parle pas de Thierry ou de Yannick... » pria intérieurement Océane.

– A-t-elle eu beaucoup d'amants avant moi ?

– Non, pas vraiment. Ma fille est surtout une femme de carrière. J'espère que vous ne l'empêcherez pas de travailler une fois qu'elle sera devenue votre épouse.

– N'ayez aucune inquiétude, madame Orléans. J'admire beaucoup ce qu'elle fait.

– Et si vous me parliez de vous, à présent ?

– Je suis un homme d'affaires qui s'intéresse maintenant à la politique. Mes discours de paix m'ont valu la reconnaissance de tous les pays voisins, qui m'ont nommé président d'une union qui les regroupe tous.

Une faible voix appelant Asgad leur parvint de l'étage supérieur.

– Si vous voulez bien m'excuser un instant, fit l'entrepreneur en déposant sa coupe. Je reviens tout de suite.

Il quitta le salon et grimpa l'escalier.

– Est-ce qu'il a des enfants ? s'enquit Andromède.

– Non. C'est son jeune amant.

La Pléiadienne était très ouverte d'esprit, mais certaines coutumes humaines lui échappaient complètement.

– C'est compliqué à expliquer, soupira Océane. Le véritable Asgad Ben-Adnah, qui était un Anantas, est mort lorsque l'empereur Hadrien de Rome s'est emparé de son corps.

Andromède baissa les yeux sur son verre de champagne et décida de ne plus boire.

– Et cet empereur mourra lorsque Satan lui prendra cette enveloppe corporelle à son tour, poursuivit Océane.

– Faut-il l'appeler par son titre ? s'inquiéta Andromède.

– Surtout pas. Il fait semblant d'être Asgad pour ne pas attirer les soupçons.

– Et tu savais tout cela lorsque tu as accepté de l'épouser ?

– Oui, car cela n'avait aucune incidence sur ma mission.

– Mon gendre est un empereur romain... Voilà une autre belle inspiration pour mon jardin.

– En fait, il ignore qu'il s'est emparé du corps d'un Anantas. À mon avis, il utilise ses pouvoirs de séduction reptilienne sans vraiment s'en rendre compte.

– Revenons à son amant, si tu le veux bien.

– Je ne sais pas comment ça s'est passé, mais Asgad a fait revenir de la mort le jeune Grec qui avait été l'amant d'Hadrien il y a des milliers d'années.

– Il pourrait aussi être un jeune garçon à l'esprit dérangé.

– Oui, c'est possible, mais peu importe ce qu'il est, il vit ici et il occupe une grande place dans le cœur d'Asgad.

– Je savais quand tu étais petite que tu n'aurais pas une vie comme les autres, mais jamais à ce point. Jure-moi que tu divorceras avant qu'il ne devienne Satan.

– Tu peux compter sur moi.

Remise de sa surprise, Andromède reprit sa flûte pour continuer à déguster le champagne Cristal Louis Roederer. Asgad redescendit quelques minutes plus tard.

– Veuillez excuser cette brève absence, fit-il en reprenant sa place sur le sofa. Antinous ne se sent pas bien, et je n'arrive pas à joindre le docteur Wolff.

– J'ai quelques notions de médecine, affirma Andromède. Si vous le voulez, je l'examinerai pour vous rassurer.

« Décidément, je vais de surprise en surprise », se découragea Océane.

– Je l'apprécierais beaucoup, madame.

Tandis que les serviteurs mettaient la table, Andromède en profita pour monter se changer. Puisqu'elle adorait les Grecs, elle ne put s'empêcher de s'arrêter à la porte de la chambre du jeune homme dont venait de lui parler sa fille. Vêtu d'une chemise et d'un pantalon blancs amples, il était allongé sur son lit, immobile. Andromède s'approcha silencieusement, mais constata qu'il ne dormait pas.

– Qui êtes-vous ? s'effraya-t-il.

– Je suis la maman d'Océane.

La Pléiadienne s'assit sur le lit en lui souriant. Ce qu'elle vit sur le visage du jeune homme n'était pas de la maladie, mais de la tristesse.

– Je m'appelle Andromède. Et toi ?

– Antinous…

– C'est un très joli prénom. Savais-tu qu'on l'a donné à une étoile de la constellation de l'Aigle ?

L'adolescent secoua doucement la tête, balançant ses boucles noires de gauche à droite sur son oreiller.

– Asgad me dit que tu es souffrant, et j'aimerais bien t'aider.

– Le malaise n'est pas dans mon corps, mais dans mon cœur.

– Tu crains de perdre ta place, n'est-ce pas ?

– La dernière fois qu'il s'est marié, c'était avec une femme qui ne l'aimait pas et qui ne partageait pas son lit. C'est différent, maintenant.

– Moi, je suis certaine qu'il t'aime autant qu'elle, sinon il ne t'aurait jamais rappelé auprès de lui. Il faut simplement vous créer une vie qui tienne compte de tous vos besoins.

– Je veux juste qu'il me regarde de temps en temps.

– Je vous suggère de vous asseoir ensemble, tous les trois, et d'en discuter franchement. Et si tu es trop timide pour revendiquer tes droits, alors je le ferai pour toi avant de repartir pour mon pays.

– Où se situe-t-il ? voulut savoir le jeune Grec en s'asseyant sur son lit.

– De l'autre côté d'un grand océan qu'il faut traverser en avion.

Andromède lui parla ensuite du Canada pendant de longues minutes, lui décrivant les climats du nord au sud et les différences entre l'ouest et l'est.

– Je suis bien ignorant, avoua finalement Antinous.

– Ce qui est tout à fait normal à ton âge, mon chéri. La connaissance s'acquiert au fil des ans, une page à la fois. Si la géographie t'intéresse, je te trouverai un atlas avant de retourner chez moi.

– Je parle votre langue sans trop de difficulté, mais je ne sais pas la lire.

– Il doit sûrement exister des encyclopédies sonores que l'on peut télécharger sur un ordinateur. Je prendrai le temps de m'informer. En attendant, j'aimerais te demander un immense service.

– Mes déplacements sont limités, mais je ferai ce que je pourrai pour vous le rendre.

– Je n'ai pas de mari, alors je me demandais si tu accepterais d'être mon cavalier lors du mariage de ma fille.

– Je ne voulais pas y aller, mais je ne peux pas vous laisser seule non plus.

– Tu es un bon garçon, Antinous. Je suis vraiment contente d'avoir fait ta connaissance.

À la grande surprise d'Asgad et d'Océane, Antinous redescendit avec Andromède pour manger en famille. Il était même de très bonne humeur !

– Que lui as-tu fait ? murmura Océane en passant près de sa mère.

– C'est notre secret.

Finalement, l'ex-agente se félicita d'avoir invité Andromède à Jérusalem, car non seulement elle remettait de la joie dans la maison, mais elle lui redonnait aussi le courage qui lui manquait pour accomplir sa mission.

...030

Au monastère, à quelques kilomètres de la route de Jéricho, Cindy se remettait de ses émotions. En cessant peu à peu de ne penser qu'à elle-même, elle finit par se rendre compte que Thierry Morin souffrait beaucoup et que ses apprentis ne faisaient rien pour l'aider.

– Il a été empoisonné par la reine des Dracos, expliqua Darrell.

– Elle a utilisé une substance toxique qui dégrade son corps à petit feu, ajouta Neil.

– Est-il en train de mourir ?

Les jeunes Nagas hochèrent affirmativement la tête en même temps.

– Mais je terminerai leur formation avant de m'éteindre, affirma Thierry d'une voix faible. Je suis beaucoup plus fort lorsque je ne saute pas de repas.

L'incident des soldats dans la cour avait considérablement perturbé leur horaire habituel et retardé le moment de la journée où ils absorbaient de la nourriture ou du sang. Darrell s'empressa de tendre une gourde à son mentor, qui en but tout le contenu à petites gorgées.

– Que devrions-nous lui offrir à manger, maître ? demanda Neil, incertain.

– Tant qu'elle n'aura pas accepté sa véritable nature, il faudra lui trouver de la nourriture que mangent les humains, répondit Thierry.

– Nous serons de retour avant le coucher du soleil.

Neil sortit le premier de la pièce, immédiatement suivi par Darrell.

– Où vont-ils en trouver, au beau milieu du désert ? s'étonna Cindy.

– Ils sont plus débrouillards que je ne le souhaitais, soupira Thierry. Ils approchent les tribus nomades sans la moindre appréhension en risquant du même coup de devenir la cible de Dracos plus expérimentés qu'eux. Mais il faut bien que jeunesse se passe, n'est-ce pas ?

– Je ne saisis pas votre relation, à tous les trois…

– Neil et Darrell sont mes jeunes frères et des jumeaux, de surcroît, un autre cas très rare chez les Nagas. Si les choses s'étaient passées autrement pour moi, je ne les aurais jamais connus, car un mentor ne forme qu'un apprenti à la fois avant de l'envoyer traquer de par le monde. Mais lorsque j'ai été fait prisonnier par les Dracos, à Montréal, mon maître est venu à mon secours et, à l'époque, il avait commencé à entraîner les jumeaux. Ils ont donc participé à mon sauvetage. C'est de cette manière que j'ai fait leur connaissance.

– Ils ont choisi de rester avec vous plutôt qu'avec lui ?

– Les Nagas sont très loyaux. Ils ne quittent leur mentor que lorsqu'ils sont prêts à chasser par eux-mêmes ou à la mort de ce dernier. Notre maître commun a été tué par l'un de nos ennemis, il y a quelque temps.

– J'en suis désolée…

– J'ai entendu les chants funèbres de ses jeunes élèves comme à peu près tous les Dracos qui vivent à Jérusalem, et je les ai retrouvés avant qu'ils ne se fassent dévorer.

– Et ils sont restés avec vous.

– Neil est prêt à traquer, mais pas Darrell. Cela m'a convaincu de les garder auprès de moi pour achever leur formation.

– Dans cet état ?

– Ils sont suffisamment habiles avec leur katana pour que je les guide uniquement par des conseils.

– Seront-ils bientôt prêts à partir ?

– Encore quelques semaines, et ils seront de redoutables *varans.*

– Mais lorsqu'ils se mettront à chasser, vous vous retrouverez seul ici…

– Je n'en ai plus pour longtemps.

– À cause d'une vieille chipie qui n'a rien de mieux à faire que de détruire la vie des gens.

– Les Dracos et les Nagas sont des ennemis jurés depuis la nuit des temps. Ils agissent selon leur nature respective.

Depuis qu'il avait avalé tout le contenu de la gourde, il semblait reprendre des forces.

– C'est de l'eau ? demanda Cindy.

– Non. Si tu en veux, celle de la fontaine est potable.

– C'est le sang des soldats, n'est-ce pas ? fit-elle avec une grimace.

– Je suis ainsi fait, je suis désolé.

Elle sortit du bâtiment en pierre sans faire de commentaire et alla se désaltérer à la fontaine. Il n'y avait plus aucune trace du combat sur le sable de la grande place. En s'aspergeant le visage, Cindy se demanda combien de reptiliens vivaient sur Terre en empruntant des apparences humaines. La base de données de Vincent ne mentionnait aucun chiffre.

Les Nagas comme Thierry ne semblaient pas leur vouloir de mal. Leur fonction était de tuer d'autres reptiliens. Mais qu'en était-il de toutes les autres races ? Pour contenter sa curiosité, la jeune femme retourna à l'intérieur, où il faisait plus frais, et reprit place près du *varan.*

– Les Nagas sont-ils les seuls reptiliens à ne pas s'attaquer aux humains ? demanda-t-elle.

– Non. Les races inférieures comme les Neterou et les Cécrops, lorsqu'elles n'y sont pas contraintes par les Dracos, ont des vies tout à fait ordinaires.

– Mais les autres se nourrissent de chair humaine, n'est-ce pas ?

– Pour la plupart, mais surtout les Dracos. Les Nagas et les Anantas préfèrent le sang.

– Vous dites que je suis une Naga, et pourtant, j'ai très peur du sang.

– Que t'ont probablement transmise tes parents humains. En passant, arrête de me vouvoyer. Dans un ancien monastère, au milieu du désert, je pense qu'on pourrait laisser tomber les conventions.

– Bon, d'accord. Es-tu vraiment un policier du Vatican ?

– Non, mais comme bien des traqueurs avant moi, j'ai été formé sous cette magnifique cité. Grâce aux contacts de mon mentor, je pouvais personnifier à peu près qui je voulais, afin de m'approcher de mes cibles.

– Tu ne tues donc pas n'importe qui, n'importe comment ?

– À moins d'être attaqué à l'improviste par un ennemi, non. Mes cibles m'ont toujours été indiquées par les glandes des Dracos que je venais de tuer, bien que parfois mon mentor reçoive de ses supérieurs l'ordre de tuer quelqu'un sans l'avoir vu dans une glande.

– Quelle glande ?

– Elle se situe ici, fit Thierry en frottant le bout de son index sur son front, et elle contient tout notre savoir. Mais il faut être reptilien pour pouvoir en extraire quelque information que ce soit.

– Ton monde est terrifiant, mais il est aussi fascinant.

– C'est aussi le tien, Cindy.

La jeune femme ramena ses jambes jusqu'à sa poitrine, les entoura de ses bras et appuya son menton sur ses genoux.

– J'ai vécu une bien curieuse expérience la veille de notre marche sur la route de Jéricho, avoua-t-elle.

Elle raconta à Thierry qu'elle s'était mise à voir dans le noir, et que tous les sons lui avaient semblé amplifiés. Le sourire sur le visage du Naga lui fit comprendre qu'il s'agissait de facultés qui n'étaient pas humaines.

– J'ai aussi vécu quelque chose de vraiment étrange en arrivant à la falaise, lorsque les soldats me poursuivaient. J'ai reculé et en arrivant contre le mur, j'ai basculé dans un autre monde où il faisait noir et froid.

– Les Nagas ont l'extraordinaire pouvoir de traverser la matière et même de s'y mouvoir.

– Je suis entrée dans le mur ? s'étonna Cindy.

– Qu'est-il arrivé, ensuite ?

– Je me suis retrouvée dans l'étroit couloir qui mène jusqu'à ces bâtiments.

– Alors, sans le savoir, tu as spontanément marché à travers la falaise, tout comme tu as instinctivement manié le sabre.

– Je ne comprends toujours pas comment j'ai pu décapiter tous ces hommes en quelques secondes, alors que je n'ai jamais touché une épée de ma vie.

– Comme je te l'ai expliqué tout à l'heure, les Nagas sont le produit de milliers d'années de manipulations génétiques. Nous sommes programmés dès notre naissance pour devenir des assassins. Nos mentors ne sont là que pour nous inculquer les valeurs qui doivent diriger nos vies et pour nous montrer comment utiliser toutes les armes existantes pour faire notre travail. Il est toujours souhaitable de procéder à une exécution avec un katana, mais quand il est impossible de faire autrement, il faut prendre ce qui nous tombe sous la main.

– J'ai déjà été enlevée par des reptiliens et je ne les ai pourtant pas combattus.

– Avais-tu eu des rapports sexuels avec tes ravisseurs ?

– Certainement pas ! Je serais incapable de coucher avec un homme que je n'aime pas !

– C'est souvent ainsi que les femelles découvrent qu'elles sont reptiliennes.

– Donc, au lieu de me teindre en brune, tout ce que j'avais à faire pour les tenir à distance, c'était de trouver un petit ami reptilien ?

– De la même race que toi, par contre.

– Cael... Y a-t-il dans le monde beaucoup d'autres femmes dans ma situation ?

– Tu es un cas exceptionnel chez les Nagas, mais un grand nombre d'individus sur cette planète ont en effet quelques gouttes de sang reptilien dans les veines à cause d'un lointain ancêtre. Il est également arrivé, en de rares occasions, qu'une femme pourtant humaine à première vue, se transforme en reptilienne après avoir donné naissance à l'enfant d'un Anantas ou d'un Dracos.

– Donc, cela pourrait arriver à Océane ?

Thierry ne répondit pas et détourna le regard.

– Tu l'aimes encore, n'est-ce pas ?

– Les Nagas sont des créatures d'une admirable loyauté...

– Et elle ?

– Elle va épouser l'Antéchrist dans quelques jours.

– Au lieu de l'assassiner...

– Elle n'y arrivera pas, puisqu'il exerce sur elle un puissant magnétisme, dont sont dotés tous les membres de la royauté Dracos et Anantas.

– Je comprends ta tristesse, maintenant.

– Elle sait que je suis en train de mourir. Il est tout à fait normal qu'elle se tourne ailleurs.

Les apprentis arrivèrent quelques minutes plus tard en riant. Ils déposèrent devant Cindy une miche de pain, un gigot de mouton et une petite terrine remplie de yaourt à l'ail.

– Merci. Vous êtes vraiment gentils de vous donner tout ce mal pour moi.

– Maintenant, pourrait-on savoir ce qui a déclenché cette hilarité ? demanda Thierry.

– Nous raffinons nos méthodes afin d'éviter de recourir à la violence, répondit Darrell en s'efforçant de rester sérieux. Mais l'éclat de rire de son frère alarma davantage le mentor.

– Cette explication est insuffisante, les avertit-il.

– L'un de nous approche les nomades assis au bord du feu et se fait passer pour ce qu'il n'est pas, pendant que l'autre s'empare du butin, ajouta Darrell. Alors, tout à l'heure, Neil leur a dit qu'il était le prophète disparu dans le désert et qu'il cherchait ses disciples.

L'expression de Cindy se durcit aussitôt.

– Ils ne savaient plus s'ils devaient appeler l'armée ou m'aider à me rendre à Jéricho, jusqu'à ce que je m'enfonce dans le sol sous leurs yeux, ajouta Neil en riant.

– Vous n'avez pas le droit de faire ça ! explosa finalement la jeune femme. Ces gens vont raconter ce qu'ils ont vu aux médias et ils vont semer la panique parmi les croyants du monde entier.

Elle prit la nourriture et alla s'installer dans un autre bâtiment pour manger.

– Nous voulions seulement nous amuser un peu, s'excusa Darrell.

– Je sais, soupira Thierry, mais rappelez-vous qu'elle a un lien privilégié avec ce Naga et faites preuve de plus de respect devant elle.

– Oui, maître, firent en chœur les jumeaux.

Ils prirent place de chaque côté de leur mentor, appuyant leur dos contre la pierre fraîche.

– Est-ce qu'elle participera à notre pratique, ce soir ? voulut savoir Neil.

– Elle n'a jamais appris à manier le sabre, alors elle risquerait de vous blesser, s'opposa Thierry.

– Mais elle a tué tous ces soldats…

– Par instinct de survie, Neil. Elle a uniquement réveillé en elle sa programmation Naga. Elle n'avait aucune idée de ce qu'elle était en train de faire.

– Notre facilité à manier les armes nous vient-elle de notre sang Pléiadien ou de notre sang Dracos ? s'enquit Darrell.

– Les Pléiadiens sont des pacifistes, comme vous l'avez constaté par vous-mêmes au Canada lorsque vous avez séjourné dans l'une de leurs montagnes.

– Dracos, donc, raisonna Neil. Et si les Brasskins sont les ancêtres des Dracos, ils doivent avoir une fibre guerrière quelque part. Feront-ils éventuellement partie de nos cibles ?

– Seulement s'ils essaient d'imposer leur domination sur Terre. Pour l'instant, ce sont les plus discrets de tous les reptiliens.

– Dois-je te rappeler qu'ils viennent d'enlever un Naga ?

– Nous ne savons pas encore pourquoi, alors ne sautons pas aux conclusions. Le soleil commence à se coucher. Allez donc pratiquer vos katas pour vous changer les idées.

Neil fut le premier à bondir sur ses pieds, et Darrell le suivit dehors avec son enthousiasme habituel. Thierry ne se souvenait pas d'avoir été aussi remuant à leur âge. Il ferma les yeux et décida de profiter de ces quelques minutes de tranquillité pour méditer.

Au lieu de s'entraîner près de la fontaine comme ils avaient l'habitude de le faire, les jeunes Nagas allèrent plutôt se poster près du mur le plus éloigné, pour que leur maître ne les entende pas et firent attention à ne pas élever la voix.

– Si cette femme est vraiment une Naga, nous allons pouvoir préparer l'antidote, chuchota Neil. Théo a-t-il découvert les autres ingrédients que nous avons cachés ?

– Non. J'ai vérifié ce matin.

– Tout ce qu'il nous reste à faire, c'est de prélever un peu du sang de Cindy, de le mélanger avec ces ingrédients et de l'injecter à Théo.

– Crois-tu qu'il sera d'accord ?

– Je n'ai pas l'intention de le lui demander.

– Il sera très fâché…

– Mais il sera guéri.

Les apprentis réchauffèrent leurs muscles comme le leur avait demandé leur maître, puis exécutèrent tous leurs katas avec adresse. De la fenêtre de son abri, Cindy les observait en mâchant la viande desséchée. Mais elle avait si faim qu'elle aurait mangé n'importe quoi. « Si je suis comme eux, je devrais être capable de faire ce qu'ils font », se dit-elle.

Thierry rejoignit les jeunes dès que le soleil eut disparu derrière la falaise. La différence de température entre le jour et la nuit, dans cet endroit, était remarquable. Revigoré par la fraîcheur du vent, le mentor prit place au bord du bassin et assista aux exercices de ses protégés en les encourageant, en les corrigeant et en les félicitant. Cindy n'eut aucun mal à imaginer que les jumeaux puissent tuer un adversaire sans que ce dernier ne les voie venir. Ils étaient rapides comme l'éclair, et leurs coups étaient puissants. « Pourquoi n'ai-je pas été enlevée quand j'étais petite pour être formée comme eux ? » se demanda-t-elle.

Dès que l'obscurité fut complète, Thierry mit fin au duel et réintégra le bâtiment sans presser Cindy d'en faire autant. Si elle voulait dormir dans la pièce voisine, c'était son choix. Il fit tout de même déposer une couverture à l'entrée de ses quartiers par l'un des jumeaux, puis s'installa pour la nuit.

Neil et Darrell attendirent patiemment qu'ils s'endorment, puis traversèrent le mur entre les deux pièces. Cindy dormait, enroulée dans sa couverture. Neil montra à son frère que la seringue était prête à recevoir le sang de la jeune femme. Darrell s'installa donc derrière elle et attendit le signal pour l'immobiliser. Neil déposa ses genoux de chaque côté des jambes de Cindy et fit signe à son jumeau de lui maintenir les épaules au sol. La pression qu'exerça Darrell sortit brusquement l'ex-agente du beau rêve qu'elle était en train de faire. Dans le noir, elle vit l'apprenti au-dessus d'elle et crut qu'il voulait la violer.

– Laissez-moi ! cria-t-elle.

Darrell mit sa main sur sa bouche. Alors qu'elle commençait à lui mordre la paume, elle sentit le pincement de l'aiguille qui s'enfonçait dans son bras. D'un seul coup, sa vision se modifia entièrement et elle vit le Naga aussi clairement que s'il avait fait jour.

– Darrell, lâche-la ! ordonna Neil en reculant.

Sous leurs yeux, Cindy venait de se métamorphoser entièrement.

– Que se passe-t-il, ici ? tonna Thierry en émergeant du mur.

Il s'arrêta net en arrivant devant un Naga en position d'attaque, qui n'était pas l'un de ses apprentis.

– C'est Cindy, l'informa Darrell.

Pour pouvoir l'approcher, le *varan* se transforma lui aussi. Il ne savait pas si elle comprendrait ses paroles, mais il lui siffla tout de même des mots apaisants et réussit à prendre sa main et à la ramener en position assise. Cindy reprit sa forme humaine en tremblant de tous ses membres, et Thierry l'imita.

– Maintenant que tout le monde s'est calmé, vous allez m'expliquer ce qui s'est passé, exigea le mentor.

– Nous ne voulions lui prendre qu'un peu de sang, fit Darrell.

– Pourquoi ?

Les jumeaux gardèrent un silence coupable.

– Qu'est-ce que vous voulez faire de mon sang ? se fâcha Cindy.

– Tout doux, recommanda Thierry, qui ne voulait pas passer la nuit à la détendre.

– Il y a quelque temps, quand nous étions encore dans le temple de Jérusalem, tu nous as dit que certains ingrédients devaient être mélangés afin de fabriquer l'antidote qui te sauverait la vie, avoua Neil. Alors, nous t'avons fait parler pendant ton sommeil.

– Vous avez fait quoi ?

– Nous avons utilisé notre pouvoir de persuasion parce que tu ne voulais pas nous donner l'information que nous cherchions.

– Les apprentis n'ont pas le droit de soutirer des informations à leur mentor, surtout de cette façon, les sermonna Thierry.

– Jamais nous ne l'aurions fait, si tu n'avais pas été en train de mourir, se défendit Neil.

– Tu nous as dit que rien ne pourrait empêcher ta mort, car il n'existait pas de femelle Naga, renchérit Darrell, mais nous nous sommes accrochés à l'espoir que tu te trompais et qu'il y en avait au moins une quelque part.

– Nous avons trouvé tous les autres ingrédients dans les marchés et les pharmacies de la ville, et nous les avons précieusement conservés, au cas où.

Thierry n'en croyait pas ses oreilles.

– Vous vous êtes donné tout ce mal pour un contrepoison qui n'a, de toute évidence, jamais fait ses preuves ?

– Nous tenons à toi, Théo, s'étrangla Darrell.

– Il aurait été beaucoup plus intelligent de m'en parler au lieu de m'agresser dans mon sommeil, leur reprocha Cindy. Je vous aurais volontairement donné du sang si vous me l'aviez demandé.

Les jeunes Nagas baissèrent la tête, repentants.

– Avez-vous besoin d'autre chose pour concocter cette potion ? soupira-t-elle, émue par leur loyauté.

– Nous avons tout ce qu'il nous faut, mais il faut agir tandis que le sang est encore chaud, les pressa Neil.

– Et si cette petite expérience devait me tuer ? fit Thierry, sans pour autant manifester de la crainte.

– Nous aurions au moins tenté quelque chose, répliqua Darrell, les yeux embués de larmes.

– Viens, Darrell. Nous n'avons pas de temps à perdre.

– Je veux participer, moi aussi ! s'exclama Cindy.

Ils sortirent tous les trois dans la cour, laissant Thierry seul dans le noir.

– Et moi, là-dedans ? plaisanta-t-il.

Il retourna se coucher dans la pièce où il avait abandonné ses couvertures et essaya de se rappeler la formule de cet antidote, qui faisait partie des souvenirs d'un Dracos dont Silvère avait avalé la glande. Il y avait à présent tellement d'informations dans sa tête qu'il avait du mal à trouver ce qu'il cherchait.

Pendant ce temps, au bord de la fontaine, les jeunes s'affairaient. Neil avait naturellement pris en main les préparatifs, car il avait un tempérament de leader. Il fit broyer tous les ingrédients par Cindy et Darrell et les mesura avec soin grâce à de petites cuillères graduées qu'il avait « empruntées » dans une pharmacie. Il déposa le tout dans un bol en grès, ajouta la quantité d'eau requise, puis prit une profonde inspiration avant d'y faire couler le sang de la femme Naga. Le mélange tourna aussitôt au rouge et se mit à briller dans le noir.

– On ne pourra pas le perdre, en tout cas, laissa échapper Cindy. Les garçons lui décochèrent un regard découragé.

– Il faut lui administrer la moitié de la dose maintenant, et si elle n'a eu aucun effet dans une heure, il faudra lui donner le reste, indiqua Neil.

Ils s'empressèrent de rejoindre Thierry, qui les attendait couché sur le dos, sans manifester le moindre signe d'appréhension.

– La seule chose qu'on ignore, fit Darrell, c'est si nous devons t'injecter le contrepoison sous ta forme humaine ou sous ta forme reptilienne.

– C'est mon corps de Naga qui est en train de mourir et d'entraîner mon autre corps avec lui, expliqua le mentor.

Il se transforma pendant que les apprentis s'agenouillaient de chaque côté de lui. Neil tira le liquide dans la seringue et fronça les sourcils.

– L'aiguille ne traversera jamais ta peau de reptilien, se découragea-t-il.

– Certains endroits sont plus sensibles que d'autres, le renseigna Thierry, comme l'œil et l'intérieur de l'oreille, Mais le mieux, je pense, serait de l'introduire directement dans les plaies sur mes épaules, car ces blessures ne se sont jamais tout à fait refermées.

– Es-tu prêt, Théo ?

– Si je devais mourir ce soir, occupez-vous de Cindy, d'accord ?

La jeune femme avait choisi de s'asseoir à ses pieds. Silencieusement, elle se mit à prier pour son rétablissement complet et pour le retour de Cael.

Contrairement à Darrell, Neil ne se posait pas de questions une fois qu'il avait décidé de faire quelque chose. Il dégagea donc l'épaule droite de Thierry et y planta la seringue sans plus de façons. Le *varan* se crispa, mais ne se débattit pas. Au début, rien ne se produisit, puis il se mit à trembler violemment.

– Que fait-on ? s'énerva Darrell.

– On ne fait rien, à moins de le voir se blesser.

Il était évident que le Naga faisait des efforts surhumains pour ne pas hurler de douleur.

– Peux-tu lever tes bras ? s'impatienta Neil.

Thierry arriva à peine à remuer les doigts.

– Le reste… supplia-t-il entre ses dents.

Neil dépouilla son épaule gauche et y fit la même opération. Thierry poussa un grondement rauque qui fit reculer Cindy jusqu'au mur derrière elle.

– Il souffre beaucoup, se troubla Darrell.

– Nous ne pouvons rien faire de plus, répliqua son frère.

Pris de convulsions, Thierry planta ses griffes dans la pierre. C'est alors qu'un liquide noir nauséabond se mit à couler de ses plaies. Le premier réflexe de Darrell fut de saisir une couverture pour l'essuyer.

– N'y touche pas ! s'écria son frère en le repoussant.

– Ce n'est pas son sang, au moins ? voulut savoir Cindy.

– Non, affirma Neil. Le sang des Nagas est aussi rouge que celui des humains.

Lorsqu'il ne s'échappa plus de poison des écailles vert pâle du *varan*, Neil demanda à son frère de l'aider à lui enlever ses vêtements, en faisant bien attention de ne pas toucher aux pans souillés de poison. Il alla ensuite les jeter dehors et revint veiller son mentor.

Les tremblements de celui-ci ne cessèrent qu'au matin. C'est également à ce moment-là qu'ils constatèrent que les blessures sur ses bras avaient complètement disparu. Thierry se leva en chancelant sur ses jambes et fit un pas vers la sortie. Ses apprentis se précipitèrent pour l'aider à marcher jusqu'à la fontaine, dans laquelle il se laissa tomber tête la première.

– Ne le laissez pas se noyer ! s'exclama Cindy, qui les avait suivis.

– Les Nagas sont de puissants nageurs, la rassura Darrell. Ils peuvent passer beaucoup de temps sous l'eau avant de venir respirer à la surface.

– Il va être frigorifié lorsqu'il sortira de là.

– Et il n'a plus de vêtements…

– Nous l'envelopperons dans une couverture jusqu'à ce que nous lui en trouvions d'autres, trancha Neil.

Ils ne pressèrent pas leur maître et attendirent patiemment qu'il sorte de la fontaine par lui-même et qu'il prenne place sur le parapet, dans un état presque comateux. Le laissant sous la surveillance de Cindy, les apprentis quittèrent alors le monastère pour aller chercher des vêtements et de la nourriture.

Thierry conserva sa forme reptilienne jusqu'à ce que le soleil ait séché toutes ses écailles. Assise à quelques pas de lui, l'ex-agente l'examinait attentivement. Au bout d'un moment, elle constata qu'elle n'éprouvait plus la moindre frayeur. Le fait que les Nagas se nourrissaient surtout du sang des Dracos y était sûrement pour quelque chose. « Je suis comme lui, en réalité », s'attrista-t-elle.

Lorsqu'il reprit finalement son apparence humaine, le *varan* était nu comme un ver. Cindy s'empressa d'aller lui chercher une couverture, dans laquelle il s'enroula.

– Où sont les garçons ? demanda-t-il d'une voix faible.

– Ils sont partis à la chasse. Tu as besoin de te reposer.

« Moi aussi, d'ailleurs », songea-t-elle. Elle le ramena dans le bâtiment et l'aida à se coucher sur le sol encore frais, puis s'allongea près de lui pour lui fournir un peu de chaleur.

– Comment te sens-tu ?

– On dirait que tout un chargement de briques m'est tombé sur le corps.

– Que puis-je faire pour t'aider ?

– Je n'en sais rien. Même si, anatomiquement, mes deux corps ne sont pas reliés, ce qui affecte l'un d'eux afflige également l'autre. Mon organisme Naga a été plutôt malmené cette nuit. Mes muscles mettront du temps à redevenir normaux.

– Peut-on masser des muscles reptiliens ?

– À ma connaissance, personne n'a jamais essayé, probablement parce qu'ils sont durs comme de l'acier.

– Retourne-toi sur le ventre.

Même ce mouvement pourtant très simple le fit souffrir. Si elle ne pouvait rien faire pour soulager le Naga en lui, Cindy pouvait au moins dénouer les nœuds dans son dos d'humain.

– Est-ce que ça fait mal ?

– Juste un peu.

Elle appliqua moins de pression sur ses épaules.

– Que va-t-il m'arriver, maintenant ? se troubla-t-elle.

– La vie est une série de choix, Cindy. Tu peux rester avec nous et apprendre ce qu'est la vie d'un Naga. Tu peux aussi retourner à Jérusalem, où, si j'en crois ce que m'ont rapporté les jumeaux, tu seras arrêtée. Peut-être pourrais-tu demander asile à la base de l'ANGE de la région, ou encore partir à la recherche de Madden.

– Mais lorsqu'on est reptilien, a-t-on vraiment tous ces choix ?

– Pas quand on est un Naga. Notre conditionnement ne nous permet pas de vivre une vie normale. Une force plus grande que notre volonté nous pousse à éliminer les usurpateurs et les criminels que sont les Dracos. C'est notre seul but dans la vie.

– Et l'amour ?

– Je suis de plus en plus porté à croire que les généticiens ont oublié ces chromosomes en nous créant.

– Est-ce que j'ai moi aussi été conçue dans une éprouvette ?

– Il n'y a aucune autre manière de concevoir un Naga.

– S'ils sont de grands savants, ils ont dû s'apercevoir que j'étais une fille, non ?

– Théoriquement oui, à moins qu'une erreur se soit glissée et qu'ils ne l'aient réalisé qu'à ta naissance.

– Je suis donc une erreur…

– Ce n'est pas ce que je voulais dire. Je ne suis pas toujours très habile avec les mots en français. En fait, si j'apprenais à me taire comme me l'a si souvent recommandé mon mentor, j'aurais beaucoup moins d'ennuis.

– As-tu appris à parler beaucoup de langues ?

– Plus d'une vingtaine, dont deux n'existent même plus. Un traqueur travaille seul et il doit pouvoir se débrouiller n'importe où dans le monde.

– Il est trop tard pour moi, n'est-ce pas ?

– Les futurs *varans* commencent leur entraînement à l'adolescence. Mais il y a apparemment sur la planète quelques rejets qui se sont formés eux-mêmes et qui sont devenus de formidables guerriers. J'en ai rencontré plusieurs chez la mère d'Océane.

– Je suis un rejet ?

– Là, c'est fini, je me tais.

Elle lui arracha une plainte sourde en pétrissant le bas de son dos.

– Ces rejets éprouvent-ils eux aussi le besoin d'éliminer des Dracos ?

– Oui, même s'ils sont bien souvent incapables de les traquer, parce qu'il leur manque le gène du *varan*. J'en connais qui sont devenus des mercenaires à la solde de n'importe quel gouvernement prêt à financer une expédition contre des États totalitaires dirigés par un prince ou un roi serpent.

– Comment pourrais-je savoir si je possède ce gène ?

– Il faudrait que tu subisses un test d'ADN dans une des bases des Pléiadiens.

– Pourrais-tu m'indiquer où elles se trouvent ?

– Je ne les connais pas toutes, car il y en a au moins une cinquantaine, mais je sais qu'il y en a dans les montagnes du Tibet, dans les Vosges en France, près de la maison d'Andromède au Québec et dans les volcans au nord de la Californie. Les deux dernières sont des pouponnières, mais les autres possèdent aussi des laboratoires.

– Si jamais nous arrivons à survivre à la fin du monde, m'emmèneras-tu les voir pour que j'en aie le cœur net ?

– Je t'en fais la promesse.

Elle se coucha sur son dos pour le tenir bien au chaud jusqu'au retour des jeunes Nagas, puis s'endormit. Thierry mit plus de temps à s'assoupir, car le contact de la peau de Cindy faisait remonter de lointains souvenirs dans sa mémoire. La seule femme avec laquelle il avait connu ce genre d'intimité allait épouser un Anantas…

Neil et Darrell revinrent en début d'après-midi avec des vêtements et de la nourriture. L'ouïe désormais plus fine de Cindy capta le bruissement de leur passage de la pierre à l'air libre. Elle quitta le dos de Thierry et le réchauffa plutôt avec la couverture, pour que les apprentis ne se fassent pas de fausses idées. Ces derniers entrèrent dans la pièce et déposèrent leur butin.

– Comment va-t-il ? s'inquiéta Darrell.

– Je crois qu'il va s'en sortir, affirma Cindy.

Ils mangèrent et attendirent que leur mentor se réveille de lui-même, ce qu'il fit à la fin de la journée. Les jeunes Nagas se réjouirent aussitôt de voir briller de santé ses yeux bleus. Thierry enfila la tunique en toile que les jumeaux lui avaient trouvée et mangea avec appétit la viande et les fruits qu'ils avaient dérobés dans un campement, à des kilomètres du monastère.

– Il y a des soldats partout, leur apprit Darrell.

– Je crains qu'ils ne finissent par arriver ici.

– Si jamais cela devait être le cas, il n'est pas question de les recevoir à coups de sabre, les avertit le mentor. Nous pénétrerons dans la pierre et attendrons qu'ils partent.

– Avez-vous des nouvelles de Cael ? s'informa Cindy. L'a-t-on retrouvé ?

– À mon avis, il n'y aurait pas autant de militaires dans le désert s'ils avaient déjà mis la main sur lui, raisonna Neil. Mais j'ai pensé à un moyen de savoir s'il est encore en vie.

Thierry fronça les sourcils avec méfiance, car les initiatives de ses apprentis ne se soldaient pas toujours par des résultats heureux.

– Avec la permission de mon maître, précisa Neil, je vais lancer l'appel que l'on peut faire à un autre Naga dans le sol, et voir s'il me répondra.

– Il est peut-être dans un autre pays, à l'heure qu'il est, protesta la jeune femme.

– Dans ce cas, ce sera le silence.

Thierry n'y vit aucun inconvénient, à condition que le cri soit émis dans le sous-sol, de façon à ne pas attirer inutilement les curieux jusqu'à leur cachette. Alors, une fois le repas achevé, Neil se transforma en reptilien et plongea dans le plancher. Les oreilles sensibles des Nagas, même sous leur forme humaine, entendirent un faible son, mais dans la terre, l'appel résonna jusqu'aux confins d'Israël.

Cindy attendit le retour de l'apprenti en se tordant les doigts d'inquiétude. Neil émergea enfin du sol et se métamorphosa aussitôt, un large sourire sur le visage.

– Il est vivant, mais il n'est pas libre de ses mouvements, annonça-t-il.

– A-t-il besoin d'être délivré ? s'enquit Thierry.

– Il affirme que non.

– C'est donc qu'il a un plan, comprit le mentor, et il sait qu'il y a d'autres Nagas dans les environs. Je suggère que nous restions à l'écoute de tout signal qu'il pourrait nous transmettre.

– Merci, répondit Cindy.

– Es-tu au courant de son tableau de chasse ? la pressa Neil en s'asseyant avec le trio.

– Jusqu'à ce que j'arrive ici, je croyais qu'il comptait uniquement des âmes, avoua-t-elle. C'est à lui qu'il faudra poser la question.

– J'ai bien hâte de le rencontrer.

Thierry pensait la même chose, mais n'en dit rien. Pour l'instant, il se contentait de savourer la nouvelle vigueur de ses muscles.

...031

Debout devant la psyché de sa chambre à coucher, Océane s'admirait avec inquiétude. Elle était pourtant magnifique dans sa robe de mariée blanche, dont le bustier en broché de soie était agrémenté de dentelle brodée de perles et lacé dans le dos par un ruban de satin. La longue jupe évasée lui donnait l'allure d'une princesse.

– C'est juste pour faire semblant, ma chérie, tenta de la rassurer Andromède en replaçant ses cheveux piqués de petites fleurs brillantes.

Océane ne remua pas.

– Comme lorsque nous jouions aux fées dans le palais de glace, ajouta sa mère.

Toujours aucune réaction de la part de sa fille.

– Si tu préfères rentrer chez nous...

– Il me retrouvera peu importe où j'irai, murmura Océane. Et je ne veux pas non plus laisser tomber Cédric. C'est à moi qu'on a confié cette mission.

– Tu ne vas pas le faire au beau milieu de la cérémonie, au moins ?

– Non. Sur le bateau, pendant notre voyage de noces.

– Et comment t'échapperas-tu ?

– Je sais nager.

– Tu pourrais aussi être tuée par ses gardes du corps.

– C'est un risque auquel tous les agents doivent faire face, un jour ou l'autre.

– Est-ce vraiment ce que tu veux ?

– Ce que je veux n'est pas important. C'est l'humanité tout entière qui s'en portera mieux.

– Nous n'avons pas eu le temps de bavarder toutes les deux, quand tu es demeurée chez moi avec ton beau policier blond.

– Tu étais bien trop préoccupée par tes Spartiates.

– Oui, c'est vrai. Mais il me paraît opportun de t'apprendre que les Pléiadiens possèdent certains pouvoirs que les humains qualifieraient de surnaturels. Ils peuvent se déplacer dans l'espace sur de très grandes distances. Ils peuvent guérir certaines maladies, mais aussi effacer certains souvenirs dans la tête des gens.

– Non. Je ne veux rien oublier de ce qui s'est passé ou de ce qui se passera.

– Si tu changes d'idée, fais-le-moi savoir.

« J'aurais aimé m'habiller ainsi pour Thierry », songea la jeune femme avec tristesse.

– Allons-y, décida-t-elle sans aucun enthousiasme.

Andromède souleva la longue robe de sa fille, tandis qu'elle descendait l'escalier de la villa. Asgad était déjà parti avec se propres gardes du corps. Benhayil les attendait dans le vestibule. Le jeune Grec était collé contre lui, effrayé à l'idée de quitter la maison.

– Nous sommes prêts à partir, fit le secrétaire. Vous êtes vraiment ravissante.

– Merci, murmura Océane.

– Tout ira très bien, vous verrez.

Ils montèrent dans les limousines et furent conduits jusqu'au Temple de Salomon. Les véhicules s'engagèrent entre deux rangées de soldats armés qui s'étendaient jusqu'aux portes de l'église.

– J'aurais préféré des bouquetières, songea Océane tout haut.

– Moi, je les trouve mignons, répliqua Andromède, qui étirait son cou pour voir leurs visages.

Lorsqu'ils s'arrêtèrent finalement devant le parvis, la future mariée rassembla son courage et sortit du véhicule. Andromède s'accrocha à son bras.

– Tu n'as pas encore changé d'avis ? chuchota-t-elle en souriant aux gardes du corps en smoking qui les attendaient.

– Non.

Tous les dignitaires de la nouvelle Union eurasiatique étaient assis à l'intérieur, ainsi que plusieurs grandes vedettes du sport et du cinéma qui appuyaient la politique d'Asgad Ben-Adnah. Benhayil tira Antinous à l'intérieur en faisant la sourde oreille à ses histoires de monstres verts à grandes dents.

Océane vit alors les caméras de télévision positionnées de chaque côté de la porte. Elles avaient commencé à filmer au moment où les limousines avaient franchi la muraille. « Je vais avoir une mine affreuse aux informations, ce soir », songea Océane. Ce qu'elle ignorait, c'était que ces images étaient déjà diffusées en direct partout à travers le monde. De la musique commença à jouer à l'intérieur du temple.

« Mon Dieu, aidez-moi », pria silencieusement la jeune femme. Elle ferma les yeux et pénétra dans l'immense église vouée à tous les cultes. Les centaines d'invités se levèrent en la voyant apparaître au bout de l'allée. À l'autre extrémité, Asgad, en complet noir, se tenait devant un imposant autel d'albâtre.

– Si tu n'avais pas été là, maman, je n'aurais pas été capable de mettre un pied devant l'autre, murmura Océane.

Andromède, vêtue d'une robe dorée cousue de paillettes à la Marie-Antoinette, tenait sa fille par le bras en lui insufflant subtilement une douce énergie anesthésiante.

Elles remontèrent pas à pas l'allée. Andromède souriait à tout le monde comme une reine dans un char allégorique. Quant à Océane, elle regardait droit devant elle, s'efforçant de respirer le plus lentement possible.

Dans le jubé, sous lequel la future mariée venait de passer, le canon d'une carabine venait d'apparaître entre deux des longs tuyaux du grand orgue. L'œil collé contre le viseur, Adielle Tobias trouva sa cible, à deux pas de l'autel. Un sourire de satisfaction se dessina sur les lèvres de la directrice, qui s'apprêtait à assassiner l'homme le plus dangereux de l'histoire du monde.

Adielle s'était installée derrière l'énorme instrument de musique quelques jours plus tôt et avait échappé à toutes les vérifications électroniques des équipes de sécurité grâce à un dispositif de brouillage de l'ANGE. Mangeant le moins possible et buvant à peine, elle avait patiemment attendu le jour du mariage.

Parfaitement immobile, elle commença à presser la détente lorsqu'un jeune homme vêtu en blanc des pieds à la tête courut dans l'allée secondaire, à gauche de la vaste salle, et se précipita dans les bras de l'Antéchrist, l'étreignant de toutes ses forces. Adielle arrêta son geste. En raison de la distance qui la séparait de son objectif, elle risquait de tuer l'inconnu, mais pas nécessairement Asgad. Elle attendit donc que le marié se débarrasse de son admirateur.

Antinous était toujours accroché aux manches de l'entrepreneur lorsque Océane et Andromède arrivèrent devant l'autel. L'attention d'Asgad se tourna aussitôt vers le divin visage de sa bien-aimée.

– Je t'en prie, mon petit, retourne t'asseoir avec Pallas.

Voyant qu'il ne bougeait pas, Benhayil s'empressa d'aller chercher le jeune Grec et le força à le suivre jusqu'à son siège. C'était le moment qu'attendait Adielle. Elle allait commettre le meurtre du siècle quand un homme portant un long trench noir se planta devant sa cible. La directrice de Jérusalem gronda intérieurement de mécontentement.

– Veuillez pardonner mon retard, Excellence, s'excusa Ahriman sur un ton contrit.

Sa voix donna la chair de poule à Océane.

– Où étiez-vous passé ? grommela Asgad, mécontent.

– J'ai été retenu par une terrible urgence.

– Vous aurez des comptes à me rendre plus tard, docteur. Écartez-vous, maintenant, car vous retardez le plus beau moment de ma vie.

Ahriman recula en direction d'un des piliers qui soutenaient la voûte, avec l'intention de ne pas trop s'éloigner du futur vaisseau de son maître.

– Vous ! s'exclama Océane en se rappelant l'avoir vu dans un hôpital de Montréal.

Le Faux Prophète se rappela lui aussi cet affrontement.

– Excellence, vous ne pouvez pas épouser cette femme ! protesta-t-il en marchant à la rencontre d'Océane.

Asgad ne lui permit pas d'aller plus loin. Il le saisit par la manche, le forçant à arrêter son geste agressif. De chaque côté du sanctuaire, ses gardes du corps posèrent la main sur la crosse de leurs revolvers, prêts à intervenir.

– Notre mariage est annoncé depuis des mois, docteur Wolff. Si vous n'étiez pas d'accord avec mon choix, j'aurais apprécié que vous me le fassiez savoir avant aujourd'hui.

– Cette femme est une espionne !

Un murmure de désapprobation parcourut l'assemblée.

– Me prenez-vous pour un idiot, docteur ? se fâcha Asgad. Croyez-vous que je n'ai pas vérifié le passé de ma future épouse ?

Andromède se précipita au secours d'Océane et se planta devant le bras droit de Satan sans la moindre frayeur.

– Expliquez-vous, monsieur ! exigea-t-elle. C'est la réputation de ma fille que vous tentez de salir.

Océane les observait en silence. En avouant à Asgad qu'elle avait pourchassé Ahriman à Montréal, elle aurait signé son arrêt de mort.

Dans le jubé, Adielle avait relevé la tête avec inquiétude, car il commençait à y avoir beaucoup de monde entre Asgad et elle. Elle remit son œil contre le viseur et chercha une petite ouverture entre tous ces beaux vêtements. Lorsque Andromède saisit Ahriman par les pans de son trench pour le secouer violemment, Adielle vit se libérer la région du cœur de l'Antéchrist. Ravie, elle appuya sur la détente. Le coup partit, mais manqua sa cible, car on venait de la saisir par-derrière.

La balle passa entre Ahriman et Asgad et se ficha dans le mur, à trois centimètres du nez d'un garde du corps.

– Tireur ! cria ce dernier, provoquant la panique générale dans le temple, car personne n'avait entendu de coup de feu, Adielle ayant utilisé un silencieux.

Océane agrippa sa mère par le bras et la tira aussitôt derrière l'autel, tandis que quatre gorilles se plantaient devant Asgad.

– Le coup venait de là-haut ! indiqua un deuxième garde du corps en examinant l'angle de la balle.

Le chef de police se précipita dans les marches qui menaient au jubé, son revolver à la main, mais il n'y trouva qu'une carabine abandonnée.

– Fermez toutes les issues ! ordonna-t-il aux gardes de la sécurité en se penchant par-dessus la balustrade. Mais les invités avaient commencé à courir vers la sortie.

– Ne laissez personne sortir du périmètre du temple ! ajouta le chef de police.

Son lieutenant se précipita dehors et referma les grandes portes, avant d'appeler l'armée à son secours.

– Je vous en conjure, calmez-vous ! hurla Benhayil dans la cohue.

Mais il avait lui-même du mal à contenir la frayeur du jeune Antinous. Revenu de sa surprise, Asgad tenta de localiser son médecin pour le congédier, mais il ne le vit nulle part. Il se mit donc à la recherche d'Océane et la vit, accroupie derrière l'autel, regardant en direction du balcon où se trouvait l'orgue. Retrouvant ses instincts de Pléiadienne, Andromède s'élança à l'extérieur de leur cachette pour prêter main-forte à Benhayil.

– Asseyez-vous et laissez la police faire son travail ! recommanda-t-elle d'une voix forte.

Asgad échappa à la surveillance de ses gardes du corps et rejoignit Océane derrière l'autel. Il prit ses mains dans les siennes et constata qu'elle ne tremblait pas du tout.

– On dirait que tu n'as pas peur, s'étonna-t-il.

Ne sachant pas quoi lui répondre, Océane se contenta de le regarder droit dans les yeux.

– Es-tu une espionne ?

– Je l'ai été quand j'étais jeune et stupide, mais je n'ai pas aimé ce genre de travail. J'ai donné ma démission et je suis retournée à l'université pour apprendre un nouveau métier.

– Pourquoi n'as-tu rien dit quand j'ai fait voter la loi contre les espions ?

– Parce que je n'en suis plus une, évidemment.

Asgad se mordit la lèvre inférieure en signe d'hésitation.

– Si c'est un juge que je dois découvrir en toi, aujourd'hui, alors soit, poursuivit Océane. Je me soumettrai à ta sentence.

Asgad la tira aussitôt vers le prêtre terrorisé, caché derrière un des piliers.

– Poursuivez la cérémonie ! ordonna l'entrepreneur.

– Mais c'est bien trop dangereux, voyons.

– Déclarez-nous maintenant mari et femme.

Océane chercha sa mère des yeux et vit qu'elle jouait au Casque bleu parmi les invités paniqués. Elle entendit à peine les paroles du prêtre et n'y prêta attention que lorsque Asgad lui passa une bague au doigt.

– Océane Orléans, acceptez-vous de prendre cet homme pour époux et de le chérir jusqu'à votre dernier souffle ?

– Oui, murmura-t-elle en pensant que cela pourrait arriver plus rapidement que prévu.

Asgad s'approcha pour l'embrasser, mais ses lèvres n'eurent pas le temps de toucher celles de sa promise. Un terrible tremblement de terre secoua tout à coup non seulement le pays, mais la Terre entière, comme si la planète venait d'avoir un soubresaut.

Une partie du plafond se détacha et s'écrasa dans le sanctuaire, à quelques centimètres à peine des nouveaux mariés. Asgad protégea Océane en la prenant dans ses bras, tandis que Benhayil poussait le jeune Antinous sous l'un des longs bancs en bois et l'y rejoignait.

Épouvantés, les invités réussirent à pousser les portes du temple malgré les efforts de l'armée pour les garder fermées. La terre continua à remuer sous leurs pieds pendant de longues minutes. Solidement bâti, le nouveau Temple de Salomon résista davantage au séisme que tous les autres bâtiments qui l'entouraient. Partout dans la ville, des maisons, des écoles et des hôpitaux s'écroulèrent comme des châteaux de cartes.

Dans le monastère du désert, les Nagas ne furent pas épargnés. En comprenant ce qui se passait, Thierry ordonna à ses apprentis de le suivre à l'intérieur de la falaise pour y attendre la fin du tremblement de terre. Voyant que Cindy ne savait pas quoi faire, le *varan* l'emprisonna dans ses bras et s'enfonça dans la pierre avec elle.

Même si la base de Montréal se trouvait plusieurs mètres sous la ville de Longueuil, elle n'échappa pas non plus à la secousse tellurique.

– Lorsque les derniers sceaux seront brisés, un terrible tremblement de terre ébranlera toutes les nations, qui pleureront leurs morts, lut Vincent dans la Bible.

Les Laboratoires se mirent à valser violemment. Au lieu de penser à sa propre sécurité, l'informaticien emporta le livre sacré avec lui et se mit à la recherche de la personne qui faisait de plus en plus battre son cœur. Il trouva Mélissa dans le grand couloir, en train de se tenir en équilibre en s'appuyant contre les murs, tandis qu'elle tentait de se rendre aux Renseignements stratégiques. « Si je dois mourir aujourd'hui, je veux que ce soit auprès d'elle », se dit-il en lui entourant la taille d'un bras pour l'aider à marcher.

Devant les écrans de moins en moins fonctionnels de la salle de commande, Cédric observait ce que lui renvoyaient les capteurs disséminés dans la ville et partout sur la planète. Si incroyable que cela pouvait paraître, le phénomène semblait mondial. « La Terre est-elle en train d'imploser ? » se demanda-t-il. Il pensa aussitôt à sa fille, qui traversait la même épreuve à Jérusalem.

– Cassiopée, où sont mes agents ?

– ILS CONVERGENT VERS VOUS.

– Quelle est la cause de ce tremblement de terre ?

– LES RÉSEAUX DE SURVEILLANCE SISMIQUE NE RÉPONDENT PAS À NOS APPELS.

– Préparez-vous à utiliser nos systèmes d'urgence.

Aodhan fut le premier à arriver aux Renseignements stratégiques, aussitôt suivi par Shane, Jonah, les membres de la sécurité et les employés du garage. Quelques minutes plus tard, Vincent et Mélissa les rejoignirent.

À l'infirmerie, Athenaïs Lawson avait aidé son patient à descendre de son lit, mais malgré toute sa bonne volonté, Damalis n'arrivait pas à se déplacer avec ses béquilles sur le plancher mouvant. Autour d'eux, les instruments médicaux tombaient sur le sol, et ceux qui reposaient dans les tiroirs et les armoires faisaient un vacarme assourdissant.

– Cela ne sert à rien de fuir, grimaça le Naga.

– En cas de séisme, le protocole de l'ANGE nous oblige à nous rendre aux Renseignements stratégiques, fit la femme médecin, s'entêtant à le faire marcher en direction de la porte.

Incapable de maîtriser ses jambes humaines, Damalis adopta sa forme reptilienne et souleva Athenaïs dans ses bras. Elle étouffa un cri de surprise, tandis qu'il fonçait dans le couloir.

o

Le Faux Prophète s'éleva dans les airs en tournant sur lui-même, au-dessus du Temple de Salomon, à la recherche de son ennemi juré, persuadé que ce dernier avait provoqué ce nouveau fléau. Comme il s'y attendait, il aperçut Asmodeus, accroché à la flèche chancelante d'une église qui était sur le point de s'affaisser. Manifestement, le démon se régalait du chaos qui régnait dans la ville.

Ahriman ouvrit les bras et fonça vers le Shesha avec la ferme intention de le renvoyer à jamais en enfer. Un rayon de lumière aveuglante mit brusquement fin à ses plans de vengeance. En baissant le regard, il vit dans la rue, au pied de l'église, les deux Témoins de Dieu qui avaient apparemment eux aussi des comptes à régler avec le démon.

– S'ils ne te tuent pas, Asmodeus, tu auras affaire à moi ! hurla l'Orphis.

Jugeant préférable de ne pas attirer l'attention des apôtres, Ahriman décida d'attendre son heure. Il revint donc vers le temple, afin de s'assurer que son protégé survive au cataclysme.

Bientôt :

TOME 7
Absinthium

Quelques instants après le terrible tremblement de terre qui avait secoué Jérusalem avec une violence inouïe, d'autres secousses achevèrent la destruction des maisons et des immeubles fortement endommagés. Bien agrippé à la flèche d'une église sur le point de tomber, car les répliques s'intensifiaient, Asmodeus se nourrissait de ce chaos. Les humains poussaient des cris de terreur ou de douleur en courant entre les crevasses et les incendies, cherchant un endroit sûr où ils pourraient échapper à l'effondrement des structures chancelantes. D'autres gémissaient en tentant de libérer des êtres chers emprisonnés sous les débris. Les femmes pleuraient et les chiens hurlaient. Bientôt, les sirènes des véhicules d'urgence s'ajoutèrent à cette cacophonie étourdissante.

Asmodeus, dont les écailles bleues luisaient sous les rayons du soleil, promenait son regard reptilien sur ce pays où il avait l'intention d'installer tous les démons de l'enfer. Il poussa un grognement de déplaisir lorsqu'il aperçut soudain, dans la fumée qui envahissait de plus en plus le quartier, Képhas et Yahuda marchant à sa rencontre. Le Shesha descendit de son perchoir à la manière d'une araignée et se planta au milieu de la rue, bien décidé à se débarrasser une fois pour toutes de ces casse-pieds. La posture de provocation de leur adversaire n'impressionna nullement les deux Témoins.

– Donnez-moi volontairement vos pouvoirs et je vous promets une mort rapide, les menaça Asmodeus.

– Ces dons nous viennent de Dieu, alors c'est à lui qu'il faut les demander, rétorqua Yahuda.

– Mais ce n'est pas lui qui les utilise, Témoin.

Doté d'un esprit plus inquisiteur que son compatriote, Képhas désirait surtout savoir si ce démon pouvait avoir semé toute cette dévastation.

– Oui, c'est moi, se rengorgea le Shesha. Et la famine, aussi. Je suis devenu suffisamment puissant pour changer le sort de toute une planète !

– Nous n'avons plus le choix, Képhas. Nous devons l'arrêter.

– Croyez-vous vraiment que deux apôtres qui s'accrochent désespérément à leur apparence humaine m'empêcheront de devenir le maître du monde ?

Des survivants du séisme commencèrent à s'attrouper derrière les Témoins. Ils se figèrent de peur à la vue de la créature qui ressemblait à un homme, mais qui avait la peau d'un serpent.

– Donnez-moi vos pouvoirs, maintenant ! hurla Asmodeus.

Ayant reconnu les apôtres et voyant qu'ils étaient aux prises avec l'un de leurs ennemis, les hommes et les femmes se ressaisirent et ramassèrent des pierres qu'ils se mirent à lancer sur le démon. Ce dernier fit aussitôt apparaître des filaments lumineux entre ses doigts et les projeta sur ses assaillants. Yahuda réagit le premier. Il leva vivement la main et dévia les charges d'Asmodeus qui heurtèrent les maisons avoisinantes. Sournois, le reptilien en profita pour diriger sa prochaine attaque sur le Témoin lui-même. Une substance blanche, semblable au fil dont les araignées tissent leurs toiles, sortit de sa bouche et s'enroula à la manière d'un fouet autour des chevilles de Yahuda. Comme un caméléon, Asmodeus ramena à lui sa proie. L'apôtre tomba sur le dos et fut traîné dans les fragments de briques et dans la poussière.

Képhas fonça sur le démon pour lui faire lâcher son ami, tandis que la pluie de projectiles et les invectives des croyants augmentaient. Faisant appel à la terrible énergie divine qui lui permettait d'anéantir ses ennemis, Képhas fit tomber la foudre du ciel. Asmodeus ne fit qu'un pas de côté. L'éclair manqua le reptilien de peu et se dispersa dans le sol. Le Shesha enroula l'épais fil autour de sa main pour libérer sa langue et éclata d'un grand rire. Il avait volé un si grand nombre de facultés surnaturelles à ses semblables qu'il arrivait maintenant à anticiper les gestes de Képhas.

– Que t'arrive-t-il, Témoin ? le piqua Asmodeus. As-tu perdu tes réflexes ? Ou est-ce ton Dieu qui t'abandonne ?

À ses pieds, Yahuda se débattit de plus belle pour se dégager. Képhas, lui, conservait son calme, étudiant la situation pour délivrer son compatriote sans qu'il ne lui soit fait aucun mal. Ce dernier ne possédait pas vraiment de corps. Il avait la capacité de se rendre solide, mais pas de reproduire en lui les principales fonctions biologiques des humains. Le démon ne pouvait donc pas lui dévorer les entrailles ou le vider de son sang, puisqu'il n'en avait pas. Képhas redoutait davantage qu'il lui prenne son essence divine, comme il avait dérobé à d'autres reptiliens leurs pouvoirs maléfiques.

– Ne crains rien, Yahuda, tenta de le rassurer son ami. Aucun serviteur de Satan ne peut nous corrompre.

– Je ne sers personne ! hurla Asmodeus.

Képhas visa le long filament blanchâtre, mais sa foudre ne parvint pas à le sectionner, puisque le Shesha avait tout juste eu le temps de le déplacer avant qu'elle atteigne le sol. « Je n'ai jamais affronté un ennemi de sa trempe », songea l'apôtre. Pourtant, il ne lui avait pas semblé aussi terrible lorsqu'il était tombé sur lui en sortant de la station de radio, quelques mois plus tôt.

– Satan ignore donc que tu ravages ce domaine qu'il compte s'approprier, répliqua Képhas.

– Il ne régnera jamais sur la Terre !

Pendant que son compatriote attisait la colère du Shesha, Yahuda en profita pour s'attaquer à ses liens. Un homme lui lança un couteau. L'apôtre eut beau scier la substance avec insistance, elle demeurait collée à ses jambes. Découragé, il se mit à prier.

– Ce n'est pourtant pas ce que disent les prophéties, poursuivit Képhas.

– Elles se trompent ! Satan sera tué durant son combat contre l'Archange, car il n'est qu'un Naas sans cervelle qui se donne de l'importance ! Il est encore en vie seulement parce qu'il se cache derrière ses troupes !

Il n'était pas inhabituel de voir ces créatures se déchirer entre elles, mais plus rare qu'elles s'en prennent à leur maître pourtant sans pitié.

– Il s'emparera du corps d'un puissant démon et mettra le monde à feu et à sang, l'avertit Képhas.

– Non ! se fâcha le Shesha.

– Il sera tué sur la place publique, mais il se relèvera, encore plus fort qu'avant.

– Rien de tout cela ne se produira !

– Un seul homme peut anéantir Satan, et ce sera...

– Le Fils de Dieu ! tonna une voix qui résonna dans tout le quartier.

Les survivants du tremblement de terre s'éparpillèrent en hâte tandis qu'un tourbillon de lumière éclatante se formait derrière Képhas. Toutefois, ce ne fut pas Jeshua qui en sortit. Ce n'était pas encore son tour d'entrer en scène. Un ange portant une tunique étincelante, les ailes déployées derrière son dos, marcha jusqu'à l'apôtre.

– Vous ne pouviez pas choisir un meilleur moment pour me rendre visite, lui chuchota Képhas.

– Je réponds aux prières de Yahuda.

Asmodeus avait courbé le dos et plié les jambes, prêt à fuir devant cette alliance céleste.

– Habituellement, j'exorcise les entités qui prennent possession des humains, poursuivit Reiyel.

Le reptilien se mit à grogner comme un chien à qui on essaie d'enlever son os.

– Libère cet homme ou tu goûteras à la justice du Père ! le menaça l'ange.

– Vous êtes tous des minables !

– Par les pouvoirs qui m'ont été donnés…

Avant que Reiyel termine sa phrase, le Shesha détala comme un lapin dans les ruines des maisons sur sa droite. Au grand étonnement de Képhas, l'ange ne le poursuivit pas. Il referma plutôt ses ailes, qui disparurent instantanément dans son dos, et se pencha sur Yahuda.

– En te dématérialisant, sans doute te débarrasseras-tu de ces liens, lui conseilla-t-il.

– J'ai essayé plusieurs fois, mais on dirait qu'ils renferment un mauvais sort, expliqua l'apôtre.

Képhas s'accroupit lui aussi près de son ami. Il ne savait pas comment l'aider. Reiyel passa la main au-dessus de l'épais ruban gluant.

– Ce n'est pas de la matière, découvrit-il. C'est plutôt l'agglutination de centaines de petites créatures maléfiques…

Une lueur dorée apparut au creux des paumes de l'ange. Pour éviter son contact, le fil blanchâtre se mit à se tortiller et finit même par relâcher les chevilles de l'apôtre.

– C'est votre dernière chance de retourner en enfer, les avertit Reiyel.

L'étrange fil d'araignée s'enfonça dans la terre en sifflant comme un serpent.

– Je n'ai jamais rien vu de tel, avoua l'ange en aidant Yahuda à se lever.

– Depuis quand les démons possèdent-ils d'aussi puissants pouvoirs ? explosa le Témoin.

– Nous n'en savons rien.

– Nous devons faire quelque chose ! réclama Yahuda.

– Informez les justes qu'ils doivent fuir ces terres le plus rapidement possible. Je m'occupe des démons.

L'ange les serra tous les deux dans ses bras avec tristesse et disparut.

– Les gens qui ont peur et qui ont tout perdu, même s'ils sont d'une grande droiture, ne nous écouteront pas, maugréa Yahuda.

– Est-ce l'attaque d'Asmodeus qui provoque ta colère ?

Le visage impassible de Képhas calma aussitôt son compatriote.

– Je suis désolé, s'excusa-t-il. Lorsque je me sens impuissant, mon ancienne personnalité reprend le dessus.

– J'ai connu des épisodes semblables, moi aussi.

Yahuda promena son regard sur les destructions qui les entouraient.

– Que suggères-tu ? demanda-t-il.

– Je crois que la meilleure façon de poursuivre notre mission, c'est de venir en aide aux sinistrés. Ils nous écouteront lorsque nous les aurons soignés et nourris.

– D'autres miracles, c'est cela ?

– Nous avons reçu ce don du Père et tu sais ce qu'il pense de ceux qui n'utilisent pas leurs talents. Commençons donc par ce quartier. Il en a bien besoin.

Ils se tournèrent en même temps vers un immeuble de plusieurs étages qui s'était écroulé sur le côté. Sur sa façade éventrée, on pouvait voir les nombreux logements que les locataires tentaient de quitter avant la prochaine réplique.

– Allons-y, décida Yahuda.

Les Témoins traversèrent la rue crevassée et commencèrent, d'un seul mouvement de la main, par éteindre l'incendie qui ravageait les maisons voisines.

IMPRIM'VERT®

Imprimé en France
par Corlet Imprimeur
14110 Condé-sur-Noireau
Dépôt légal : décembre 2012
N° d'impression : 152203
ISBN : 978-2-7499-1657-6
LAF : 1564A